모두의
가슴에 별이 된
골키퍼

모두의
가슴에 별이 된
골키퍼

초판 1쇄 발행일 2014년 12월 11일
초판 2쇄 발행일 2015년 1월 22일

지은이 옥정화
펴낸이 양옥매
책임편집 육성수
디자인 이윤경
교정 조준경
일러스트 송선주, 백유나

펴낸곳 도서출판 책과나무
출판등록 제2012-000376
주소 서울특별시 마포구 월드컵북로 44길 37 천지빌딩 3층
대표전화 02.372.1537 **팩스** 02.372.1538
이메일 booknamu2007@naver.com
홈페이지 www.booknamu.com
ISBN 979-11-5776-002-2(03810)

이 도서의 국립중앙도서관 출판시도서목록(CIP)은 서지정보유통지원 시스템
홈페이지(http://seoji.nl.go.kr)와 국가자료공동목록시스템
(http://www.nl.go.kr/kolisnet)에서 이용하실 수 있습니다.
(CIP제어번호 : CIP2014035164)

모두의
가슴에 별이 된
골키퍼

옥정화 지음

이 책에 부처

오월의 영롱한 햇살이 아름다이 부서지는 날, 초록의 잎이 시리도록 고운 날에, 북쪽에서 전해 오는 말을 들었다. 허공이 갈라지는 소리, 땅이 깨어지는 소리, 우주가 사라지는 소리. 바로 아들의 비보다.

천붕지괴(天崩地壞)이다. 이 하늘 아래 졸지에 자식을 보내고 온전히 살아갈 부모는 없을 것이다. 온몸이 쫙쫙 찢어지듯이 아팠고, 찰나마다 명치끝이 쓰리고 아렸다. 전신이 분해되는 기분이었다. 어찌 그리 갈 수밖에 없었는지……. 세상의 야속함에 나의 한 뼘도 안 되는 가슴 한 복판에서는 수만 마리의 말발굽 소리가 들렸다. 이 엄청나고 잔인한 일을 그 무엇으로 표현할 수 있을까?

설명할 수 없을 만큼의 고통이었다. 수없이 다가와 나를 흔든 인고의 시간 속에서, 이정표도 끝도 보이지 않는 험준한 길을 가야만 했다. 그렇게 파지가 된 내가 다시 그 고통을 끄집어내어 온몸을 갈기갈기 뜯으며 낱낱이 후벼 파내야 했다. 또한 그 고통을 다시 느끼고 다시 아파하며 휘청이고 또다시 그 끝도 보이지 않는 기나긴 늪 속으로 빠져들어야 했다.

그동안 나는 아들이 떠나야만 했던 이유도 모르고 여태껏 허탈한 시간만 보내고 있던 무지몽매한 엄마였다. 하지만 이제 기원이의 진실을 모든 사람에게 알리는 일이 내게 주어진 숙명적인 작업이며, 내 생의 마지막 숙제이기에 나는 기꺼이 지옥을 드나들며 이 하얀 백지를 메우고 있다. 권력과 재력의 악행에 재물이 된 기원이가 죽으면서 남긴 메시지와 그 죽음을 침묵하고 있는 불의에 대항하며, 기원이의 흔적들을 기억하고 그 진실을 각인시키며, 기원이의 짧은 삶을 이 한 권의 책으로 대변하고자 한다. 세상이 만들고 조작한 거짓들을 폭로하는 것이다.

아들의 삶을 있는 그대로 적은 책으로나마 아들에 대한 잘못된 오해들을 바로잡고 세상에 잘못 알려진 오명을 말끔히 씻어 내어 명예를 회복해야만 한다. 그리고 다시는 기원이와 같은 희생자가 나오지 않기를 바란다. 단지 그뿐이다. 힘없는 자의 마지막 발버둥이다. 하늘에서 온 편지를 받는 순간 나는 이미 죽었다. 따라서 지금의 내 삶은 덤이다.

이제 축구선수 윤기원의 족적, 간결한 삶과 진실에 대한 빗장을 연다. 그리고 그의 대한 판단은 독자에게 맡긴다.

이 책에 부쳐 / 04.

하늘로 간 미소 천사

★ 녹색 그라운드에 핀 꽃 ★

2010년 11월 7일, 제주에서 인천유나이티드 FC와 제주 FC의 정규 리그 마지막 경기가 펼쳐졌다. 기원이는 프로 데뷔전을 준비하고 있었다. 나는 경기가 열리는 제주까지 갈 수 없는 상황이라 집에서 아들의 시합을 지켜봤다. 기원이가 잘 해내리라 믿는 마음이었지만, 그럴수록 떨리는 내 가슴은 어쩔 수 없었다.

당시 상대팀인 제주 FC는 이 경기에서 이기면 1위를 노릴 수 있는 상황이었다. 반면 인천유나이티드 FC는 이미 승패와는 관계가 없는 상황이었기 때문에 신인 선수들의 테스트를 겸했다.

편안하게 즐기는 경기를 펼치라는 감독의 말이 있었지만, '데뷔전'인 만큼 어느 선수든 부담을 가졌을 것이다. 수많은 경기를 경험한 선수도 운동장에 들어설 때면 떨리는 것처럼 기원이도 같은 마음이었을 것이다.

이윽고 제주 경기장에 양 팀 선수들이 입장했다. 신인 골키퍼가 등장하자, 제주 FC 선수들은 이미 승리를 확신한 듯했다. 곧 경기가 시작되었고, 상대팀은 굶주린 사자처럼 애송이 골키퍼를 향해 강렬한 슈팅으로 맹공을 했다. 반드시 이 경기를 이겨야만 한다는 제주 FC 선수들의 움직임은 분주했다. 하지만 기원이는 그 어느 때보다도 자신감이 충만했고, 육안으로 봐도 늠름했다. 운동장이 떠나갈 듯 성난 야수처럼 한껏 목청을 높이며 팀을 리드했다.

경기 시작 5분이 지나자, 제주 FC의 공격수가 수비를 뚫고 정면 돌파했다. 1:1의 찬스였다. 그러나 기원이는 재빠르게 뛰어나와 몸을 날려 막아 냈다. 골기퍼로서의 판단력이 인정되는 순간이었다. 그 후 계속적인 기원이의 그야말로 '미친 선방'이 계속되었다. 시간이 흐를수록 제주 FC 선수들은 몸이 달아올랐다. 두 번의 1:1 찬스가 있었지만, 기원이가 과감하게 모두 막아 냈다. 제주 FC 공격수들이 안타까움에 격분하는 모습이 종종 카메라에 잡혔다.

마지막까지 상대팀 공격수들이 수없이 골문을 두드렸지만, 기원이는 단 한 골도 허용치 않았다. 결과는 0:0 무승부로, 기원이가 원했던 무실점으로 멋진 데뷔전을 마쳤다. 경기 종료 휘슬 소리가 울리는 순간, 기원이는 마치 어린아이처럼 녹색 그라운드의 골문 앞에서 펄쩍펄쩍 뛰었다.

데뷔전

경기가 끝나자, 계속 웃으시며 경기를 지켜보던 감독의 인터뷰가 이어졌다.

"뜻밖의 소득이다. 테스트 겸 기원이를 투입했는데 판단력과 공중 볼 캐치 능력이 탁월했다. 1:1의 상황에도 강하다. 전반 2개, 후반 1개의 단독 찬스를 완벽하게 막아 냈다. 내년 골키퍼의 자원을 살찌울 수 있게 됐다."

곧 인터뷰 기사가 쏟아졌다. 기원이가 그토록 기다리던 순간이 다가온 것이다. 그 어떤 힘든 상황도 이겨 냈고, 그 속에서 내공을 쌓으며 인내하고 말없이 묵묵하게 한 단계, 한 단계를 밟고 여기까지 왔다. 그리고 지금껏 성실히 쌓아 온 기량을 한 경기에서 몽땅 다 보여 준 것 같앉다. 매 순간 최선을 다하고 성실히 본연의 자세로 임한 기원이다. 이번 데뷔전은 기원이에게 "할 수 있다."는 자신감을 불어넣는 계기가 되었고, 기원이의 축구 인생에서 좋은 기회이자 큰 밑거름이 되었다.

"미친 존재감 윤기원"이라는 많은 팬들과 축구인의 함성이 운동장에 울려 퍼져 메아리처럼 들려왔다. 나는 가슴이 뭉클했다. 경기를 마치고 숙소에 도착하면 전화를 한다던 기원이에게 문자를 보냈다.

"아들아, 최선을 다한 오늘의 네 모습이 멋졌다. 그럴수록 겸손함 잊지 말고, 힘이 들 때면 오늘의 경기를 기억해라. 자랑스럽다 우리 아들, 파이팅!"

"네, 엄마. 지금 숙소로 이동 중이에요. 이제부터 시작이라고 생각해요. 더 열심히 할게요. 숙소 도착하면 연락하겠습니다."

그랬다. 기원이가 항상 "지금부터다."라고 말했던 것처럼, 진정 지금부터인 것이다. 나는 마치 실성한 사람처럼 온 거실과 방을 뛰어 다니며 웃었다.

지인 장례식에 참석하여 아들의 데뷔전 경기를 지켜보지 못한 남편에게서 전화가 왔다. 목소리가 떨리고 있었다.

"기원이 경기 어떻게 됐어?"

나는 몹시 흥분된 목소리로 말했다.

"네, 0:0으로 비겼어요. 1:1 상황 3골을 막았고, 총 5골을 선방했어요."

"와~ 만세! 만세! 만세! 우리 기원이 만세!"

남편은 장례식장에서 기쁨을 감출 수 없었던 나머지 고래고래 소리쳤다. 그 소리에 놀란 상주와 조문객들은 사실을 알고 박수를 치며 함께 기뻐했다. 남편은 다행히 호상이라 조금 덜 죄송했다고 했다. 그동안 기원이의 수많은 경기를 봐 왔어도, 단 한 번도 아들에게 잘했다는 말을 하지 않았던 그이다. 남달리 자식 자랑에 익숙지 못한 남편은 오늘만큼은 팔불출이 되었다.

우리 가족에게 이번 데뷔전은 가슴 벅찬 경기였으며, 평생 잊지 못할 하루였다. 이날을 얼마나 손꼽아 기다렸던가?

"대견스럽다 나의 아들, 윤기원."

★ 뜻하지 않은 소식 ★

행복의 잣대는 스스로 재는 것이다. '이렇게 행복해도 되는 걸까?' 싶을 만큼 기원이로 인해 우리 가족의 일상은 봄처럼 싱그럽고 따사로운 날들의 연속이었다. 여느 때와 다름없이 남편은 출근을 하였고, 딸 서영이는 토요코인 호텔에 근무 중이었다.

한국에 귀국한 지 일주일이 된 나의 20년 지기 친구 경순이는 그의 딸 지애의 학교 학부형 모임에 참석했다. 나는 회의가 끝나는 시간에 경순이를 만나기 위해 외출 준비를 서두르고 있었다.

집을 나서면서 오월의 향기를 마음껏 만끽했다. 엄마 품처럼 따사로운 햇살 한 줌도 고왔다. 사람의 감성은 다 그런 것일까? 봄이 정녕 왔으니 마음도 포근하고 아롱하다. 청아한 하늘을 바라보며 공원 길 모퉁이를 돌아서는데, 남편에게서 전화가 왔다.

"네, 기원 아빠. 왜요? 무슨 일 있어요?"

"응, 지금 막 매니저에게서 연락이 왔어. 기원이가 외출을 했다는데, 지금까지 연락이 없대. 기원이가 지금껏 이런 일이 없었다고 의아해하면서, 혹시 집에 오지 않았냐고 묻더라고. 다시 여기저기 연락할 곳이나 갈 만한 곳을 알아보고 연락해 준다며 전화를 끊었는데……. 별일이야 있겠나? 기다려 보자."

그리곤 전화를 끊었다. 좌불안석(坐不安席)이다. 기원이에게 무슨 일이 일어난 걸까? 뜬금없는 일이다. 전화를 끊는 순간, 나는 불안함과 묘한 예감에 안절부절못하였다. 한걸음도 옮길 수 없었다. 불길한 생각에 사로잡힌 나는 어느 집 담장 밑에 앉아 경순이를 불렀다. 고르지 못한 내 목소리에 놀란 친구가 저 만치서 뛰어왔다.

"무슨 일이야?"

"아직은 무슨 일인지 몰라. 그냥 기원이가 행방불명이래."

다리가 후들거려 두 손으로 지탱하고는 가까스로 일어났다.

"일단 우리 집으로 가자."

나는 친구 집으로 가면서 기원이에게 계속해서 전화를 했다. 그러나 들려오는 건 휴대폰이 꺼져 있다는 안내 소리뿐이었다. 지금껏 그 어떤 시련도 잘 견뎌낸 아들이었다.

"기원아, 무슨 일이 있는 거야? 엄마야. 빨리 연락해."

"기원아, 어디에 있는 거야? 모두가 찾고 있어. 아무 일 없는 거지? 빨리 연락해."

나는 떨리는 손가락을 애써 진정시키며 문자를 계속 보냈고, 아들에게로 연결되는 휴대폰 단축 번호를 셀 수도 없을 만큼 눌렀다. 제발 기원이가 받기를 바라면서……. 아무리 진정하려고 해도 나의 두 손은 쉴 새 없이 떨리고 있었다.

"친구야, 별일 없을 거야. 지금 네가 이렇게 진정하지 못하면, 나중에 행여 큰일이라도 당하면 어떻게 감당하려고 그래?"

경순이는 나에게 물 한 잔을 권했다. 남다르게 예리한 감각을 가지고 있는 친구의 말이기에 더욱 불길한 예감을 감출 길이 없었다.

남편은 딸 서영이에게 전화를 걸어 이 상황을 알렸다.

"기원이가 어제 외출해서 숙소에 귀소하지 않았다고 한다."

"아빠, 제가 전화해 볼게요."

평소 걱정할 일이 없던 기원이가 자꾸만 신경이 쓰였던 서영이는 어버이날 선물을 사러 백화점에 가는 것을 포기하고 곧장 집으로 왔다. 그리고 계속해서 대답 없는 기원이에게 전화를 걸었다.

시간이 흐르면 흐를수록 불안한 마음이 나를 지배했다. 그 예시는 적중했다. 곧이어 휴대폰 벨 소리가 울리고 남편의 전화번호가 떴다. 부디 기원이가 숙소에 도착했다는 사실을 말하기를 기대하면서 나는 반사적으로 전화를 받았다.

"정신 바짝 차리고 들어."

나는 두 눈을 질끈 감아 버렸다.

"기원이가 세상을 놔 버렸다."

아주 침착하게 깔린 남편의 목소리는 나의 귓속을 찢어 났다.

"이 사람이 지금 무슨 소리를 하는 거예요?"

"기원이가 이 세상을 떠났다고 연락이 왔어."

"뭐라고요? 우리 기원이가 뭘 어찌했다고요? 그게 무슨 말이냐고요?"

"마음 놓지 말고 정신 차리고 있어. 나도 집으로 곧 갈 테니……."

"누가 그래, 누가? 누가 그러느냐고요? 어느 미친 사람이 그런 말도 안 되는 소리를 하느냐고요?"

나는 온몸에 기운이 빠져나가는 것을 실감하며 남편에게 고래고래 고함을 질렀다. 수만 볼트의 전기가 온몸에 흘렀다. 옆에서 듣고 있던 친구가 나를 부둥켜안고 통곡하며 울부짖었다.

"무슨 말도 안 되는 이런 일이 있니?"

하지만 나는 아무것도 들리지 않고 아무것도 보이지 않았다.

"아니야, 아니야. 그럴 리가 없어. 내 아들이 왜?"

'왜? 왜? 무엇 때문에? 어째서? 어째서? 이건 거짓말이다, 다 거짓말이야.'

하얗게 된 머릿속을 부여잡고 허리를 접은 채, 나는 그야말로 미쳐 가고 있었다. 오열하던 나에게 이제 의식은 없고 혀끝에 곤두선 되새김만이 메아리가 되어 울리고 있었다. 인정하고 싶지 않은 이 현실에 나는 정신을 잃었다. 경순이는 서영에게 전화를 하며 미쳐 가는 나를 부둥켜안고 오열했다.

"서영아, 놀라지 말고 빨리 이모 집으로 와. 엄마 죽는다. 엄마가 지금……. 빨리 와! 으흐흐흐흑."

서영이는 엄마가 죽는다는 경순이의 말에 놀라 경순이의 집에 왔다. 나중에 들어 알게 된 이야기지만, 서영이는 오는 도중 남편에게 기원이의 소식을 전해 들어 혼란스럽고 너무 당황한 나머지 친구의 집을 지나치고 온 동네를 헤매다가 한참 뒤에야 도착했다고 한다.

"서영아, 마음 단단히 먹어야 해. 기원이가 하늘로 갔단다. 흐흐흐흑. 어쩌면 좋으냐? 흐흐흐흑⋯⋯."

서영이 엎드려 통곡하는 나를 멍하니 바라보다가 나를 덮치듯 쓰러졌다.

"엄마⋯⋯."

"내 새끼 우리 기원이. 서영아, 네 동생 기원이, 이제 어쩌면 좋으냐? 어떡하면 되느냐고? 기원아, 내 새끼 기원아⋯⋯. 서영아 말해 봐! 아니라고, 아니라고⋯⋯. 으흐흐흐흐흑."

나는 서영이의 가슴에서 통곡했다. 서영의 굵은 눈망울에서도 눈물이 봇물처럼 쏟아졌다. 하지만 서영이는 그러한 자신의 감정을 뒤로하고 애써 참으며 나를 꼭 안았다.

"이리로 오는 길에 아빠에게 연락이 왔는데, 침착하게 빨리 움직여 서울로 가야 하니 준비하래, 엄마. 엄⋯⋯ 마⋯⋯ 엉어어어엉."

말을 겨우 끝내며, 결국 서영도 슬픔을 참지 못했다.

"서영아, 어쩌면 좋아? 이제 우리 어떻게 사니? 어떻게 살아? 으흐흑."

경순이도 크게 소리 지르며, 서영이와 나를 끌어안고 하염없이 울었다. 그 눈물은 쉽사리 멈춰지지도 않았고, 우리가 어떻게 집으로 왔는지 기억도 나지 않는다. 나는 기진맥진하여 낮은 신음소리를 내며 쓰러졌다. 경순이와 서영이는 두서없이 서울로 갈 준비를 하고 있었다.

잠시 후 남편이 현관문을 열고 들어왔다. 애써 침착하려는 모습에 많이 경직된 얼굴이었다.

"기원이 아빠, 우리 기원이 어쩌면 좋아? 우리 기원이, 우리 기원이를 어떻게 해야 하냐고? 어어어어헝."

나는 들어서는 기원 아버지 앞에 엎드려 대성통곡 했다. 남편은 그런 나를 일으켜 세우며 말했다.

"기원이의 충격적인 사고 소식을 접하고, 나도 그 자리에서 멍하니 시간이 가는 줄도 모르고 그렇게 두 시간을 보냈어. 또 이 상황을 당신과 서영이에게 어떻게 전해야 할지 엄두가 나지 않았어. 이제 그만 울고 정신 차려서 서울로 가야 해. 빨리 준비해야지."

남편은 무서울 만치 냉정한 얼굴을 하고 있었다. 하지만 나는 택시 안에서도 이성을 잃었다. 의식이 있고 없고를 몇 차례 거듭했을까. 나의 손을 꼭 잡은 경순이도 같이 흐느꼈고, 잡은 손이 희미하게 떨리고 있었다.

"친구야, 정신 놓으면 안 돼. 정신 놓으면……."

"서영아, 아빠 챙겨. 엄마는 걱정 말고. 내가 있으니까."

김해공항에 도착했다. 공항엔 많은 사람들이 오가고 있었고, 그 인파 속에서 나는 이 엄청난 고통으로 말도 안 되는 이 상황에 통탄을 하고 있었다. 공항에서 수속을 밟느라 오가던 남편이 굳은 표정이 되어 내게로 다가왔다.

"이제부터는 울면 절대 안 된다. 힘들어도 참아야 해! 어떻게 된 상황인지, 가서 알아보고 수습해서 기원이를 잘 보내 놓고, 그때 울어도 늦지 않아. 그러니 지금부터는 절대 울지 마라. 알았지?"

흩어진 내 모습을 보고 단호하게 말했다.

어찌 그런 말인가? 어찌 아무 일 없는 듯이, 어찌 참으란 말인가? 나는 혀를 깨물었다. 아들의 미소 짓는 모습이 떠오를수록 흐려지는 시야를 어찌 할 수 없었다.

조금의 시간의 여유가 있어 출발을 기다리는 동안에 남편에게 한 통의 전화가 왔다. 동생 정숙이었다. 자신의 자식보다 더 챙겼던 하나밖에 없는 기원이의 이모다.

"형부, 어디야? 나 데리고 가. 우리 기원이 있는 곳에 나도 데리고 가. 형부야, 나 데리고 가. 흐흐흑……."

갑자기 사람들의 모습도 희미해지고, 공항이 시아에서 사라져 갔다. 모든 소리가 잠자듯 조용해졌다.

그렇다. 공황장애였다.

★ 이해할 수 없는 경찰의 행동 ★

서울이다. 동공이 흐려져 앞을 볼 겨를도 없이 김포공항에 도착했다. 남편은 서초 경찰서에 연락을 하기 위해 휴대폰을 켰다. 기원이의 소식을 접한 지인들의 수많은 문자와 전화가 쏟아졌다. 뉴스를 통해 모두가 알았나 보다. 남편은 기사에 실린 아들의 소식을 보기 위해 핸드폰으로 인터넷 뉴스를 보기 시작했다. 아무 말이 없이 한참을 그렇게 보고 있었다.

서울의 교통 체증은 급한 마음을 더욱 지치게 만들었다. 경찰서에 도착 후 모두가 조급한 마음에 빠른 걸음으로 이동했다.

친구 경순의 친언니인 달이 언니는 볼일이 있어서 서울에 머물렀는데, 기원이의 소식을 듣고 서초 경찰서로 먼저 와 있었고, 기원이의 셋째 큰아버지도 미리 와 계셨다. 가족이 도착하지도 않았는데, 담당 경찰은 달이 언니와 기원의 큰아버지께 사건의 경위를 설명하고 있었다.

"성모병원으로 가 보시겠어요?"

"우리는 직계가족이 아니라 안 되고, 가족이 가서 수습해야 되지 않겠느냐?"

기원이의 큰아버지가 거절하며 뭔가 이상하다는 생각을 했다.

'경찰의 움직임이 이상하다. 왜 유족들도 안 왔는데, 사고를 수습하려 하고 직계가족도 아직 안 왔는데 마무리 지으려 하지? 그만큼 급히 처리해야 할 이유가 있는 걸까?'

나중에 경찰서에 도착한 우리에게 담당 경찰은 휴게실에서 다짜고짜 다그치는 말투로 말했다.

"자, 자, 이리 와 보세요. 윤기원 선수는 자살입니다. 일단 유서도 없고요. 개인적인 이성 문제와 주전 경쟁에 따른 스트레스로 인한 중압감에 의하여 일산화탄소를 마신 확실한 자살입니다. 언론에서 하는 기사는 모두 추측기사이니 믿지 마시고, 언론과 접촉하지 마세요. 그리고 지금 곧 현장에 다녀와서 사건 종결에 사인을 하시고, 시신을 수습하여 사건 처리를 빨리 진행합시다."

담당 경찰은 턱짓을 해가며 마무리 하자고 속전속결로 통보했다.

'저 경찰이 지금 무슨 소리를 하는 거지?'

나는 아연실색하며 한참을 멍하니 있었다. "개인적인 이성 문제와 주전 경쟁에 따른 스트레스로 인한 중압감에 의하여 일산화탄소를 마신 확실한 자살"이라니? 사고 직후, 어디서 어떻게 그처럼 발 빠른 수사를 했는지 알고 싶었다.

"자살? 자살이라니요? 우리 기원이가요? 왜요? 우리 기원이가 왜 자살을 하는데요? 왜요? 그럴 리가 없어요. 절대 그럴 리가 없습니다. 우리 아들 기원이는 그런 아이가 아닙니다. 절대, 절대, 그런 아이가 아닙니다. 어어엉엉엉엉."

억장이 무너져 내린 나의 울음은 경찰서 안에서 서럽게 울렸다.

"나가 계세요. 자, 자, 나가 계세요. 이러시면 안 됩니다."

경찰은 냉정하리만치 차가운 얼굴로 나를 밖으로 밀어냈다. 그들에게서 자식을 잃은 부모 심정에 대한 동정의 눈빛은 조금도 찾아볼 수 없었다. 무엇에 쫓기듯 사건을 수습하기에 바빠 보였다.

'뭐가 안 된다는 거야? 내 자식이 싸늘히 식어 버렸는데, 뭐가 안 된다는 거냐고?'

이렇게 반문하고 싶었지만 마음뿐, 목소리는 나오지 않았다. 한참 뒤, 서영이는 내가 있는 휴게실로 왔다. 기원이의 유품이라며 손에 들고 있는 것을 내려놓았다. 휴대폰, 지갑, 노트북, 돈 120여만 원 그리고 차 열쇠.

경찰은 신속히 유품을 전달하고 사건 장소에 가서 참관을 하자고 했다. 빠르게 사건을 해결을 하려는 모습이 여실했다. 나는 경찰에게 말했다.

"자살이라뇨? 절대, 그럴 리가 없어요. 내 아들 기원이는 절대 그런 아이가 아닙니다. 그런 아이가 아니라고요. 뭔가 잘못된 거라고요!"

나는 반복해서 울부짖으며 소리쳤다. 담당 경찰은 내 행동이 산만하다며 나를 외면했다. 나는 어떤 일이 있어도 자살이라는 것을 인정할 수가 없었다. 내 아들 윤기원을 믿기 때문이다.

"자살이라니…… 말도 안 돼. 아니야, 다 거짓말이야. 내 아들 기원아, 도대체 무슨 일이 있었던 거야?"

나는 수도 없이 독백하며 설 수도 없는 몸을 이끌고 만남의 광장으로 갔다. 기원이가 마지막으로 발견된 장소다. 만남의 광장으로 가면서 경찰은 기원이가 성모병원 영안실에 안치되어 있고, 차량은 내곡 파출소 옆 도로에 있다고 했다. 우리는 그 말을 대수롭지 않게 들었다.

이내 도착한 만남의 광장. 차에서 내리자, 나는 숨이 턱 막히면서 호흡 곤란을 느꼈다. 말할 수 없는 아픔으로 가슴을 쥐어뜯었다. 딸 서영이가 나를 안았다.

"엄마……."

남편의 표정은 무서우리만큼 냉정했다. 그런데 더욱 기가 막히는 것은 기원이의 사고 현장에 아무것도 없었다는 사실이었다. 사고에 의한 현장 보존이 아예 안 되어 있었다. 폴리스 라인도 설치되어 있지 않았고, 사건 장소는 공터였다.

"그러면 아무것도 없는 이 상황에서 무엇을 보고, 무엇을 설명하며, 무엇을 인정하라는 겁니까?"

남편은 착잡한 목소리로 경찰에게 물었다.

"단순 사고라고 생각해서 현장 보존을 안 했습니다."

나는 그 자체가 이해가 안 되었다. 사람이 죽었는데 "단순"이라니? 기가 막히는 일이었다. 아무리 그렇다고 해도 유족들의 의사와는 상관없이 오기도 전에 모든 현장을 없앴다는 건 결코 이해할 수 없었다. 하물며 사고 차량의 바퀴부분에 스프레이를 뿌린 흔적조차 없다.

불현 듯 이상한 생각이 들었다. 서영이는 아빠의 손을 놓지 않고 힘껏 잡고 있었다. 아무것도 없는 텅 빈 공간에서 담당 경찰은 아주 간단하게 설명했다.

"당시 만남의 광장에 입구에 들어올 때, CCTV에는 운전자가 턱 옆선 라인만 흐릿하게 찍혀 누군지 잘 파악이 안 됐습니다. 여기쯤 차량이 있었고, 119가 도착했을 때 차 문이 열리지 않아 창문을 깼는데, 가스 냄새가 났다고 합니다."

경찰의 설명은 계속되었고, 남편과 서영이 그리고 나와 동행한 기원이의 큰아버지는 말없이 설명을 듣고 있었다. 나는 주위를 두리번거렸다. 화물 차량이 보였다.

"아드님의 차량은 화물 차량 사이에 주차되어 있었고, 상체를 구부린 자세로 있었습니다. 차량의 방향은 이렇게 보고 있었습니다."

담당 경찰이 부산 방향을 가리키며 열심히 설명했다. 멀리서 한참을 물끄러미 바라보던 한 시민이 다가와서 말했다.

"저기요, 아까 사고 났던 그 차량 말인데요. 사고 장소는 그곳이 아니고 이곳이었습니다."

큰소리로 다가오며 옆 장소를 가리켰다. 그러자 경찰은 다시 시민이 말한 그 장소에서 설명을 했다. 화단턱에 깨진 차문 유리 조각이 흩어져 있었다. 사건을 담당한 경찰이 사고 현장조차 정확히 모른다는 것을 어떻게 이해하란 말인가? 사고 장소도 모르는 사람이 아들의 사고 현장 상황을 어찌 설명할 수 있는가? 이 담당 경찰이 과연 기원이의 현장을 수습한 건 맞는지 의아한 마음이 들기 시작했다.

인정하기도 싫은 이 자리에서, 우리는 경찰의 믿음 없는 말을 듣고 있었다. 아주 짧은 설명을 들은 후, 남편이 CCTV 작동에 대해 물었다.

"당시 운전석 CCTV 상황은 어땠습니까?"

"아, 조수석 쪽에만 CCTV가 있고, 운전석 쪽에는 CCTV가 없어 운전석의 상황은 모릅니다."

"CCTV가 조수석 쪽에만 비춰지는 상황?"

주위를 한 번 둘러본 기원 아버지가 중얼거렸다. 이것은 확인해 보아야 할 사항이므로 휴대폰에 메모하고 저장을 했다.

"아빠, 다 거짓이야. 사고 장소도 모르는 경찰이 시민이 말해 준 장소의 CCTV 상황을 어찌 알아? 그걸 믿으라고? 이건 아니다, 아빠."

"그래, 그러니까 되물을 가치도 없어. 일단 아빠가 체크하고 있으니 마저 설명을 들어 보자."

담당 경찰은 장소를 옮겨 기원의 차량이 있는 내곡 파출소로 가자며 안내했다. 기원이의 차량은 파출소 앞 도로에 사고 차량이라고 하기에 아주 무색할 정도로 방치되어 있었다.

경찰은 기원이의 차량을 확인하라고 했다. 차 뒷좌석에는 번개탄과 번개탄의 껍데기가 어지러이 널려 있었으며 나뒹구는 맥주 캔이 여러 개 있었고, 안주로 버려진 과자봉지와 귤껍질이 어지러이 널려 있었다. 운전석 옆 좌석 바닥에 아주 조금 타다가 만 번개탄이 보였다. 나는 그곳에서 여러 사람이 있었던 흔적을 보았다. 나는 점점 경찰이 지금 우리에게 거짓말을 하고 있다는 확신이 들었다.

서영이는 울먹이며 애써 동생의 차를 외면했고, 나는 털썩 주저앉아 오열했다. 운전석에 내 아들이 신었던 슬리퍼가 제멋대로 널려 있었다. 나는 넋이 나갔고, 남편의 두 팔은 떨렸다.

트렁크를 열었다. 남편의 얼굴이 경직됐다. 깔끔한 성격대로 가지런히 정리된 유니폼과 축구화가 있었다. 트레이닝 운동복이 한눈에 들어왔다. 동생의 흔적에 서영이는 계속 눈물을 흘렸고, 애써 참고 있던 기원이 큰아버지의 얼굴은 고통으로 일그러졌다.

"기원아, 어찌된 일이냐? 도대체 네게 무슨 일이 있었던 거야?"

아무리 물어도 답 없는 메아리이다.

우리는 기원이가 안치되어 있다는 성모병원으로 갔다. 병원 주차장에 내리자, 나는 도무지 발이 떨어지지 않았다. 도저히 아들을 볼 자신이 없었다. 내가 어찌 기원이를 볼 수 있단 말인가? 나는 가슴을 탕탕 치면서 그 자리에 주저앉았다.

"그러면 경찰서 갔다가 마음이 조금 안정되면 다시 와서 보자."

"그래, 엄마. 그렇게 하자."

"이럴 수는 없다. 어찌 이럴 수 있단 말인가? 어어어엉, 기원아……."

★ 보류된 경찰 수사 ★

해가 진 저녁, 땅거미 내려앉는 시간이다. 경찰서로 돌아오니 거제도에 있는 대우조선에서 근무하는 기원이의 절친한 친구인 뱅수가 소식을 접하고 한걸음에 달려와 있었다. 서초 경찰서 앞에서 작업복 차림으로 멍하니 앉아 있다가, 우리가 차에서 내리자 황급히 뛰어왔다. 얼굴엔 슬픔이 역력했다. 뱅수는 초등학교 때부터 고등학교 때까지 축구를 같이한 기원이의 죽마고우다.

"어머니······."

"뱅수야······."

쉬지 않고 울고 있던 정숙이가 뱅수를 안고 엉엉 울었다.

"우리 기원이 어쩌면 좋으냐? 뱅수야, 자살로 몰아서 처리하려 한다. 이 일을 어쩌면 좋아, 뱅수야. <u>흐흐흐흑</u>······."

흐느끼는 뱅수를 끌어안은 슬픔 곁으로 어둠이 서서히 내리고 있었다. 우리는 어찌하여 이런 일이 일어났는지 영문도 모르는 채, 말없이 서로를 응시하며 허탈해 했다. 눈물은 발등을 찍고, 통곡의 소리는 하늘을 쪼갰다. 천지를 울려도 들어주는 이가 아무도 없었다. 여전히 달은 어둠을 밝혔고, 세상은 아무렇지도 않았다.

경찰은 이제 모두 확인했으니 기원이의 시신을 수습하고 사건을 종결하여 장례 절차를 밟으라고 했다. 남편은 강하게 거부했다.

"절대 자살이 아닙니다. 그럴 이유도 없겠지만, 만에 하나 그렇다면 왜 그랬는지 그 이유라도 알아야 하지 않겠습니까? 그 어떤 이유도 모르고 내 자식을 이렇게 보낼 수는 없습니다. 죄송하지만 사건 종결은 인정할 수도, 동의할 수도 없습니다. 그리고 죽음을 결심한 사람이 운동 후 복장에 슬리퍼를 신고 마트에서 물품을 구입하고 숙소에서 먼 곳인 만남의 광장까지 와서 하필이면 화물차와 화물차 사이에 차를 주차해 놓고 뒷좌석에서 마트에서 구입한 안주와 술을 다 마시고, 차 문을 잠근 뒤 유서도 한 장 없이 번개탄을 피우고 스스로 죽었다는 사실을 세상 어느 누가 인정하겠습니까?"

남편은 단호히 말했다.

"엄마, 진짜 이상해. 아까, 내곡 파출소에 있던 기원이의 차 조수석에 봤던 착화탄 화덕과 그 주위는 정말 깨끗했는데, 경찰이 보인 자료 사진은 엄청 더럽고 지저분했어. 아빠도 봤잖아요? 기원이 차에서 실제로 직접 봤을 때 깨끗했어. 차 천장에 그을음도 없이 깨끗하고. 이상하지?"

"그래, 나도 봤다."

고개를 갸우뚱거리며, 남편은 말을 이었다.

"안 그래도 이상하다는 생각이 들었는데, 서영이도 같이 느꼈구나."

달이 언니의 조카가 어딘가로 전화를 했다. 모두가 일사불란하게 움직였다. 여기저기 전화를 돌려 구원을 요청했다. 최대한 인맥을 동원해야 했다. 나는 서초 경찰서 바깥 등나무 아래에 앉아 여기저기 두서없이 전화를 했다. 정숙이가 퉁퉁 부운 눈으로 울면서 내게 다가왔다.

"언니, 경찰이 자꾸만 형부하고 서영이한테 서류에 사인하고 병원에서 기원이 데리고 가래. 우리 기원이 어쩌면 좋아. 말도 안 된다."

아무에게나 매달리고 싶은 심정으로 무작정 전화를 했다. 손이 떨리고 눈앞이 자꾸만 흐려져 자판을 제대로 볼 수가 없었다. 나는 전화기에 매달려 흐느꼈다.

"자살로 처리하려 해. 제발 도와줘. 유족이 없는 상태에서 현장의 상황도 정확히 몰랐던 담당 경찰이 유족과 지인들을 모아 놓고 명백한 일산화탄소에 의한 자살이 분명하니 빨리 마무리 하라고 다그치고 있어."

나는 지푸라기라도 잡고 싶은 심정을 전했다.

이렇게 황당무계한 일이 어디 있는가? 이렇게 허무하게 "자살"로 단정 지어 끝낼 수는 없었다. 아니, 분명치도 않는 이 어마어마한 사실을 눈곱만큼도 인정할 수가 없었다. 그리고 알아야 했다. 무엇보다 기원이가 갈 수 밖에 없었던 그 사실을 알아야 하고, 그 죽음의 실체를 알아야 했다.

통화 내내 울먹인 나는 기력을 잃어 갔고, 남편은 끝까지 자살에 동의할 수 없다며 정확한 수사를 요구했다. 어둠이 내려오기 시작했다. 조금 뒤 담당 경찰이 우리 곁으로 다가왔다.

"자, 오늘은 참고인 조사 내용을 보시고 틀린 점이 있으면 말씀하시고 없으시면 사인하세요."

남편과 서영은 사인을 했다.

"자, 오늘은 그만 돌아가시고, 내일 아침 이곳에서 뵙겠습니다."

담당 경찰이 모여 있는 우리들을 향해 말했다. 서둘러 사건 종결을 하고자 하는 자세는 간 곳 없고, 오늘은 이만 돌아가고 내일 경찰서로 오라고 했다.

"일단 사건이 마무리되지 않은 것이 다행이다. 내일 오라고 하니 내일 와 보면 알겠지. 오늘은 이만 갑시다."

기원이의 큰아버지가 나의 어깨를 두드리며 발걸음을 옮겼다. 등줄기에 슬픔이 가득 배었다. 기원이의 큰아버지는 기원이를 자신의 아이들보다 더 사랑했던 만큼 아픔은 더 클 것이다.

우리는 지친 발걸음을 어둠 속으로 옮겼다.

"오늘 꼭 자살로 처리할 것처럼 하더니만."

"그러게 말이야."

동생과 친구가 귓속말로 주고받았다. 어찌됐든 기원이의 수사를 다시 할 수 있는 시간을 벌 수 있어서 다행이었다.

"아무래도 이상하다. 발견된 지 하루도 지나지 않았는데, 아니, 정확히 말하면 단순 사고라며 명백한 자살이라고 염두에 둔 상태에서 수사 종결을 하려고 했다. 그리고 경찰이 마치 뭔가에 쫓기는 듯이 얼렁뚱땅 빨리 해결하려 하는 것도 그렇고……. 지금은 알 수 없지만 뭔가가 있어."

남편의 입술에 힘이 들어갔다.

"중요한 사실은 기원이가 자살을 할 그런 애가 아니라는 사실이지. 기원이가 그럴 이유가 없잖아."

경순이가 울먹이며 말했다.

"그래, 경찰의 태도도 애매하고 현장 보존이 안 되어 있다는 것도 그렇고, 사건 장소도 모르는 형사의 태도도 미심쩍고……. 이상한 점이 한두 개가 아니다."

상상도 할 수 없는 이 끔찍한 충격을 안고, 나는 친구와 동생의 손에 이끌려 봉천동에 있는 경순의 동생 집으로 갔다.

기원이의 큰아버지는 큰어머니가 집에서 애타게 기다리고 계신다며 자신의 집으로 가기를 청했다.

"그럼 오늘은 형님 집으로 가서 지내고, 내일 봉천동으로 가겠습니다. 오늘 고생했습니다. 들어들 가 쉬세요."

"그럼 언니와 조카는 봉천동으로 가고, 나는 큰아버님 댁으로 갈게. 내일 경찰서에서 봐, 언니."

정숙이, 뱅수와 달이 언니를 보내고 걷지 못하고 자꾸만 넘어지려는 나를 부축하며, 경순이와 함께 큰아버지 집으로 갔다. 퉁퉁 부은 얼굴로 형님이 뛰어나왔다.

"무슨 이런 일이 있을 수가 있나? 동서야, 어이가 없고 말문이 막혀서 뭐라고 해야 할지. 어떻게 이런 일이?"

30년 전, 자식을 먼저 보낸 아픔이 있는 형님이었다.

"지금부터 더 버텨 내야 하는데, 정신 바짝 차려야 해."

모두 것을 포기한 듯한 남편의 얼굴에서 살기가 돌았다. 순간 나는 덜컥 겁이 났다.

"기원이 아버지, 나는 기원이 아버지가 없으면 안 돼요. 마음 단단히 먹어요. 나쁜 생각하면 안 돼요."

뭐가 뭔지도 모르는 이 상황에서 기원이가 죽었다는 사실만으로도 감당할 수 없는 충격에 빠졌다. 밤새 나는 이명(耳鳴)에 시달렸다.

작은 방에서 딸 서영이의 울음소리가 가늘게 들렸다. 창밖의 가로등

불빛이 눈물에 가려졌다. 같이 있는 서울 하늘 아래에서 말 한마디 없이 이별을 고한 아들은 싸늘히 식어 있고, 볼 수도 만날 수도 없는 밤이었다. 모든 삶의 동행을 접고 세상과 영원히 결별한 아들을 이렇게 보내야 하는 통탄함에 허리를 꺾었다.

2011년 5월 6일, 사랑하는 나의 아들 윤기원을 한 뼘도 안 되는 가슴에 묻었다.

★ 다음 날 아침 ★

지옥을 드나들었던 밤이다. 불현듯 찾아온 악몽이 나를 지배했다. 아침은 어김없이 찾아왔고 햇살은 여전히 눈부셨다.

경찰서에 가기 위해 축 처진 몸을 일으켜 세웠다. 서초 경찰서에 도착했다. 어제 수사를 종결하기 위해 급급했던 모습과는 달리 많이 안정된 모습의 담당 경찰은 우리를 향해 부드러운 목소리로 말했다.

"한 치의 부끄럼 없이 수사하겠습니다. 수사의 진행 사항이나 수사 내용을 수시로 알려 드리겠습니다. 믿고 맡겨 주십시오."

서영이는 기원의 유품을 담당 경찰에게 돌려주었다.

"여기 서명하십시오. 사이버 경찰청으로부터 노트북과 핸드폰을 맡길 텐데, 조사 중에 노트북과 휴대폰이 훼손되거나 파손될 시 책임을 묻지 않겠다는 사인입니다."

"꼭 있는 그대로의 사실만 밝혀 주시고, 진실 그대로만의 수사를 해 주시기 바랍니다."

남편은 서명을 하며 간곡히 부탁했다.

경찰은 유족의 뜻에 따라 수사를 진행함에 있어 부검 의사를 물었다. 우리는 부득이하게 부검신청을 하게 됐다.

"오늘이 토요일이고, 내일까지 휴일이라 월요일이 되어야 부검이 가능할 것 같습니다. 가능하다면 일정을 당겨 보겠지만, 아마 월요일 일찍 진행될 것 같습니다."

나는 타일 바닥에 털썩 주저앉았다. 부검은 정밀한 수사를 하기 위해 필요한 과정이라고 했다. 죽을 만큼 아까운 아들의 몸에 또다시 칼을 대야 한다니……. 눈물이 또다시 하염없이 흘렀다.

기원의 수사를 간곡히 부탁하고 봉천동 종순 씨 집으로 갔다. 이제는 수사 기관을 믿고 기다려야 했다. 모두가 침통했고, 나는 침대에 아무렇게나 나를 던져 놓고 절규했다. 얼마를 울었는지 모른다. 무의미한 시간들이었다.

작은방 창 너머에서 해 그림자는 그런 나를 조소했다. 짐작컨대 오후로 접어드는 듯했다. 조용했던 거실에서 웅성거림이 들렸다.

"언니, 나와 봐. 손님이 오셨어."

대한 불교 천태종 구인사에 계시는 스님이시다. 나의 불법 인연의 스승이시며, 내가 평소 존경하며 의지해 왔던 스님이시다. 새벽에 소식을 듣고 먼 길을 한걸음에 달려오셨다. 서초 경찰서를 직접 방문하여 경찰 관계자도 뵙고 오는 길이라고 말씀하신 후, 고개를 숙이신 채 한참을 침묵하셨다. 나는 스님 앞에서는 울지 않으려고 입술을 지그시 깨물었다.

"달도 차면 기우는 법입니다. 사람은 누구나 한 번 오면 가기 마련이고, 거부할 수 없는 생과 사의 길은 자연의 이치입니다. 이 세상에 와서 몇 백 년을 사는 것이 중요한 게 아니라, 하루를 살아도 어떻게 살았느냐가 중요한 것입니다. 아드님의 죽음에 많은 세상 사람들이 애도하고 있고, 불의 앞에 단 하나밖에 없는 목숨을 기꺼이 던진 아드님의 그 정신은 무엇으로도 바꿀 수 없습니다. 아드님의 생은 갸륵하고 거룩한 것입니다. 지금 이 순간순간에도 수없이 죽어 가는 이름 모를 사람들이 많습니다. 아무도 알아주지 않는 죽음이 말입니다. 어쨌든 무슨 말이 필요하겠습니까만, 빨리 잊으시라는 말밖에 달리 드릴 말씀이 없습니다. 못다한 삶이라 생각지 마시고 이생에서 할 일을 다 마친 삶이라고 생각하십시요."

"스님의 말씀 가슴 깊이 새기며 마음 추스르겠습니다."

남편과 나는 진심으로 두 손 모아 합장했다.

"스님 혹여 진실이 밝혀져도 그게 누구이든 그 어떠함에도 원망은 하지 않을 것입니다. 그 죄는 정당한 이 나라 정법에 맡깁니다. 원하면 원하는 것만큼 원망이 많다는 사실을 알기에……. 단지 기원이가 자살이 아니라는 사실을 밝혀 그 오명만 벗겨지고 기원이의 명예를 찾는 것에 신중을 기할 것입니다."

나는 울먹이며 더듬더듬 말씀드렸다.

"그래요. 이 변고에도 그리 큰마음을 내시니 고맙습니다. 그게 부처님의 가르침인 자비이며, 실천하는 참된 불자의 모습입니다."

장례 절차와 사건에 대한 많은 조언들이 오고가는 중에 남편의 휴대폰이 울렸다. 기원이의 소식을 듣고 김해에 거주하는 친구 정순이와 채정 형님 그리고 평소 남편과 둘도 없는 친분을 가진 민철 아주버님 내외가 서울에 도착했다고 했다. 민철 아주버님은 며칠 뒤 막내아들 결혼식을 앞두고 있었다. 스님께서 주례를 하실 예정이었다.

"되도록이면 민철 처사님은 이곳에 오지 말라고 하시죠? 이곳 서울까지 오신 민철 아주버님의 마음만 해도 충분한 것입니다."

좋은 일을 앞두고 되도록이면 가리어 행동하라는 말씀이셨다. 민철 아주버님은 우리를 만나지 못하고 봉천동 근처에 있는 커피숍에 계셨다. 눈이 퉁퉁 부은 채 친구 정순 그리고 불교 합창단 도반인 채정 형님이 울며 들어왔다.

"어떻게 해, 이일을……. 이 아까운 놈을 어쩌면 좋으냐?"

기원이가 초등학교 1학년 때, 정순은 같은 반 임원진이었다. 그 후 지금까지 20년 지기이자 기원이가 맺어 준 인연이다. 그렇게 우린 한참을 엉키어 있었다.

"부검은 하지 않았으면 합니다."

"네, 스님. 참으로 원치 않는 일이나 만약 부검을 하지 않을 경우에는 자살로 인정되며 수사가 종결될 수 있으므로 부득이 부검 신청을 하게 되었습니다."

"묘를 써야겠지요?"

"아닙니다. 억울한 죽음으로 얼마나 한이 맺혀 있겠어요. 자연으로 보내려 합니다."

"그래요, 마음이 그렇다면 그리 하세요. 마음이 가시는 대로……. 그

리고 기원이는 부처님이 급히 필요해서 조금 빨리 데리고 갔다고 생각
하시고, 너무 아파하시거나 몸이 상할 정도로 힘들어 하시면 안 됩니
다. 망자와 산자의 경계는 확실해야 합니다. 힘을 내셔야 합니다. 그
리고 곁에서 많이 도와주시고 격려해 주시기를 부탁합니다."

"네, 스님. 염려 놓으세요."

정순이와 채정 형님이 곁에서 합장을 하고 예를 올렸다.

"감사합니다. 스님, 바쁘실 텐데 이렇게 와주시고. 정말 감사드립
니다."

말끝을 제대로 잇지 못하며 울먹이는 나의 두 손을 스님께서 꼭 잡
아 주셨다. 해가 서쪽을 향해 어김없이 가고 있었다. 스님께서 일어나
시고 채정 형님도 오지 못 하고 근처에 계시는 민철 아주버님과 김해로
내려가기 위해 같이 일어섰다. 멀어져 가는 스님의 뒷모습이 보이지
않을 때까지 담장에 기댄 채 서 있었다. 스님은 내리막 골목을 몇 걸음
걸으시다 멈추시고, 합장을 하셨다.

"정말 고맙고 감사합니다, 스님."

나는 합장 인사로 스님을 배웅하고 돌아섰다.

"무슨 이런 일이 있나?"

정순이 나를 끌어안고 울었다. 휘청거린다. 나의 넋에도, 나의 마음
에도, 거센 아픔이 태풍처럼 몰려왔다. 한 치 앞도 모르는 이 중생이
무엇을 위해 살아왔나? 모두가 부질없다. 이렇게 단숨에 이뤄지는 생
이별에 온몸이 찢어지는 통증이 엄습했다. 갑작스레 통보받은 너의 비
명(非命)이다. 더 이상 이 세상에 너의 것은 없고 나의 너는 없다. 가혹

한 날은 달리기 시작했다.

★ 부검 전날 ★

소나기가 한 줄기 지나갔다. 여름날 장마처럼 오락가락하는 지조 없
는 날씨마저 서럽다. 오늘은 어버이 날이자 우리 부부의 결혼기념일
이다.

낯선 서울의 풍경들이 무심하다. 의식이 돌아오는 아침이면, 나는
만물에게조차도 부끄러웠다. 이렇게 눈 뜨는 것이 미안하고, 내 육신
이 살아 꿈틀거리는 자체가 미안하고, 너를 지켜 주지 못한 내 어리석
음이 더없이 미안하다.

준비되지 않는 아들의 이별에 모인 지인들로 집안은 산만하다. 나는
방구석 모퉁이에서 벌써부터 그리워지는 기원이의 모습 속에서 하염없
이 방황했다.

남편은 아침부터 술잔을 기울이고 있었다. 저 알코올조차도 넘기지
않는다면 이 순간을 어찌 견디리. 애써 강하게 보이려는 모습이 측은
하다. 거북이 등처럼 말라 버린 입 안이 쓰다. 지금 이 시간이 우리 모
두에게 아픔이고, 고통이다.

슬픔이 빚어내는 소주잔을 들며 내일이면 나올 부검 결과를 기다리
는 초조한 마음들이었다. 모두가 힘든 밤을 보내고, 누가 먼저랄 것도
없이 거실에 모여 앉았다. 남편이 조심스럽게 얘기를 꺼냈다.

"5월 3일, 저녁에 기원이와 통화를 했습니다. '아빠 5월 8일 꼭 오세

요. 대전 전에 선발로 출전할 것 같아요. 아빠, 엄마와 함께 꼭 오세요.'라고……. 그렇게 꼭 오라고 당부를 하기에 '그래, 몸은 괜찮아? 컨디션은 어때?'라고 물으니, '네, 아빠 괜찮아요. 그날 뵐게요. 꼭 오세요.'하며 평소와 다름없이 통화했는데…….''

고개를 숙인 남편의 모습에서 무게를 가늠할 수 없는 고통이 지나갔다.

"그런데요, 지금 이 녀석이 나와의 약속을 어기고 멀리 가 버렸어요. 오늘 경기장에 엄마와 같이 오라고 해 놓고 말입니다."

남편의 젖은 목소리가 나지막하게 들렸다.

"4월 22일경, 기원이가 전화를 해서 통화를 했는데, 그때 기원이가 '엄마, 제 월급에서 할머니 용돈도 드리고, 이모랑 그리고 엄마 친구들과 맛있는 밥도 사 드시고 차도 마시고 하세요.'라고 했는데……. 으흐흐흑."

나는 복받치는 감정을 주체할 수 없어 그만 주르르 눈물만 흘렸다. 모두 다 빈 하늘만 봤다.

"사실 사고 소식을 접했을 때, 저는 교통사고로 확신하고 부디 기원이의 신체만이라도 온전하기를 바랐지요. 교통사고 외의 사고는 당치도 않는 일이라 상상도 못했어요. 지금은 아무 생각도 안 하려 합니다. 울지도 않아야 합니다. 답답하고 억울한 마음도 지금 어쩌겠어요? 이제 수사를 기다리고 수사 결과에 의해서 움직여야지요. 지금은 무엇보다 기원이를 잘 보내 줘야 하는 게 우선이라 생각합니다. 우리 기원이를 잘 보내 줘야지요."

술잔만 쳐다보는 남편은 애써 침착하려 했고, 딸 서영이의 큰 눈동자에 빨간 노을이 지고 있었다. 순간 저 작은 가슴에 얼마나 큰 상처가 박혀 있을까 생각했다. 내 감정에만 충실한 나머지, 서영이를 생각하지 못한 것이다. 나는 서영이의 손을 잡았다. 혈육을 잃은 가슴에 눈물이 비처럼 내렸다.

대전시티즌과 인천유나이티드 FC의 경기가 시작되었다.

"네가 살아 있다면 지금 널 보고 있을 터인데……."

공식적인 추모 경기는 아니지만, 서포터즈와 팬들에 의한 자발적인 추모를 하였다고 했다. 골대와 운동장 스탠드 곳곳에 흰 국화꽃이 꽂혀 있었다. 인천 서포터즈가 준비한 기원이의 영정이 담긴 대형 걸개가 펄럭였다.

홈경기인 대전 구단 측에서 추모 행사를 할 것인지 인천 구단에 문의했지만, 인천 구단 측에서 한국 축구 연맹에 요청하지 않았다고 했다. 대전 구단은 "공식적인 추모 행사가 있었다면 함께 방안을 생각해 봤겠지만 그런 요청은 아예 없었다."고 말했다. 인천 구단 관계자는 "어버이 날이라 추모 행사의 요청이 어려웠다."라고 답했다. 서포터즈와 양 팀 선수 모두 근조 리본을 달고 경기에 임했고, 기원이의 추모를 위해 양 팀 팬들은 응원을 자제하고 경기 내내 엄숙했다.

극적으로 역전승을 한 인천 소속의 박 선수가 말했다.

"오늘의 골은 기원이 형의 선물이다. 기원이 형 생각에……."

박 선수는 끝내 말을 잇지 못했다. 경기는 승리하였고, 선배였던 골

키퍼 송 선수는 경기를 마친 후 그라운드에서 쓰러져 울었다. 팀의 책임자로서가 아니라 인간적으로 마음이 아프다던 감독은 인터뷰에서 이렇게 말했다.

"이 승리를 기원이에게 바친다."

기원이의 잠재력을 발견하고 "큰 소득이다."며 실전에 전격 배치한 감독이다.

부랴부랴 부산에서 올라온 기원의 외삼촌이 두 주먹을 불끈 쥐고 방바닥을 치며 참을 수 없는 분노를 터트렸다.

"저 자식이 어떤 자식인데……. 아이고, 기원이 이놈아……."

곁에서 할 말을 잃은 친구들의 눈이 촉촉해져 왔다. 모두가 남편을 생각해서 참고 있었지만, 하나둘 약속이라도 한 것처럼 어깨를 들썩이며 흐느끼다가 끝내 통곡했다.

"그만 울어요. 울지 말아요. 어떻게 이런 일이 일어 날 수 있는가 하고 하늘이 원망스럽지만, 이젠 다 부질없는 것입니다. 울어서 해결될 것 같으면 매일 그리 하지요."

남편의 나지막한 소리가 슬펐다.

"제주 FC의 S선수가 경기 중 쓰러졌대."

술잔을 기울이며 휴대폰으로 뉴스를 검색하던 남편이 말했다. 제주 홈 경기장에서 대구와의 경기 중 후반 37분에 교체선수로 출전을 하였는데, 44분쯤에 슈팅 후 쓰러졌다는 것이었다. 특이한 점은 그가 경기 도중에 그 어떤 부딪힘도 없었다는 것이었다. 병원으로 후송한다는 또 하나의 슬픈 비보였다.

"축구계에 왜 이렇게 안타까운 일이 자꾸 생기지? 선수는 부상이 제일 치명적인데, 병원에서 결과를 봐야 알겠지만……."

촉촉해진 눈가를 비비며 남편은 술잔을 들었다. 그리고는 괴로움과 아픔을 단숨에 털어 넣었다.

★ 아들이 내려놓은 교훈 ★

"엄마, 참으세요. 그리고 엄마, 가만히 계세요."

"기원아!"

나는 허공을 향해 손을 저어댔다.

"엄마, 기다리세요. 엄마, 나는 괜찮아요."

"미안하다, 내 아들 기원아. 엄마가…… 엄마가 미안해. 흐흐흑……."

나는 온몸을 던져 소리쳐 울었다. 잠시 넋이 빠져나간 시간에 환상 속에서 기원이가 다녀갔다. 활짝 웃으며…. 나의 그 환상 속에 달려와 참고 가만히 기다리라며 아들이 전해 준 교훈이었다.

아들에게 닥친 죽음을 미천한 엄마는 모르고 있었다. 진정 그 무엇도 모르고 아들의 죽음의 그림자를 막지 못하였다. 거미줄에 엉킨 비참한 모습이 처참함으로 고립됐다. 아무것도 할 수가 없이 울기만 했던 밤. 중추 신경이 돌아오면 더욱 시작되는 고통의 물결이었다.

기원이의 눈물인 걸까? 새벽부터 억수같은 비가 내렸다. 차갑게 굳어 있는 기원이를 다시 본다고 한 것이 부검이 결정되면서 마지막 모습도 볼 수 없게 됐다.

8시에 부검이 시작됐다. 기원의 큰아버지와 지인 몇 명만 참관을 하고, 우리 가족은 참관하지 않았다. 아니, 더 정확하게 말한다면 차마 볼 수가 없었다. 나는 병원 화단에 앉아 쓰러져 울었다.

"내 아들에게 무슨 짓을 한 거야? 내 아들에게……."

바람은 허공을 가르고 시간은 지나갔다. 남편이 부검 결과를 받았다.

부검 교수가 말했다.

"내·외적으로 아무 이상이 없고 장기도 깨끗합니다. 다만 배 쪽에 사체 부패가 많이 진행됐습니다. 일산화가스에 의한 질식사입니다."

"아들의 정확한 사망 시간이 언제입니까?"

"체온 측정을 하지 않아서 사망 시간을 알 수가 없습니다."

사망 사건에 있어서, 가장 기본적인 체온 측정을 시행하지 않았다니……. 남편은 양미간을 엄지와 검지로 누르면서 일어섰다. 이 어이없는 답변을 굳이 따져 묻지 않았다. 이유 같지 않은 대답을 외면하고 싶었다. 현 상황에서는 오로지 아들을 잘 보내 줘야 한다는 생각만으로 가득 찬 남편이기에 아들을 이렇게 두고 차마 시비를 가릴 수가 없었을 것이다.

우리는 기원이의 고향인 부산으로 가기로 했다. 기원이의 마지막을 보기 위해 많은 사람들이 기다리고 있었기 때문이다. 기원이를 인도하기 위해 서명을 하고 아들을 인수하는 수습을 마쳤다. 몸을 추스르고 일어서는데, 기원이를 태운 차량이 보였다. 나는 그만 그 자리에서 까무러치고 말았다. 곳곳에 카메라와 기자들이 주시하고 있었다. 나는 울고 싶어도 울지 못했고, 부산으로 향하는 버스 속에서 가슴을 마구 쳤다.

남편은 지금까지 일어난 사건의 모든 상황을 메모하고 있었다. 고속도로를 달리는 차창을 바람을 동반한 세찬 비가 때렸다. 비도 울고, 바람도 울고, 우리 모두가 울었다. 차 안은 통곡소리로 가득 찼고, 세찬 비는 성난 파도처럼 멈추지 않았다. 청아하기만 했던 5월의 하늘이 마구 울어댔다. 상실 가득한 지옥 속을 살아가야 하는 삶 앞에 아들이 내려놓은 교훈이다.

참는 법,

가만히 기다리는 법,

그리고 용서하는 법.

★ 준비되지 않는 이별 ★

바람도 울어 지치고 지옥을 실감하는 동안, 부산 구포 한중병원에 도착했다. 기원이의 차량보다 유족의 차량이 먼저 도착했다. 이곳은 오래전 세상에서 가장 존경하는 아버지를 보내 드린 곳이다.

"아버지, 흐흐흑, 죄송해요. 자식 하나 지키지 못하고 먼저 보낸 이 못난 딸이 아버지 보낸 자리에 내 새끼 보내러 왔어요. 으흐흐흐흑……."

차창은 굵은 비로 얼룩졌고, 잿빛 세상으로 물들고 있었다. 부어오른 얼굴을 애써 창밖으로 보내는데, 병원 건물 밖에 비바람을 피해 서서 기다리는 취재 기자들과 카메라들이 눈에 들어왔다. 차에서 내리는 시선의 끝에 서 있던, 서영의 친구인 영주가 눈물을 닦으며 달려와 껴안았다.

작은 어깨를 들썩이며 가슴에 기대어 흐느꼈다. 비는 주룩주룩 내리고, 내가 흘리는 피눈물은 그 어느 누구도 볼 수가 없다. 손수건으로 나는 나의 입을 꽉 틀어막았다. 그리고 서영이가 이끄는 손을 잡고 엘

리베이터로 발을 옮겼다. 친구의 죽음으로 인한 충격으로 홀쭉해진 뱅수는 기원이를 맞이할 준비를 끝내고 기다리고 있었다.

4층에서 내려 복도로 걸어가니, 아들의 사진이 덩그러니 놓여 있었다. 차마 그 모습을 볼 수 없어 외면하려 했지만, 나의 몸은 마음과 달리 반사적으로 돌아서졌다. 아들이 환하게 웃고 있었다. 나는 아들의 사진을 끌어안았다. 나는 그만 주저앉아 영정 사진에 얼굴을 부비며 비통해했다. 동생 정숙이와 딸 서영이는 나를 끌어안고 같이 울부짖었다. 저만치 보고 있던 남편이 다가왔다.

"그만해!"

서로 엉키어서 어린아이처럼 울어대는 우리에게 남편이 어깨를 떼어놓으며 말했다.

"서영아, 그만 하고 엄마 모셔라."

울음을 절제하라는 남편은 심히 이런 내가 걱정이 되는 듯 엎드려 토해내는 슬픔을 보고 있었다. 남편은 아들의 사진을 제자리에 갖다 놓았다. 아무에게도 연락을 할 수 없었고 하지도 않았지만, 이내 많은 사람들이 달려왔다. 빈소는 사람들로 북적였다.

나는 빈소 뒤에 있는 유가족 대기실에서 나오지 않았다. 나는 내 안에서 고통으로 휘청거렸다.

'어차피 우리 인생, 언젠가는 가야 할 길이지만 너를 먼저 보내야 하는 이 마음이 애통하다. 네 꿈 못다 이루었음이 분통하고, 다시는 너를 볼 수 없기에 원통하다. 온 사지가 찢어진다 하여도 네게로 가고픈 적막한 순간이다.'

가늘게 귀를 건드리는 염불소리가 들렸다. 이내 콧속을 파고드는 향내음 그리고 이어지는 수많은 사람의 끊이지 않는 발자국 소리가 들렸다. 흐느끼는 소리도 들렸다. 분노의 소리도 들렸고, 기원이를 부르며 우는 소리도 들렸다. 탐탁지 않는 음식상을 앞에 두고 활짝 웃고 있는 기원이의 영전을 바라보며, 이 어이없는 상황에 허탈해 하는 아들의 친구는 기원이와 무슨 이야기를 나누는 것일까? 고정된 자세로 움직임 없이 밤새 서 있었다.

★ 그들이 남긴 말, 승부조작? ★

많은 시간이 흘렀다. 기원이의 빈소를 찾는 발길이 뜸해졌다. 서포터즈 팬들과 기원이 친구, 선후배 등 30명 남짓 모여 같은 아픔으로 기원이를 애도하며 한탄의 소리를 높였다.

"어떻게 이럴 수 있나? 이 말도 안 되는 상황을 설명해 봐라."

"L 때문이야. L, 너 때문에 기원이가 죽었어."

C는 흐느끼고 분노하면서, 두 주먹으로 음식이 차려진 상을 탕하고 내리쳤다. 소리는 고요해진 빈소 전체를 울렸다.

"기원이에게 승부조작 제의가 들어왔는데, 기원이가 단호히 거절을 했다 하더라. 아무리 협박을 해도 듣지 않으니, 조폭이 죽여 버리겠다고 했다는 소문을 들었다. 평소 말을 잘 안 들으면 조폭들이 의례히 죽인다는 말을 잘 써 왔기에 예사로이 생각했다. 그런데 사실이 되어 버렸다."

"그래, 나도 들었어. 승부조작 제의로 괴롭혔는데 기원이가 동의하지 않고 강력히 거절했대. 그래서 모든 걸 알고 있는 기원이가 말을 듣지 않는다고 그래서 그랬다고……."

그들은 술잔을 기울이며 조금의 관심도 두지 않고 무심히 지나친 자신들을 힐책하며 괴로워했다. 모두가 조금의 관심만 있었다면 친구를, 동료를 지킬 수 있지 않았나 하는 후회와 원망, 분함 그리고 안타까움으로 힘든 모습들이었다.

익숙하지 않는 단어이다. "승부조작!" 그게 무엇인가? 억장이 무너지며 혼란스러웠다. 신성한 축구계에 이 무슨 해괴한 말인가? 지금도 타프로 구단에서 잘 적응하고 있는 기원이의 선배 선수 아버지가 남편에게 다가와 물었다.

"기원이 아버지, 기원이가 왜 이렇게 됐는지 몰라요?"

"뭐 알고 계시는 것이 있으십니까? 전 모릅니다. 아무도 말을 하지 않으니 어떻게 알겠습니까? 지금 빈소에 애들 모여서 하는 이야기 듣고 있습니다. 그것 말고 아시는 것이 있으시면 말씀해 주세요. 어찌된 일인지, 알고 계시는 것만큼만 얘기해 주세요."

남편이 다급한 목소리로 애원했다.

"아, 정말 모른단 말입니까?"

"네, 정말 모릅니다. 우리 기원이에게 무슨 일이 있었던 겁니까? 아시는 것만 말씀해 보세요."

"참나, 그럼 며칠만 기다려 보세요. 며칠 있으면 다 알게 됩니다."

그렇게 궁금증만 남기고 가 버린 그분이 조금은 야속했지만, 말을 하지 않으니 달리 방법이 없었다. 알고는 있으나 말할 수 없는 그 무엇이 무엇인 걸까? 가장 가까이에서 같이 자식을 키우며 함께한 시간이 그 얼마였던가?

많은 의구심을 남긴 말들을 기억하고 참고하기로 했다. 그리고 천천히 정신을 차리고 반드시 알아내야 한다. 나는 마음을 다잡았다. 남편과 나는 수시로 마주치는 눈길 속에서 마음으로 서로를 염려했다. 말하지 않아도 느껴지는 영감이 스쳤다.

동생의 영전에 서서 발끝만 내려다보며 동생의 기억을 더듬는 누나의 슬픔이 짙다. 문상객을 맞이하는 기원 아버지의 어깨가 서럽다. 수많은 말들로 뒤범벅 된 밤이 지나가고 곧이어 새벽이 오려 할 때, 기원이의 여자 친구가 찾아왔다. 남편은 한쪽에 자리를 하고 마주 앉았다. 기원이의 여자 친구와 이런저런 얘기가 오고갔고, 알고 지낸 지가 그리 오래 되지 않았다고 했다.

"4월 중순에 기원이가 시간을 두고 만나자고 문자로 연락이 왔어요. 그리고 4월 27일경에 앞으로 만나지 말자고 했어요."

그녀는 고개를 숙이며 눈물을 훔쳤다. 남편은 가슴이 아팠다.

"며칠 있으면 곧 경찰서에서 부를 것입니다. 그때 알고 있는 그대로만 말하면 돼요. 이곳까지 와 주어서 정말 고맙습니다."

배웅을 하고 빈소로 들어오는데, 그 상황을 보게 된 기원이의 친구가 물었다.

"아버님, 기원이 여자 친구 맞아요?"

"응 그래. 아는 사람이야?"

"아니요. 직접 아는 사람은 아니고요. 기원이가 조폭들에게 협박 받을 때, 그 여자 친구를 보호하기 위해 기원이가 만나지 말자고 했다는 얘기를 들었거든요."

기원이는 그 어떤 협박에 의해 여자 친구에게 행여나 피해가 갈까 봐 미리 만나지 말자고 했다는 것이었다.

도대체 신성한 프로축구계에 조폭과 협박이라니……. 대체 기원이에게 무슨 일이 있었던 건지? 그런 엄청나고 목숨을 바꿀 만큼 험한 일을 왜 기원이 혼자 감당한 거지? 뭐가 뭔지 아무것도 모를 일에 머릿속은 뒤죽박죽이 되었다. 쏟아져 나오는 사람들의 알 수 없고 정리되지 않는 말들로 혼란스러웠다.

허나 빈소를 방문한 빈객의 말들을 하나도 소홀이 할 수가 없었다. 미칠 듯 온몸이 뜯기어 분해되는 고통 속에서 생각을 정리했다. 경찰의 초동 수사의 진행과 지금 이 현실은 애초부터 다르다는 것이 확고히 인식되기 시작했다.

★ 의혹은 미로 속을 ★

의문은 의문을 잡고, 그 의문은 의문의 꼬리를 물고, 나는 그 의문 속에서 갇혀 모든 의문의 포로가 됐다. 정리되지 않는 말들과 정리할 수 없는 무성한 의문들의 테두리에 나는 갇혔다.

잠시 한가해진 시간에 힘든 몸을 방벽에 기대고 앉은 남편은 휴대폰을 만지작거리고 있었다. 무언가를 열심히 적고 있는 중인가 보다. 다시는 못 볼 자식을 보내면서도 울기는커녕, 내색조차 하지 못하는 남편은 냉정하리만치 빈소를 지키며 일들을 처리해 나갔다.

창가에서 뿌연 새벽만이 스산한 빈소에 홀로 있는 기원이를 지키고 있었다. 세상이 원망스럽다며 한탄하며 오열하던 서영이도 잠시 잠이 들었다. 밤새 기원이와 독백을 하던 친구도 몸을 눕혔고, 빈소를 찾은 손님들을 접대하느라 지친 언니와 친구들이 주방 한 귀퉁이에서 토끼잠을 자고 있었다. 꼬박 밤을 새워 기원이의 영정사진을 응시하던 민수의 모습도 없다. 목소리 높여 친구의 죽음에 비통해 식탁을 치던 기원이의 절친한 친구도 자리를 비우고 S선수가 쓰러져 있는 병원으로 달려갔다. 끝까지 자리를 뜨지 않고, 울며 함께 아픔을 같이한 서포터즈 팬들도 잠시 힘든 넋을 쉬게 하는가 보다.

창문이 "털거덕"거리며 소리가 났다. 창밖에는 간혹 비가 내리기도 하고 세찬 바람도 불었다. 계절을 초월한 때 아닌 비바람이다. 창에는 이른 아침이 오고 있었다. 뿌옇게 날이 밝아지려고 할 무렵, 그때 갑자기 검은 양복을 갖춘 건장한 사람들이 우르르 들어섰다. 기원이의 감독과 동료선수들이었다.

손에는 기원이의 유니폼이 들려 있었다. 나는 비틀거리는 몸을 이끌고 다가갔다. 모든 상황과 많은 얘기들을 메모하며 기록하느라 뜬눈으로 밤을 새운 남편은 빠른 걸음으로 다가가 정중히 맞이하였다. 감독과 동료는 가지고 온 기원이의 유니폼을 빈소에 놓고 절을 했다.

"선생님, 죄송합니다. 이런 일로 뵙게 되어서……."

"아, 아닙니다."

동료들이 하나둘씩 고갯짓으로 인사를 하고 감독의 등 뒤에 서 있었다.

"자식이 기원이 하나입니까?"

"아닙니다. 누나가 있습니다."

"아, 네, 그렇군요."

남편이 대화를 하는 동안, 나는 더 이상 지탱할 수 없는 몸을 이끌고 방으로 들어갔다. 남편은 잠시 쉬고 있는 서영이를 감독님에게 인사시켰다.

선수들이 식탁에 올라앉아 수저를 들자, 감독이 자그마한 목소리로 말했다.

"음식이 목에 넘어가느냐?"

선수들은 엉거주춤하며 자리에서 일어났다. 경기 때문에 빨리 일어서야 한다며 선수들을 인솔하였다.

감독과 동료가 다녀간 새벽이 저만치 밀려나고, 자꾸만 많아지는 발자국 소리가 들렸다. 빈소를 찾은 사람들이 풀어내는 L의 이야기는 끝이 없었다. 수많은 의혹과 시선이 노출되어 표면 위로 떠오르고 있었다. 적어도 지금만큼은……

"기원이를 죽게 한 원인이 L 선수 때문이다."

"조폭의 압력으로 중간에서 L 선수가 승부조작을 권유했는데 기원이가 단호히 거절했고, 그 후에도 지속적인 조폭의 사이에서 중계 역할로 기원이를 유혹하였다. L은 윤기원 선수의 죽음에 대한 상황을 잘 알고 있을 것이다."

어젯밤 다녀간 사람들이 한 말을 토시 하나 안 틀리고 이 사람들도 똑같이 말했다.

"승부조작을 해서 좋은 차로 바꿨다!"

L이 얼마 전 이렇게 자랑하고 다닌 사실은 이미 축구인들 사이에서 모르는 사람이 없다고 했다.

"구단 내부에서도 다 아는 사실이며, 기원이의 죽음을 L은 다 알고 있다."

기원이의 사건이 터진 6일, L은 도망을 갔다고 했다. 구단에서 수소문하여 데리고 왔는데, 또 달아났다고 했다. 그리곤 다시 데려왔다는 소문이 일파만파다. 그래, 그러고 보니 그랬다. 오늘 새벽, 기원이의 빈소에 선수와 코칭 스태프가 방문했을 때에도, L은 보이지 않았다.

L은 기원이의 사고 이틀 뒤, 5월 8일 대전 게임에 출전하지 않았다. 갑자기 찾아온 L의 부상으로 출전 불가능 기사가 보도됐고, 2군에서 재활운동을 하며 지내게 됐다는 보도 기사가 나왔다.

가슴을 도려내는 아픔이 방문했다. 잔인한 하루가 흐르고 있었다. 도대체, 내 아들 기원이에게 누가 무슨 짓을 한 것이냐?

★ 모두의 가슴에 별이 되다 ★

가끔씩 카메라를 든 기자가 보였고, 구단에서 온 직원의 모습도 보였다. 구단에서는 기원이의 비극적인 죽음을 애도한다며, 인천 문학월드컵 경기장 서측 VIP 출입구 로비에 기원이의 분양소를 설치하였다.

부산 빈소까지 오지 못하는 팬들을 위해 마련된 것이다. K리그 온라인 분양소도 설치됐다. 많은 네티즌과 팬들이 슬픔을 함께했고, 추모 행렬로 인터넷은 며칠 동안 기원이 기사로 뜨거웠다.

"기원 선수 영원히 잊지 않겠습니다."

"미안합니다. 지켜 주지 못해서…,….."

"잘 가십시오. 고이 잠드시기를 빌며 하늘나라에서도 활짝 웃으시길……."

"윤기원 선수, 시즌 시작할 때 새로운 수문장이 탄생했구나 생각했는데……. 윤기원 선수, 많이 그립고 사랑했습니다."

"항상 밝고 긍정적으로만 보이던 선수이기에 아픔이 더합니다. 빛나는 재능을 모두 발휘하지 못하고 먼저 간 윤기원 선수, 잊지 않을게요."

"유망주를 잃은 우리는 슬픕니다. 하늘에서도 최고의 수문장이 되십시오."

수많은 추모와 함께 이렇게 세상과 아들과의 이별을 똑같은 아픔으로 공유하고 있었다. 내 아들이란 인연으로 다가와 가족이란 울타리에서 함께 머문 12년. 가족의 품을 떠나 녹색 그라운드에서 축구의 꿈을 키워 왔던 지난 12년. 아들의 그 24년이 떠나가고 있었다.

"제 생을 다하지 못한 채, 다른 생의 부름을 받아
우리에게 작별을 고하는 저 고귀한 영혼은
천상에서도 사랑을 받게 된다면
하늘의 복된 자리를 차지하리라."

윤기원, 별이 되다.

(1987년 5월 20일 ~ 2011년 5월 6일)

−팬이 만들어 준 귀한 선물−

★ 한 줌의 빛이 되어 ★

어둠이 내렸으니 새벽이 오는 것인가? 무슨 비가 이렇게도 속절없이 오는 것인가? 하늘도 계속 울고 있는 오늘은 기원이의 발인날이다.

육체와의 이별이다. 싸늘히 식은 기원이의 육신이 소멸된다. 자식의 신체 일부의 작은 상처에도 마음 아파 가슴 아린데, 내 아들의 육신 전부를 몽땅 태워야 한다는 슬픔에 견딜 수가 없던 나는 몸서리쳤다.

추모 공원은 가지 않기로 했다. 살아 있는 자의 욕심으로 기원이가 그 조그마한 항아리에 갇혀 있다는 사실만 생각해도 가슴이 터질 듯 답답한 마음이 포화 상태가 되었기 때문이다. 드넓은 동해 바다로 한적한 곳에 보내야지. 아름다운 자연으로 보내야지. 기원이가 좋아하는 푸른 바다로 보내야지.

'너는 다시 돌아가 훨훨 날아라. 모든 것으로부터 자유로워라.'

밖에서 손님을 배웅하다 들어왔는지 비에 젖은 옷을 툭툭 털면서 남편이 대기실 방으로 들어왔다.

"여보, 아무리 생각해도 기원이를 동해 바다보다는 거제도로 보내는 게 나을 것 같아. 밤새워 생각했는데, 그곳은 6년간 기원이가 축구를 하면서 포부를 키워 온 곳이야. 그리로 보내는 것이 맞을 듯해."

"그래요. 그곳은 기원이 인생의 시발점이었지요. 옳은 생각이어요."

그곳은 기원이가 소년 시절을 보내면서 꿈을 키워 왔던 곳이다. 기원이가 사춘기를 보내면서 축구의 뜻을 피워 왔던 곳이다. 그래, 그곳으로 보내자.

버스는 기원이가 축구를 시작했던 초등학교를 지나고 굽이진 자동차 전용도로를 벗어나 작은 마을을 지났다. 연소실에서 피어오르는 굵은 연기가 보였다. 기원이를 보고 싶은 마음이 간절했다. 지금껏 그 누구를 이토록 절실히 그리워해 본 적이 없다.

김해 추모공원묘지이다. 차에서 내린 나는 '인천유나이티드'라고 쓰여 있는 로고가 그려진 천을 덮은 기원이의 모습을 보았다. 반사적으로 돌아선 나는 그 자리에 주저앉아 조금 전에 본 굴뚝에서 피어오르던 연기의 의미를 비로소 알아차렸다. 저 연기는 한 줌의 가루를 만들고 있다는 증거임을…….

나를 부축하는 사람들의 뒤로 안개가 자욱하다. 남편의 손을 꼭 잡은 서영이 몸부림치며 우는 소리가 들렸다.

내 아들 기원이의 육신이 사라지고 있는 순간이었다. "작별의 방" 앞으로 가는 기원이와 다시는 볼 수도, 다시 올 수도 없는 영원한 고별이었다. 불 속으로 들어가는 기원이를 서영이가 잡았다.

"안 돼, 안 돼. 가지 마라. 기원아, 이제 우리는 어찌하라고? 가지 마, 엉엉엉…….."

딸은 울부짖으며 차가운 대리석 바닥에 쓰러져 소리쳤다. 절규였다. 남편의 커다란 어깨가 들썩이더니 금세 안경이 하얗게 서렸다. 남편은 애써 끊었던 담배를 한 개비 물었다.

"오늘만. 미안해, 오늘만……."

기원이 때문에 끊은 담배를 기원이로 인하여 다시 피웠다. 이제는 보내야 하는 시간이다. 한 줌의 가루가 되어 형체가 사라지게 될 나의 아들. 다시는 되돌아올 수 없는 그 먼 곳으로 떠나는 중이다.

"잘 가거라, 나의 분신. 나의 전부이며 나의 희망이자 내 삶의 의미였던 내 아들 기원아……. 네가 내 아들이었음이 생의 최고의 행복이었다."

아직 네게 해 줘야 할 것들이 너무나 많은데, 이렇게 허무하게 가 버릴 줄 알았다면……. 후회의 연속이다. 바람이 거센 빗속에서 울었다.

허공을 휘젓는 비는 그칠 줄 모르고, 안개는 자욱하여 앞을 내다볼 수가 없었다. 바람의 방향도 누그러지지 않았다.

실신을 거듭한 얼마쯤의 시간이 흘렀을까? 기원이의 친구 8명의 손에 들려간 기원이가 뱅수의 손에 의해 들려져 나왔다. 추석 명절이면 가끔 선물로 들어오는 꿀단지만 한 크기이다. 보자기에 싸맨 기원이의 유골. 한 줌의 흙이라고 누가 말했나? 참으로 허무했다.

"기원이의 열정만큼 뜨거워."

뱅수의 말에 나는 눈을 감았다. 정말 한 줌이 된 것이다. 자유로워진 것이다. 불의의 장벽을 깨고 죽음으로 이룬 평화다.

★ 원치 않는 이별 앞에서 ★

서영이가 기원이의 뜨거운 분골을 가슴에 꼭 안은 채 잠이 들었고,

영정사진은 조카 인호가 안았다. 기원이의 위패는 뱅수가 안고, 차는 거제도로 향했다.

서울에서부터 기원이의 소식을 듣고 허겁지겁 달려와 지금껏 곁에서 의지가 되어 준, 효광 시인님도 기원 아버지 곁을 지키며 동참했다. 굳은 표정인 그는 피곤해 보였고, 모두가 침통했다.

어떻게 보낼까? 내 아들 기원이를……. 이렇게 보내고 있는 것을 기원이는 만족할까? 졸지에 맞이한 죽음 앞에 한마디 말도 남기지 않은 채 가 버릴 수밖에 없었던 진실은 무엇일까?

거가대교가 생기면서 많이도 달라진 풍경을 지나 국도로 진입하니, 멀리 농로도 보이고 익숙했던 건물들이 눈에 띄었다. 플라타너스 나무 사이로 연초중학교가 보였다. 기원이가 떠나온 후 생긴 실내 체육관의 지붕도 보였다. 아련히 이곳에서 축구를 했던 기원이의 소년 시절의 모습이 스쳐 지나갔다. 그 시절로 되돌리고 싶은 생각도 함께 지나갔다.

매우 굽이진 S자 도로에 접어드니, 대우조선소 대형 간판이 적힌 배가 바다에 넙죽 엎드려 있다. 안개와 빗속에 거제고등학교 숙소의 지붕이 조금 보였다. 소년시절, 아들이 축구를 하던 모습이 영상처럼 펼쳐졌다.

구조라에 도착했다. 태풍보다 더 거센 바람 때문에 선박에 묶여 있는 배들이 무질서하게 춤을 췄다. 눈을 뜰 수가 없고, 몸을 가눌 수 없을 만큼 세찬 바람이 불었다. 기원이 아버지는 이런 날씨에 배가 뜰 수 있을지 내심 걱정이었다.

상황을 보고 차에서 내리려 하니, 기원이를 기다리는 거제 중·고등학교 안 선생님과 송 선생님, 이 코치님 그리고 기원이의 친구 8명이 기원이의 마지막을 보기 위해 먼저 와 있었다. 이 코치님은 기원이를 보내는 배가 있는 곳으로 안내했다. 배의 정원에 비해 인원이 많고, 날씨 때문에 기원이의 친구들만 보내기로 했다.

앞이 보이지 않는 방파제 저만치에서 사라져 가는 기원이를 보았다. 배가 멀어져 가는 모습을 보고, 딸 서영이는 오는 도중 내내 참았던 울분을 터트렸다.

"기원아, 내 동생 기원아. 많이 사랑했었고, 다음 생에도 꼭 내 동생으로 만나. 잘 가, 흐흐흐흑."

남편은 참았던 슬픔을 담배 연기로 토해내고, 효광 시인님은 기원이의 마지막을 보며 아픔을 참고 서 있었다.

"내 아들로 와 주어서 고마웠다. 기원아, 내 새끼야. 흐흐흑. 부디 좋은 곳에서 네가 사랑하는 축구 열심히 하고 있어. 으흐흐흐흑."

아버지의 소리를 들었는지, 비바람이 회오리처럼 불어와 온몸을 휘청거리게 했다.

"이렇게밖에 보낼 수 없는 이 엄마를 용서하지 말거라. 이 험하고 더러운 세상일랑 한 점의 미련도 없이 깨끗이 잊고 고이 잠들어라. 안녕, 내 아들 기원아……."

천둥번개를 동반한 비가 더욱 세차게 내렸다. 거센 파도와 바람 속으로 배가 좌우로 휘청거리며, 흐릿하게 사라져 갔다.

기원이를 보내고, 김해 해성사 법당으로 갔다. 지장전 앞에 기원이의 혼백과 영정을 안치했다.

"이제 너를 부처님이 계시는 극락세계로 인도하려 한다. 부디 그곳에 가거들랑, 이 험준한 세상 다시는 오지 말거라. 진실이 왜곡되고 사실을 조작하는 세상에서 힘없는 자의 설움을 다시는 겪지 말거라. 천년 만년 정의롭고 불의 없는 그곳에서 네 뜻 펼치어라. 짧디 짧은 인연의 내 아들아. 너는 너무나도 청아하게 웃고 있구나. 지금도 나는 네가 미치도록 보고 싶은데…….''

앉은 채로 엎드린 나는 그 자리에서 일어날 줄을 몰랐다. 사랑하는 아들과의 회자정리였다.

청하지도 않은 비가 지치지도 않는지 주룩주룩 내렸다. 집으로 돌아온 딸 서영이는 기진맥진하여 힘없이 동생의 사진을 바라보고 있었다. 나는 탈수현상과 어지러움으로, 체력은 이미 바닥이었다.

많은 기자들에게서 연락이 왔다. 유족의 생각과 마음을 알고 싶었기 때문이다. 남편은 인터뷰를 통해 지금까지의 심경을 털어놓았다. 축구계를 강타한 승부조작설에 대하여 확고한 대답을 하였다.

"내 아들 기원이는 정말 반듯한 아이입니다. 절대로 그런 부정을 저지를 아이가 아닙니다. 기원이가 승부조작에 관련됐다는 말들이 있어서 기원이가 뛴 경기를 모두 분석해 봤습니다. 그러나 누가 봐도 조작된 경기는 없었음을 알 것입니다. 그리고 경찰에게 기원이의 컴퓨터와 휴대폰의 정밀분석을 맡겼습니다. 기원이의 죽음에 대한 허위 말들이 난무했습니다. 심지어 벤치로 밀려나서 괴로운 나머지 자살을 했다는데, 사실상 감기 초기 증세가 있었고 컨디션 조절로 인한 몸 상태를 체크 중이었고, 5월 8일 대전과의 경기에 출전 대비 중이었습니다. 벤치에 밀려났다고 자살한다면 축구계에 남아 있는 선수가 어디 있겠습니까? 그보다 더한 최악의 상황이 주어졌다 하더라도 내 아들은 그렇게 무책임한 행동을 하지 않을 사람입니다. 감히 장담합니다. 자신의 일이 아닌 타인의 일이라고 너무 함부로 말하지 말아 주셨으면 합니다. 그리고 그 어떤 말을 듣더라도, 경찰의 조사가 나올 때까지 제가 결론지어서 할 말은 없습니다. 덧붙여 말하고 싶은 건, 기원이의 49재를 지내기 전까지는 기원이에 대한 모든 것을 거론하지 않을 예정입니다. 아들을 잘 보내 주고 나서, 그때 차근차근 알아볼 것입니다. 수사기관에서 수사도 진행 중에 있고 믿고 맡겼으니, 그 또한 신뢰하며 기다리겠습니다. 그리고 많은 사람들의 이야기를 참고하며 체크하고 또한 메모하며 준비할 것입니다. 이미 들은 이야기만 해도 참을 수가 없지만, 확인된 바 없으니, 이 또한 알아볼 것입니다."

수행이 된 사람의 자세는 이러한가? 너무나 침착하고 예의 있는 태도였다. 자식을 잃고 눈앞에 아무것도 보이지 않는 아비의 모습은 어디에도 없었다. 한숨을 길게 쉰 남편은 말을 계속 이어 갔다.

"기원이는 떠났습니다. 의문의 죽음만 남겨 놓고 하늘로 떠났습니다. 이제 기원이가 그렇게 떠나갈 수밖에 없었던 그 이유를 알아야 합니다. 아비로서 살아 있는 동안 끊임없이 움직일 것입니다. 그것이 아들인 기원이에게 아버지로서 할 수 있는 최대한의 예의입니다."

아들의 환한 사진 앞에 망부석이 되어 버린 사람, 긴 목을 떨구고 죄

없는 자신의 가슴만 구박하는 사람, 아들이 두고 간 무게를 버틸 수 없
어 숨어서 우는 사람. 남편의 솔방울만 한 눈물이 발등을 찍었다.

거짓의 노래

★ 구단의 초대 ★

나는 넋이 빠진 채 아들 방에 앉았다. 아들의 잔재를 전부 치우고 작
은 증명사진 하나만 장롱 깊숙이 넣어 두었다가 보고 싶더라도 참고 또
참았다가, 그래도 못 견딜 때 딱 한 번만 꺼내 보라는 스님의 말씀이
떠올랐다. 대다수의 주위 사람들도 두고두고 청승을 떨고 있을 나 때
문에 기원이의 방을 정리하기를 원했다.

하지만 코끝이 아려오고 두 발이 저리도록 앉아 생각을 해 봐도 기
원이 방은 그대로 놔두어야 했다. 기원이의 남겨진 흔적마저 없앤다면
살 수 없을 것 같았다. 고통의 삶 속에서 유일한 위안이 될 남겨진 아
들의 잔재이다. 그 무엇도 버릴 수가 없다. 나는 이곳에서 기원이를 더
많이 그리워하고, 더 많이 생각하고, 더 많이 보고파 할 것이다. 힘들

고 더 힘든 날들의 연속이라도 나는 이곳에서 쓰러져 울 것이다. 그렇게 결정을 하고 나니 마음이 한결 나아졌다.

"여보, 나…… 기원이 방 그대로 둘래요. 이것마저 없앤다면 난 죽을 것 같아요."

"그래. 당신 생각대로, 하고 싶은 대로 해요."

기원이가 장롱 속에 증표처럼 차곡차곡 정리해 둔 유니폼을 꺼냈다. 한 장 한 장 자로 잰 듯 반듯반듯 개어져 있는 이 유니폼은 기원이의 역사이자 보물이었다. 축구를 시작한 초등학교 때부터 인천유나이티드까지 기원이가 한 학기를 마칠 때마다 장롱 속에 한 벌씩 보관해 놓은 것이다. 나는 그 유니폼을 행거에 걸었다. 기원이의 체취가 난다.

대학교 때 기원이가 신었던 축구화에 잔디 풀물이 물들어져 있다. 이 신발이 아들의 엄지발가락을 일그러트린 장본인이다. 기원이가 경기 때 끼고 있었던 조금은 낡은 골키퍼 장갑도 있었다. 어버이 날이나 생일이 되면 보내온 손 편지 외에 남겨진 아들의 필체……. 'YKW'이라는 사인이 있다. 훈련 중이나 경기 중에 얼굴에 땀이 흐르면 이 장갑 낀 두 손으로 얼굴을 쓸어내리곤 했다. 축구는 기원이의 꿈이었고 희망이었으며 생의 전부였다.

"나는 먼지 자욱한 운동장 골대 앞에서 지친 땀을 흘릴 때가 가장 행복하다."

-윤기원-

아직도 그 온기와 흔적이 고스란히 배어 있는데, 아직도 인정할 수 없는 이 현실이 야속하다. 이제 기원이의 실체는 없고 기억만이 남았다.

친구들과 함께 기원이의 방에서 멍한 모습으로 아들의 사진을 응시하고 있는 나에게 남편이 다가와 말했다.

"구단에서 기원이 추모 경기 준비하는데 지인들과 초청한다고 방금 연락이 왔어."

오늘이 기원이를 보낸 지 겨우 3일째다. 나는 화가 났다. 몸도 가누지 못하고 마음 또한 추스르지 못하고 있는 우리에게 추모 경기 초대라니? 상황 판단이 서지 않는 걸까? 심장이 벌렁거렸다. 나는 격하게 거절했다.

다시 전화가 왔다. 남편의 의사를 충분히 전달했음에도 구단에서는 꼭 참석해 달라고 간곡히 부탁을 했고, 남편은 가족들과 한 번만 더 상의해 보겠다며 전화를 끊었다.

"어쩌지? 충분한 의사를 전했는데 또 연락이 왔네."

"여보, 나는 숨쉬기조차 어렵고, 몸은 더더욱 움직일 수가 없어요. 그럴 마음도 없고요. 내가 어찌 그곳을 갈 수 있겠어요? 난 못가요."

나는 펑펑 울었다.

"아빠, 엄마도 말하셨지만 기원이 보낸 지 이제 3일이에요. 지금 가족들이 어떤 상황인데 경기에 참석하라는 건지 이해가 안 돼요."

서영이가 방문을 열고 나오며 말했다.

"그 사람들, 왜 그러는 거지?"

"지금 무슨 정신으로? 몸도 못 가누는데……."

모두가 한마디씩 했다. 저녁이 다되어 세 번째 전화가 왔다.

"지금 가족의 상황이 좋지 않습니다. 참석이 불가피할 듯합니다."

참석하지 않는다는 생각을 전하고 전화를 끊은 남편은 몹시 곤란해 했다.

"기원 엄마, 구단에서 왜 우리의 상황을 모르겠어. 그 상황을 알면서 도 초대하는 걸 보면, 우리 가족이 가야 할 이유가 있지 않을까? 그리 고 몇 번씩 전화가 오는 것도 그렇고……. 기원이 마지막 추모 경기라 잖아. 너무 거절하는 것도 예의가 아닌 듯해. 심정은 충분히 알지만 한 번 생각해 봐요."

"구단에서 이렇듯 초대를 하니 기원이 아버지 말대로 구단에서 다른 심오한 뜻이 있을지 모르는 일이고, 기원이를 생각해서라도 가 봐야 하지 않겠어?"

친구와 동생 정숙이가 고개를 끄덕이며 말을 이었다.

"언니가 몸 상태가 안 좋은데 갈 수 있겠어?"

나의 몸 상태를 걱정하고 염려했지만, 기원이의 추모 경기라고 하니 가는 것이 좋겠다는 의견이 모아졌다. 나는 내키지도 않는 그 의견에 따랐다. 기원이 누비던 그라운드를 생각하니 명치끝이 아려 왔다. 무 언의 통곡소리를 타고 온통 출혈로 가득한 기억들이 바람처럼 스쳤다.

★ 누구를 위하여? ★

이른 아침부터 남편은 인원 체크에 바쁘다. 추모 경기에 참석하기 위해서였다. 렌트한 중형 버스가 대기하고 있었다. 나의 어지러움은 강한 햇살 아래 더 휘청거렸다. 달이 언니와 정숙이는 차 안에서 마실 것과 다과를 준비하고, 친구가 내 곁에 달개비처럼 붙어 있었다. 기원이의 작은외삼촌이 헐레벌떡 조금 늦었다며 뛰어왔다.

중형 버스가 태백에서 시작된 낙동강 줄기의 끝을 물고 거슬러 올라갔다. 얼마를 달렸을까? "인천 문학경기장"이란 이정표가 보였다. 가슴이 덜컹 내려앉는 소리가 들렸다. 그 미어짐을 다스리기도 전에 버스는 문학경기장 VIP 출입문 앞에 정차했다. 경기를 마치고 나오는 아들을 맞이하던 곳. 저곳에서 팬들에게 사인을 해주던 아들의 모습이 환상처럼 지나갔다.

정순과 경순의 부축을 받으며 같이 동참한 일행과 차에서 내려 경기장 쪽을 쳐다보니, 김 부단장이 혼자서 멋쩍은 듯 서 있다가 다가와 인사를 했다. 일행들을 경기장으로 안내하고, 딸 서영이와 남편 그리고 나는 부단장이 안내하는 사무실로 갔다. 몇몇 직원들이 힐긋힐긋 쳐다보고 서로가 어색한 분위기다. 소파에 앉는 우리를 쳐다보며 김 부단장이 먼저 말을 꺼냈다.

"제가 드래프트를 할 때, 기원이를 받지 말았어야 하는데……."

우리를 번갈아 보며 뒷말을 흘렸다. 뜬금없는 말이다. 그게 지금 무슨 소용이 있는 이야기인가? 나는 그런 말을 하는 그의 얼굴을 빤히 보고 있었다.

"기원이와 계약한 금년도 연봉을 계산하여 부쳐 드리겠습니다."

그는 테이블에 시선을 꽂은 채, 기원이와의 모든 상황을 마무리하는 듯했다. 그는 먼저 어떤 도움이 필요하냐고 묻고, 어떻게 도와드려야 하는지를 물어야 옳았다. 지금 연봉 이야기는 시기상조이다.

"내 아들 기원이는 정의롭고 반듯한 아이입니다. 절대 자살할 정도로 나약한 아이도 아니며, 그럴 이유가 없는 아이입니다. 기원이의 명예를 위해서 꼭 진실을 알게 해 주십시오. 내 자식이 어떻게 왜 세상을 놓아야만 했는지 그 이유는 알아야 하지 않겠습니까? 도와주십시오. 이렇게 부탁드립니다."

남편은 절실했다. 무릎 위에 얹은 두 손이 가늘게 떨리고 있었다. 그는 종이컵을 내려놓은 채, 유리 테이블만 쳐다볼 뿐, 단 한마디의 답변도 하지 않았다.

"기원이를 겪어 보시어 잘 아시잖습니까? 꼭 부탁 드려요. 이렇게 명예를 더럽힌 채 보낼 수는 없습니다. 꼭 부탁드립니다."

나는 다시 한 번 간절히 부탁했다. 그러나 여전히 입을 굳게 다문 부단장의 답은 들을 수가 없었다. 그 모습과 행동이 많이 야속하다는 생각이 들었지만, 어쩌겠는가? 치밀어 오르는 분노를 삼키고 있었다.

"꼭 좀 부탁드립니다."

앞서 발걸음을 옮기는 부단장의 뒷모습을 보고 남편은 허리를 굽혔다. 부단장이 안내하는 곳으로 따라간 그곳은 우리 가족이 시즌 티켓을 사서 늘 기원이를 응원했던 자리였다. 경기를 보려고 이곳에 앉아 있으면 "안 보는 척하면서도 다 보았어요, 하하!" 하는 아들이 활짝 웃으며 몸을 풀고 경기를 하던 곳이다. 일행 모두의 얼굴이 어두웠고, 동생 정숙이는 조카 기원이의 생각에 섧게 울고 있었다.

나는 맨 앞자리에 비어 있는 좌석에 앉았다. 초록이 보이는 그라운드. 골대가 제일 먼저 눈에 들어왔다.

"나는 단 한 번도 골대 앞에 서 있는 나 자신을 후회해 본 적이 없다."

-윤기원-

연습 장면

× 모두의 가슴에 별이 된 골키퍼 ×

아들의 말이 생각났다. 그라운드에서 뜻을 펼치고 꿈을 키우며 삶의 전부를 던졌던 이곳에 너는 없고, 나는 왜 검은 옷을 입고 여기 있는 가? 듬성듬성한 계란형 스탠드 위에 펄럭이는 깃발이 보였다. 얼마 전만해도 기원이가 유니폼을 입고 늠름하게 찍은 모습이 깃발 속에서 펄럭였는데, 이제는 볼 수가 없다.

기원이는 운동장 골대 앞에만 서면 성난 야수처럼 부르짖었다. 운동장이 떠나갈 듯 쩌렁쩌렁 울리던 아들의 목소리가 오늘은 들리지 않았다.

"무엇을 찾아 이곳에 왔나, 너는 내 운명…. 윤기원! 윤기원! 윤기원!"

그때 기원이를 부르는 서포터즈의 강한 목소리가 귓전을 때렸다. 그렇게 응원해 주던 아들의 이름이 이제는 불러지지 않는 이름이 될 것이다. 이 열정의 목소리를 들으면 힘이 솟는다는 아들의 모습이 전광판에서 영상으로 나왔다. 이제 다시는 전광판에 비치지 않을 아들의 늠름한 모습이다.

운동장의 시선들이 우리에게 집중됐다. KBS 스포츠 프로그램 〈비바! K리그〉에서 마련한 추모 엔딩이다. 순식간에 모두가 참았던 눈물을 쏟아냈다. 그 모습을 차마 볼 수 없는 나는 두 손에 얼굴을 묻고 흐느꼈다.

경기장은 고요했다. 스탠드마다 꽂힌 흰 국화꽃들이 즐비했다. 추모 엔딩이 끝나고 양 팀 선수들이 묵념을 했다. 인천 유나이티드 FC와 대구 FC의 경기다. 이날은 스승의 날이었는데, 양 팀 감독은 카네이션 대신 근조휘장을 달고 나왔다. 양 팀 선수들만의 묵념이 끝나고 바로 경기가 시작됐다.

뒷좌석에 앉은 일행들이 술렁이기 시작했다.

"이게 뭐야?"

나는 미동도 않고 온통 아들 생각에 멍하니 있었다. 추모 경기를 한다고 초대하였는데, 식순에 의한 것도 없이 진행됐다. 사회자의 안내 방송도 없었고, 경기 관람자 모두가 하는 묵념의 시간조차 없었다.

"윤기원, 당신을 영원히 잊지 않겠습니다."

"윤기원, 당신을 영원히 기억하겠습니다."

바람이 불지 않아 잔잔히 걸려 있는 기원이의 근조 영정대형 걸개가 눈에 들어왔다. 나는 두 눈을 질끈 감았다. 그리고 손수건으로 얼굴을 감쌌다. 야속한 현실이다. 인정하고 싶지 않은 지금이다. 반복되는 괴로움에 시간이 어떻게 흐르는지 몰랐다. 나는 더 이상 경기를 관람하고 싶지가 않았다. 함께 동행한 지인들도 화가 났다. 애초부터 말하고 싶었는데, 나와 남편의 눈치를 보고 있었던 참이었다.

"지금, 뭐하는 거야? 몸도 지탱할 수 없는 사람들을 불러 놓고 뭐 하자는 거냐고?"

달이 언니 목소리가 들렸다.

"우리가 왜 여기 있어야 해? 이게 뭐야? 뭐 하자는 거야?"

말없이 곁에 있어 준 효광 시인님도 한 마디 했다.

"장난치나? 이 먼 길을 힘든 사람 오라 해 놓고 이게 무슨 경우야?"

동생 정숙이도 거들었다.

"이게 무슨 추모 행사야? 기원이 엄마, 일어나. 그만 가자."

친구들이 내 등을 툭툭 쳤다.

"가자. 전부 일어나요."

고개를 푹 숙이며 분노를 참고 있던 기원이의 외삼촌이 벌떡 일어섰다.

서영이는 계속 훌쩍이며 울고 있었다. 발끝만 쳐다보고 있던 남편의 안경 너머 눈이 빨갛다. 기원 아버지의 비통한 가슴을 생각하니 울분이 치밀었다.

"여보, 그만 일어나요."

나는 남편의 손을 잡으며 말했다.

"응, 그래. 그런데 아까 전·후반 다 관람하고 가겠노라고 부단장에게 말했어. 그런데 지금은 선수들 경기 중이라 우리가 이동하면 경기하는 선수들도 어수선해 할 테니 전반전 끝나고 일어나자. 조금만 참아."

어떤 상황이 주어져도 예의에 어긋남이 없는 남편의 배려심이다. 자신이 그 어떤 손해를 보고 상처를 받아도 탓하지 않는 성품이다. 우리는 남편의 생각에 따라 참고 기다리기로 했다. 씁쓸한 마음으로 더러는 먼 하늘을 응시하고, 더러는 눈을 감고 분을 삭이기도 하고, 더러는 고개를 숙인 채 시간을 죽이고 있었다. 다 같은 마음인 것이다. 아무도 그 경기에는 관심이 없었다.

전반전이 끝나고 나는 미련 없이 운동장을 빠져나왔다. 그 누구의 시선도 마주하지 않고, 곧바로 차에 올랐다. 슬픔은 여전히 나를 지배하였다. 달이 언니가 부단장에게 다가가서 이야기하고 있는 목소리가 열어 놓은 차 창문을 통해 들렸다.

"아니, 지금 뭐 하시는 겁니까? 기원이 보낸 지 3일밖에 안 되었는데, 이 부모를 왜 불렀어요? 네? 기원이가 어떻게 무슨 이유로 갔는지도 모르는 것도 기가 막히는데, 그런 부모 심정을 조금이라도 생각해 봤습니까? 몸도 못 가누는 사람들을 불러 놓고 지금 장난 하십니까? 아니, 왜 불렀어요?"

"……."

부단장은 입을 굳게 다문 채, 말이 없었다.

"아니, 말씀을 해 보시라고요. 기원이의 부모를 왜 불렀는지 말을 해 보라고요. 이게 무슨 추모 행사입니까? 오로지 기원이 오명 하나만 벗기자고, 지친 몸 이끌고 온 거 안 보입니까? 이 사람들 왜 오라고 했는지만 말해 보라니까요."

"……."

묵묵부답인 부단장의 태도에 화가 난 언니가 열변을 토했다.

"오늘 유족들 경기 관람하라고 불렀어요? 구단에서 몇 번을 전화했기에 예의상 힘든 몸을 이끌고 온 사람들에게 이게 뭐 하자는 거냐고요?"

언니가 다그치듯 물었다. 주위 몇몇 지인들도 부단장의 변명을 듣고자 서 있었다.

"죄송합니다."

일관성 있는 그 한마디로 답한 부단장에게서 나는 고개를 돌렸다. 나는 이 자리에 함께해 준 지인들에게 죄송했다. '추모 행사 초대'라는 이름으로 우리를 초대한 사람은 구단 부단장이며, 행사를 보기 위해 운동장에 도착했을 때에도 구단 부단장 혼자 나와 있었다. 사무실에서도 부단장 혼자였고, 전반전을 마치고 집으로 내려오기 위해 차로 이동할 때에도 부단장 혼자였다.

그런 기원이의 추모식은 비참하리만치 초라했다. 구단의 처신에 대해 아무것도 생각하고 싶지 않았고, 아무것도 기억하고 싶지 않았다. 모조리 지워 버리고 싶었다. 오지 않았던 것보다 더 못한 결과였다.

너무나 어이가 없고, 실망이 가득하여 모두 말이 없었다. 나는 울화가 치밀었다. 구단에서 물 한 잔도 대접받지 못한 지인들에게 말할 수 없이 미안했다. 신중히 생각하지 못하고 사소한 감정에 이끌린 행동에 대한 대가다. 구단의 행동을 탓하기 이전에 신중하지 못한 우리의 탓이 만든 결과다. 기원이의 추모 경기는 허와 실이 가득했던 잔인한 초대였다.

★ 보이지 않는 것에 대하여 ★

등 돌려 내려가는 길이다. 너의 뜻, 너의 숨결, 너의 모든 것을 다 놓아 버린 문학경기장도 이제는 안녕이다. 모두가 감정이입이 되어 집으로 가는 길은 슬픔과 침묵으로 지속되는 무척이나 먼 길이었다. 왔던 길을 따라가는 그 길은 그대로인데, 문학경기장을 향하여 올라왔던 길보다 집으로 내려가는 길이 더욱 먼 듯한 느낌이었다. 갑자기 다가온 황당하고 복잡한 현실을 생각하니, 가슴이 팽창해 터질 것 같았다. 구단의 모를 속내와 까닭을 더는 생각하고 싶지 않았다.

그러던 중 방음벽이 길게 드리워진 휘어진 도로 끝에 차가 갑자기 멈췄다. 주위를 살펴보니 "광명역"이라는 간판이 보였다. 나는 좌석에서 반쯤 몸을 일으켜 밖을 내다봤다. 그곳은 우리 부부가 기원이의 인천 홈경기를 관람하고 부산으로 가기 위해 기차를 탔던 곳이다. 경기를 마친 기원이가 직접 운전해서 데려다 주기도 하고, 기원이와 다과를 먹고 커피를 마시고 간 곳이기도 하다.

길을 몰라서 들어온 건 아닌 것 같은데 어찌된 일일까? 운전기사가 다시 차를 돌려 광명역을 빠져나가려고 하자, 차 시동이 꺼졌다. 이상하다며 운전기사는 고개를 갸우뚱했다. 그리고 잠시 후 다시 시동을 켠 차는 유턴을 하고 그곳을 빠져나왔다.

그런데 낯익은 건물이 눈에 들어왔다. 그러자 갑자기 차가 섰다. 희한한 일이다. 차량이 멈춰선 곳은 아주대학교 축구부 숙소 앞이었다. 기원이가 4년간 운동을 하던 곳이다.

"이해가 안 되네. 왜 여기를 왔지? 아무리 생각해도 이상하네……."

기사는 고개를 좌우로 흔들었다. 그런데 어디서 날아들어 왔는지, 흰 나비 한 마리가 차 안을 날아다녔다. 달이 형부가 창문을 열고 나비를 창밖으로 날려 보냈다. 운전자 아저씨가 주위를 살피며 운행을 하려 하자, 또다시 시동이 꺼졌다. 신기한 일이다. 여행만 전문으로 전국을 다니시는 베테랑 기사셨는데 말이다.

"내가 왜 광명역을 갔지? 또 왜 이곳 아주대학교 숙소로 왔지? 귀신이 곡할 노릇이네. 참 이상하다."

기사는 뒷좌석에 앉아 있는 우리들을 룸미러로 보면서 한참 동안 고개를 갸우뚱했다.

"기원이가 광명역과 아주대 축구부 숙소에 가 보고팠는가 보다."

친구 경순이가 고개를 끄덕이며 말했다.

"기원아, 함께하고 있는 거니? 그런 거야?"

나는 나지막이 중얼거렸다. 볼 수 없지만 느껴지는 것에 대해 공감하며, 우리는 보이지 않는 그 무엇인가에 대해 알아차렸다.

차는 다시 고속도로를 진입하고 미끄러지듯 달렸다. 5월의 한낮 햇살이 곡절 없이 스치다가 창에 부서졌다. 한참 기원이의 생각으로 몰입된 나에게 딸 서영이가 어깨를 두드렸다.

"엄마, 아빠."

"왜, 서영아?"

"응, 인터넷에 기사가 났는데 이상한 부분이 있어요."

"뭔데? 읽어 봐."

남편이 말했다.

"분명히 구단에서 추모행사 초대한다고 두세 차례 전화가 와서 참석한 거잖아요."

"그렇지, 그런데 왜?"

"그런데 여기 기사는 그렇게 안 적혀 있고, '인천 관계자인 부단장은 가족들이 경기장을 찾고 싶다는 의사를 전해 왔다며 방문 배경을 설명했다.'라고 기재되어 있어요."

스포츠 조선 5월 15일자 박 기자가 쓴 내용이다. 당장이라도 차를 돌려 구단으로 가고 싶은 마음이었다. 도무지 그냥 있을 수가 없었다. 남편이 구단에 전화를 했다.

"지금 이 기사 내용, 무슨 소리입니까? 구단의 초대에 힘들고 어려운 상황임에도 몇 차례 부탁을 하기에 구단의 입장을 생각해서 마지못해 참석한 것 아닙니까? 오늘 추모 행사에도 섭섭함이 많이 있지만 참고 있는데, 이게 뭣 하는 행동입니까? 있는 그대로 말하세요! 지금 바로 수정하시고 정정 보도하세요. 자의적인 관람이 아닌 구단의 초대에 의한 추모 행사 초대임이 분명한데, 사실대로 바로 정정하십시오."

전화를 끊은 남편의 얼굴이 일그러졌다. 마음대로 보도하고 제멋대로인 구단의 행동을 이해할 수 없어 모두가 분개했다. 휴게소에 들러 집으로 내려오는 동안 서영이는 기사의 정정 보도를 체크했다.

"가족들이 경기장을 찾고 싶다는 의사를 전해 왔다."는 방문 배경 기사를 "구단에서 가족들에게 추모식 참석을 요청하였는데 받아들여졌다."

많은 시간이 흐른 뒤 집에 도착할 즈음 정정 보도가 나왔다. 자식을 보낸 지 일주일도 안 된 부모가 무슨 정신으로 경기장에 가 보고 싶은 생각이 들겠는가? 알 수 없는 그들의 행동을 이해할 수가 없다. 아닌 말을 기사화해야 하는 이유가 뭘까? 그렇게 해야 할 구단의 저의가 뭘까? 온몸이 떨리고 씁쓸했다. 희롱당하고 우롱당한 기분이다.

초대가 방문으로 바뀐 날, 참이 거짓으로 둔갑한 날이다.

★ 언론의 선입견 ★

멍한 넋을 두드리는 굵은 빗소리가 들렸다. 그리운 긴 그림자 지우는 야속한 먹구름이 서쪽으로 이동하는 아침이다. 인터넷을 통해 억측 기사가 났다.

"윤기원 선수의 집이 가난하여 '승부조작'과 '연계 가능성' 그래서 '자살'했다."

몇몇의 기자들이 추리 소설을 쓰고 있었다. 그렇게 그 보도는 기원이를 두 번 죽였다. 집이 가난하다 하여 승부조작을 할 성품도 아니고, 힘들고 못 견딘다 하여 죽음을 선택하는 나약한 아이도 아니다.

세상에게 소리치고 싶었다. "가난"이란 기준이 어디에서 어디까지인가를 묻고 싶었다. 한낱 새벽녘 이슬 같은 돈, 정녕 그 돈이 많아야 부자인가? 되묻고 싶다.

풍족하지는 않았지만, 어느 누구의 도움도 없이 철저히 손끝으로 벌어서 성실히 살아온 떳떳한 삶이다. 어떤 이유에서라도 남에게 피해 주지 않고 정직했다. 하나를 얻으면 두 개를 주고 살았고, 하나를 얻지 않아도 세 개를 주고 살았다. 남에게 주는 것 또한 조건이 없었고 베풂의 즐거움을 만끽하며 열심히 살았다.

살다가 쓰러져 피 흘려도 누구에게도 구걸하지 않았고 필사적으로 일어났으며, 그 어떤 좌절에도 결코 비굴하지 않았다. 남이 아무리 많이 가졌어도 잠시 부러워는 하였으나 탐한 적도 없다. 누군가가 나의 뒤통수를 쳐도 우리 부부는 씩씩했다. 상대가 누구이든 간에 "아닌 건 아니다."라고 말하는 정의도 있다.

나의 곁에는 곰삭은 묵은지처럼 오래된 인연이 많다. 돈 주고도 살 수 없는 나의 지난 삶과 인연들이 나의 전 재산이다. 세상 그 누구 못지않게 나는 마음의 부자이다. 자식에게 부끄럽지 않는 부모이기를 노력했고 또한 그러했다. 재물이 많고 적음만을 가지고 빈부를 논하지 말라.

흙빛 뭉쳐진 구름들이 조금씩 산을 넘고, 해가 드러나는 시간에 아주 대학교 조 감독님의 인터뷰 기사가 나왔다.

"기원이 집은 형편이 그렇게 어려운 정도는 아니었다. 기원이는 4년간 줄곧 주전을 하며 성실한 제자였다."

감독님의 그 말씀 하나로 '가난'이라는 기사는 사라졌다. 마음대로 휘두르는 언론의 자유는 내게 폭력이었다. 한순간 쓰나미처럼 몰아치는 언어들 속에 '흔들리며 휘말리지 말아야지. 그릇된 물 빛 그림자 거짓의 만추에도 나는 아픔에 적시지 말아야지.' 하며 마음을 다잡았다.

★ 기원이의 생일 ★

24년 전, 기원이가 내게 왔던 그날은 그토록 눈부셨던 5월이었다. 세상을 다 얻었던 그날, 아지랑이 노니는 햇살 한 줌이 곁을 맴돌았다. 24년이 지난 지금, 나는 서툰 아들과의 예고 없는 잔인한 이별에 가슴 아프다.

5월 20일, 오늘은 기원이의 생일이다. 5월에 태어나 초등학교 5학년 5월에 축구와 인연을 맺었고, 5월에 삶을 멈춘 나의 아들 윤기원의 생일이다. 흐르는 눈물은 막을 길이 없고, 그 눈물로 밥을 짓고 미역국을 끓였다. 초등학교 5학년 이후, 축구를 시작하면서부터 나는 기원이의 생일을 제대로 챙겨 주지 못했다. 생일은 항상 경기장이나 숙소에

× 모두의 가슴에 별이 된 골키퍼 ×

서 보내기 일쑤였기 때문이다. 그것도 내겐 한으로 남았다. 망치로 가슴을 두드리는 소리가 났다.

기원이가 먹지도 못하는 미역국이 끓고 있다. 좋아했던 갈비찜에도 모락모락 김이 올랐다. 오색나물도 다 했고, 생선 조기도 프라이팬에서 노릇노릇 익어 갔다. 이제 기원이만 오면 되는데……. 무엇을 줘도 단 한 번의 음식투정 없이 다 잘 먹었던 기원이다. 찾아와 먹지도 못할 아들의 생일음식을 만들면서, 나는 속속들이 솟구치는 감정을 쓸어내렸다.

기원이 생일

남편은 오전 내내 아들 방에만 있었다. 평소 말수가 없는 편인데, 요즘 들어선 아예 함구다. 그러나 눈빛은 강렬했다. 아들의 진실을 세상에 알리는 그 사연을 찾아, 더럽게 붙어 있는 오명을 씻어야 한다는 각오다. 남겨진 내 가족이 살아가야 하는 이유이며, 죽을 때까지 풀어야 할 숙제이기 때문이다.

　동생과 조카들이 왔고, 친구들과 달이 언니, 동생 친구들이 현관문을 열고 들어왔다. 딸 서영이는 동생 기원이에게 편지를 쓰고 국화꽃을 샀다. 우리는 서둘러 기원이를 찾아갔다. 거제대교를 지나가는데, 다리 옆 바다에 작은 섬들이 오밀조밀 모여 있었다. 기원이로 인하여 설레며 달려갔던 기쁘기만 했던 길이, 이제는 슬픈 길이 됐다. 거제도에 가까워질수록 기원이의 모습과 기억들이 필름처럼 스치고 지나갔다.

　기원이의 친구 뱅수는 미리 와서 기다리고 있었다. 주차장 앞 슈퍼에서 기원이가 좋아했던 딸기 우유와 바나나 우유도 샀다. 뱃머리로 향했다. 물결은 잔잔했고, 봄이 수평선 끝에서 익어 가고 있었다. 햇볕에 물든 바다는 깨진 유리조각을 뿌려 놓은 듯 번득였고, 기원이의 온순한 성격처럼 바람 한 점 없었다.

　뱃머리에 차를 정차한 후 미리 대기한 배에 올랐다. 온 바다 전체가 기원이의 얼굴이다. 하얗게 거품이 부서지고 사라지면서 배는 바다의 가슴을 갈랐다. 등 뒤엔 아름다운 섬 내도가 있고, 저만치 아련히 보이는 섬 외도도 함께 있었다. 앞에 펼쳐진 바다는 태평양처럼 넓고 장관을 이루었다. 갈매기 한 마리가 머리 위 허공에서 맴돌았다.

　배의 시동이 꺼지고 배의 움직임으로 바다의 물결은 되돌아와 뱃머리에 작게 부서졌다. 주위를 둘러볼수록 이렇게 아름다운 곳일 수가 없다. 파도에 씻기면서 만들어진 자연 동굴바위는 절경이다. 사방이 다 트였다. 처음 기원이를 보낼 때와는 상반된 풍경이다.

서영이는 국화 꽃을 하나씩 던져 주고 있었다. 국화꽃을 품은 바다가 낮게 일렁였다.

"생일 축하해, 아들."

뱃머리에 앉은 남편은 한참 동안 말없이 바다의 일렁임만 쳐다보고 있었다. 배의 시동이 걸리는 소리가 들렸다. 이제는 돌아가야 하는 시간이다. 선장은 주위를 한 바퀴 빙 두르시더니, 구조라로 향했다.

배에서 내린 후, 멀리서 그곳을 한참 바라보았다. 조금만 더 머무르고 싶었기 때문이다. 발끝을 간질이는 미세한 파도 위에 얼굴을 묻었다. 남편은 저만치 바위 위에서 기원이를 바라보고 서 있었다. 그 곁에 서영이의 슬픈 등이 보였다. 서영이의 얼굴은 젖어 있었고, 달이 언니와 친구들은 서로를 의식하며 먼 산만 보고 있었다.

바다는 어둠에 물들었다. 가로등이 하나둘 켜지고 집으로 돌아가는 길은 공허했다. 마음도 지치고 몸도 지쳤다. 나는 비몽사몽간 차안에서 잠시 눈을 붙였는데, 어느새 동 김해 IC에 도착했다. 요금소를 지나 빨간 신호를 받고 있는데, 기원 아버지의 30년 지기인 서승훈께 전화가 왔다. 잠시 자신의 집에 다녀가라 하였다. 동참했던 일행을 먼저 보내고 부산 강서구로 갔다. 서승훈 씨는 부부동반 모임 일원으로 기원이의 열성팬이었고, 기원이가 휴가를 오면 꼭 초대해서 함께 시간을 보냈다. 승훈씨는 못하는 게 없는 만능이었는데, 그 중 등산을 좋아했다. 산 정상에 오르면 꼭 사진을 찍어 기원이에게 보냈다.

"이 산정기 받고, 너의 꿈, 맘껏 펼쳐라 파이팅!~."

이런 메시지를 보내며 응원했다. 서승훈 씨의 딸 민주는 기원이와 오랜 친구이다. 민주가 나와 인사를 하며 눈물을 글썽였다. 나는 민주를 꼭 안아줬다. 기원이와는 어릴 때부터 알고 지냈으나 각자의 생활이 있다 보니 자주 접하지 못했지만, 휴가를 오면 가끔 보곤 했다. 그 후, 서로 자주 소통하고 교류하며 잘 지내왔다. 민주는 친구 기원이를 보낸 것이 큰 충격이며, 아주 많이 힘든 시간을 보냈다고 했다. 매일 울기만 하는 민주를 안타까워한 부모의 이야기이다.

"아, 안녕하세요."

"그래, 민주야, 잘 지냈어?"

"네, 어머니. 오늘 기원이 생일이잖아요. 음… 얼마 전에 기원이와 약속했거든요. 둘이 용돈 모아서 부모님 모시고 가족 모두 해외여행 가기로 기원이와 약속 했는데…."

민주는 말을 잇지 못하고 상반신을 돌렸다. 민주는 흐르는 눈물을 희고 작은 손등으로 닦으며, 작은 액자 하나를 내밀었다.

"기원이에게 생일 선물을 직접 주려고 했어요. 기원이 생일날 주기로 약속했거든요. 제가 직접 그려준다고 무척 좋아했는데…. 흐흐흐흑"

나의 손등에 민주의 눈물이 떨어졌다. 작은 액체가 무척이나 뜨겁다.

나는 포장지를 뜯었다. 기원이의 인터뷰 때 사진을 스케치 한 그림이다.

"멋있다. 잘 그렸어. 고맙다, 민주야."

"아녜요, 어머니."

먹먹한 마음으로 하늘을 봤다. 누군가가 한 입 크게 베어 먹은 달그림자가 떠 있다. 집으로 돌아온 후, 남편은 기원의 빈소에 다녀가신 분들에 대해 살펴보고 있었다.

"정신을 놓고 있어서 좀 늦었어. 그래도 할 일은 해야지."

"여보, 감독님께 편지를 써야겠다는 생각이 문득 들어요. 이렇게 맥 놓고 있을 수만은 없어요. 감독님이나 동료들, 아니, 스포츠에 관심 있는 사람들 중에 아는 사람은 다 알고 있다던데, 아무도 말하지 않아서일 뿐이죠. 아마 감독님도 알고 계실 터이니 도와주실 거예요. 내 자식임을 떠나서 감독님의 자식이기도 하니까……."

"그래, 그것도 좋은 생각이다. 마음을 잘 정리해서 써 봐."

남편도 고개를 끄덕였다. 나는 간절히 예를 갖춰 도움을 청하고 싶었다. 그 마음을 담아 누구보다 가장 힘들고 가슴 아팠을 감독님에게 편지를 쓰기 시작했다. 도의적인 책임 같은 건 묻고 싶지 않았다. 단지 아들의 죽음 뒤에 숨겨진 실체를 알고 싶었다. 습작도 수정도 없이 써 내려갔다. 진정 나의 마음과 같으리라 생각하면서 절박한 심정을 토해 냈다.

이젠 이 편지가 잘 전해지고, 감독님에게로부터 그 어떤 답이라도 기다리면 되었다. 아들을 보내고 첫 생일날, 오늘도 밤새 나는 아들을 놓지 못하고 있다. 누구도 대신할 수 없는 슬픈 나의 가슴앓이였다.

★ 침묵 ★

아무것도 먹을 수 없을 것 같았던 음식이 목으로 넘어가고 있다. 아들을 보낸 그 후로부터 다시는 먹지 못할 것 같았던 이 음식이 꾸역꾸역 목구멍으로 넘어가고 있다. 나의 간사함이다. 하루도 술의 힘을 빌리지 않으면 안 되었고, 그 술이 정신과 육체를 지배해도 저항하지 않는 몸짓으로 나는 그렇게 망가져 갔다.

인생의 절반도 걷지 못하고, 녹색 그라운드에서 그토록 염원했던 그 꿈과 그 뜻을 펼치지 못하고 가야만 했던 아들 기원이의 죽음의 실체를 알고자 감독님께 편지를 띄웠다. 나의 편지는 인터넷과 뉴스에서 일파만파 전해지면서 이슈가 되었다. 내가 원했던 것은 언론의 공개와 이슈가 되는 것이 아니었다. 만약에 그런 조그마한 사심이라도 있었다면 기자를 불러 인터뷰를 했을 것이다.

"안타깝다. 얼마나 가슴이 아팠으면……."

언론을 통해 감독의 단 한 줄의 인터뷰 기사만 접했을 뿐, 그 어떤 대답도 들을 수 없었고 아무런 연락도 없었다. 나의 바람은 아들의 진실을 아는 것이었다. 추모 경기 관람 시 부단장에게 기원이의 죽음에 대해 도움을 청했지만 아무런 소식도 없고 침묵하고 있다. 구단도, 감독도, 그 어떤 움직임이 없었다.

세상은 온통 가 버린 기원이에 대한 말들로 천태만상이지만, 아무래도 상관없다. 그런 허상은 개의치 않는다. 진실만 알게 되면 모든 거짓이 알려지고, 사실이 진실로서 회복되기 때문이다.

많이도 섭섭한 마음에 나는 거실을 오가며 투덜거렸다. 원하던 것은 이게 아닌데 방법을 찾지 못하고 아무것도 할 수가 없는 내가 죽도록 미웠다.

"좀 더 기다려 보자. 언론을 통해 무슨 말을 할 수 있겠어? 곧 알아보고 연락 오겠지."

"엄마, 오늘 새벽 〈세상의 창〉이란 프로그램이 있는데, 엄마 편지 내용이 보도됐대요."

방문을 열고 나오는 서영이는 친구와 전화를 끊으며 말했다. 우리 가족은 웃음을 잃었다. 딸 서영이는 건성으로 영화를 보며, 아픔을 삭이고 있다.

무거운 침묵의 오늘이 간다. 우리 가족에게는 내일이 없다. 기원이의 진실을 위해 몸부림치는 이 순간만 있을 뿐이다. 기원이가 보고 싶고 미치도록 그리운 이 시간만이 있을 뿐이다.

며칠이 지나도 편지를 보낸 감독에게서는 인터뷰 기사 외에 아무런 답이 없다. 요즈음 나의 일과는 아파트 출입문에 설치된 106호 우편함을 하루에 몇 번을 확인하고, 서성거리는 일이다. 오늘도 고지서 몇 장만이 손에 쥐어질 따름이다.

해질녘 나는 쓰러졌다. 버텨 왔던 인내와 체력이 고갈된 나는 밤새 끙끙 앓았다. 열이 오르고 마디마다 쑤시고 저리는 통증이 발하며 밤새 화장실을 들락거리고, 파고드는 심한 두통에 온몸에 한기까지 찾아왔다. 몸뚱이 아픔이야 얼마든지 참을 수 있지만, 자식을 보내고 숨 쉬고 있는 고통의 아픔은 그 무엇으로도 치유할 수가 없다.

응급실이다. 신경성 급성 장염이었다. 지탱할 수 없는 마음이 몸을 눕혔다. 링거를 꽂은 한참 뒤에야 알 수 있었다. 가슴에 자리 잡은 보고픔과 그리움만 도려내면 된다는 것을 말이다. 때늦은 깨달음이다.

항생제를 투입하니, 온몸이 나른해지고 하염없이 땅속으로 꺼지는 듯했다. 잠깐 의식이 돌아왔지만, 이내 깊은 늪지대로 빠졌다. 종일토록 시간 개념도 없었다. 며칠동안 그렇게 환각 상태가 지속되었고 암흑 같은 터널 속에서 헤매고 있었다.

"무슨 땀을 이렇게 많이 흘리나? 뭘 그리 중얼거리고? 편하게 아무 생각도 말고 지금은 그냥 푹 자라."

친구 정순의 목소리가 가물가물 들렸다.

"네가 힘내고 기운을 차려야 기원 아버지도 힘을 내시지, 서영이 생각도 좀 하고……. 너를 어쩌면 좋을까?"

링거를 꽂은 손을 잡으며 말했다. 꽉 잡은 손에 링거의 바늘이 휘어지면서 따끔했다.

며칠을 더 치료하고 퇴원하라고 주위에서 말했지만, 나는 집으로 가고 싶었다. 지금 집으로 달려가서 편지함을 보면 필경 기다리는 답장이 와 있을 것만 같았다.

"답신이 올 것 같았으면 벌써 왔지. 지금까지 안 오면 안 보낸 거야. 그러니 마음을 비워."

"꼭 올 거야. 바쁘셔서 조금 늦는 것뿐일 거야."

병원에서 집까지 차로 10분인 거리가 오늘따라 엄청 멀게 느껴졌다. 동생 정숙이 아파트 주차장에 차를 주차하자마자 나는 있는 힘을 다해 기어가다시피 편지함으로 갔다. 어지러움이 나를 휘감자 사정없이 바닥에 고꾸라졌다.

그러나 관리비 영수증만 꽂힌 편지함을 응시하며, 나는 그 자리에서 콧물과 눈물이 범벅이 된 채로 쓰러졌다. 친구는 나의 앙탈스러운 고집에 대해 더 이상 질책하지 않았다.

내가 쓰러졌다는 소식에 미처 병문안을 오지 못한 사람들이 집으로 찾아왔다. 모두들 걱정이었다. 말없이 나의 손만 주물럭거리며 만지고 있는 사람이 있는가 하면, 나름 위로의 말들을 전하는 사람도 있었다.

"잃는 게 있으면 얻는 게 있다."

나는 실소했다. 세상의 전부를 잃었는데, 더 이상 그 무엇을 얻는다는 것인가? 그리고 만일 얻는다고 하더라도 이제 더 이상 무슨 소용인가?

"아이고, 자살은 요단강도 못 건너가고 구천에 맴돈다던데……."

자살이라니? 나는 "자살이 아니다."라고 설명하기도 싫었다. 그녀의 시퍼런 칼날 같은 혓바닥에 베여 나는 피를 흘리고 있었다.

"이제는 잊어."

어떻게 이 엄청나고 잔인한 일을 잊으라는 걸까? 본인의 일이 아니라고 너무 쉽게 뱉어낸다. 모두 다 싫었다. 나는 눈을 감고 그들이 빨리 가 주기만을 기다렸다.

"구단에서는 얼마를 주더냐?"

"구단에서 왜 돈을 줘요?"

나는 고개를 돌려 되물었다.

"구단에서 돈을 줘야 하는 이유가 있어요? 아직 기원이가 간 이유조차도 모르는데?"

"장례 후 돈은 얼마나 남았어? 많은 사람들이 궁금해 하고 있어."

"……."

'세 치 혀 밑에 죽을 말이 있다'고 했다. 그 사람은 나를 또다시 죽였다. 역겨웠다. "지금 상황에 어찌 그리 말할 수 있냐?"고 반문하기도 싫었다. 나는 고개를 돌려 버렸다.

아들의 죽음을 죽을 만큼 인정하고 싶지 않은 이 현실의 고통 속에서 가슴을 치고 통곡하며 지옥 같은 시간을 보내고 있는 나보다 돈에 관한 사실을 궁금해 하는 사람이 많은 듯 했다. 가치도 없는 말에 대적하고 싶지 않았다. 말 같지 않은 말에 내 입을 더럽히고 싶지 않았다.

언론에서도 정확한 사실이 아닌 억측된 허위 보도를 했다. 인터넷 블로그나 게시판에서도 허상의 글들이 난무하고 있었다. 글이란 바탕이나 까닭이 되는 것이다. 글쓴이가 지우지 않는 다음에야 근거로 남겨지는 낙관 같은 것이다. 사실이든 아니든 보는 이로 하여금 진실이 되어 버리는 것이다.

기원이의 진실도 저만치 묻혀 있고, 사실이 아닌 것이 사실화 되어 버린 치명적인 불명예로 낙인되었다. 그들이 뱉어내는 언어에 맞은 우리 가족들은 죽을 만큼 괴로웠다. 진실만 알게 되면 문제될 것 없다는 한 가지 희망으로 애써 참아 보았지만, 어쩔 수 없는 괴로움과 설움이 한 순간에 나를 흔들었다.

두 주먹을 불끈 쥐고, 나도 모르게 경련되어 오는 사지를 진정시키며 그 사람들이 가기를 기다린 나는 그들이 대문을 나서고 멀어져 가는 발자국 소리를 의식하고 참았던 울분을 터트렸다. 그렇게 나는 몇 시간을 소리 내어 울었다.

★ 박스 3개 ★

"어머니, 택배가 왔어요."

뱅수는 주말마다 "어머니, 아버지!" 하며 찾아왔다. 그리고는 기원이의 방에서 한참을 있기도 하고, 때론 자고 가기도 했다. 시간만 되면 수시로 들러 아픔을 다독여 주는 뱅수가 거실에서 방에 있는 나를 부르며 말했다. 나는 순간 가슴이 철렁했다.

"어디서?"

"발신 주소지가 인천이에요."

나는 고개를 주억거리며 '숙소에 있는 기원이의 유품이 왔구나.' 하고 생각했다. 한 통의 통보도 없이 구단에서 보낸 것이다. 얼마 전 구단 관계자가 한 언론기사 인터뷰에서 "윤기원 선수의 유품을 어떻게 보낼지 고민 중."이라는 보도의 글을 접했을 뿐, 기원이의 유품을 보내기 전에도 유품이 집에 도착한 후에도 구단에서는 그 어떤 연락도 없었다.

달랑 박스 3개. 아들이 남긴 것이다. 기원이가 입고 기원이가 쓰고, 기원이가 소장했던 것이다.

"뱅수야, 기원이 방에 갔다 놔 줄래? 엄마가 볼 수 가 없어서 그런다."

나는 박스가 있는 곳으로부터 반대로 고개를 돌렸다.

"네, 어머니."

아들의 냄새가 지나갔다. 아들의 손때가 묻은 소장품이 들어 있는 박스 3개. 나는 아무렇게나 앉아 공황상태에 빠져 신음했다. 입을 틀어막고 가슴을 쥐어짜면서 오열했다. 가고 없는 아들이 남긴 것은 밝혀지지 않은 죽음의 진실 그리고 고작 박스 3개다. 허무했다.

나는 뱅수에게 시간이 될 때, 천천히 정리해 달라고 부탁했다. 눈만 뜨면 아들의 방에서 청승을 떨던 나는 그 박스 3개로 인해 도무지 아들의 방에 들어갈 수 없었다.

며칠이 지나 특별한 일 외에는 휴일의 모든 일정을 우리에게 맞추는 뱅수가 아침 일찍 현관을 들어섰다.

"기원이 유품 정리도 해야 하는데……. 아직 그대로죠, 어머니?"

"응, 네가 놔둔 그대로야, 그 방에 들어가 보지도 못했어."

"제가 정리할게요."

두서너 번의 테이프 뜯어내는 소리가 들리고 이내 조용했다. 나의 눈은 창밖을 응시하고 있었지만, 신경은 온통 아들의 방에 몰입하고 있었다. 이미 고개를 돌렸다가 몸을 돌려 발을 떼어 보았지만, 다시 나는 그 자리에 섰다.

"어머니, 이것은 어떻게 할까요?"

"엄마, 이것은?"

정리를 하던 뱅수와 서영이가 물어왔다. 용기를 내어 기원이 방으로 들어갔다. 한 박스를 뜯어 나온 옷가지들이 얽히어 있었다.

"엄마, 기원이 반지는 어떻게 해?"

"응, 기원이가 소중하게 생각했던 것이니 서영이가 간직해."

"아냐, 엄마 이건 남자용이고, 그냥 넣어두면 무슨 의미가 있겠어
요? 내 생각엔 아빠가 끼고 다녔으면 좋겠어요."

"그래, 그게 좋겠다."

기원이가 입었던 유니폼과 새 축구화가 두 컬레가 있다. 잔디의 풀물
이 듬뿍 밴 축구화는 얼마 전 경남원정 때 신었던 축구화다. 그리고 골
키퍼 장갑이 새 것과 쓰던 것 몇 짝이 들어 있었다. 'YKW'라는 기원의
사인이 적혀 있다. 경기마다 기원이는 이 장갑 낀 손을 흔들어 보이곤
했다. 그 장갑 옆에 경기를 마치고 나오면 팬들이 줬던 팬레터가 소중
히 간직된 채로 묶여져 있었다. 나머지는 즐겨 입던 옷들과 책 몇 권이
전부였다.

그리고 포장이 뜯기지 않은 와이셔츠 한 장이 들어있었다. 그 와이셔
츠는 100사이즈였다. 기원이의 사이즈는 105~110이며, 스타일을 봐
서도 이 옷은 기원이의 옷이 아니었다. 기원이가 돌아오는 어버이날에
선물할 것을 미리 준비해 뒀던 것 같았다. 양미간을 찌푸리던 남편은
한참을 바라보다 와이셔츠를 입었다.

"딱 맞다."

"아빠 것이니까 맞죠."

참고 있던 설움이 한꺼번에 밀려왔다. 멈출 수 없는 과속된 차량처럼
아픔이 쏜살같이 달려왔다.

49재 때 기원에게 보낼 것만 남겨 놓고, 원하는 사람들에게 모두 나

뉘 줬다. 주로 기원이의 흔적과 기억을 함께하고 싶다며 가져갔다.

기원이의 짐 정리를 마치고 따사로운 해를 밀어낸 저녁 시간에 뱅수에게 한 통의 전화가 왔다.

"어, 서울 전화네. 여보세요? 네? 어디라고요? 서초 경찰서요? 네, 네, 친구입니다. 네, 네."

서초 경찰서라는 말에 우리는 모두 뱅수의 입만 쳐다보고 있었다.

"아버지, 서초 경찰서인데요. 기원이 수사 때문에 전화했다면서 기원이와는 어떤 사이냐고 물었어요. 그래서 친구라고 하니까 알겠다면서 다음에 또 전화할 일 있으면 연락하겠다고 하던데요? 그리고 며칠 전에 제 친구에게도 서초 경찰서에서 전화 와서 어떤 관계냐고만 물어보고 끊었다고 했어요."

"응, 뱅수야. 엄마에게도 전화 왔었어. 어떤 관계며 누구냐고 묻기에 기원이 엄마라고 하니까 알겠다며 끊었어."

경찰이 기원이와의 관계만 물어보고 끊었다는 것이 공통점이었다.

"참 이상하다. 수사 기관에서 유족들 전화번호는 참고 사항이라 당연히 알고 있을 텐데. 유족들에게 전화를 해서 누구냐고 물으니, 참…… . 이 상황을 어찌 이해해야 하나?"

남편이 고개를 가로 저으며 말했다.

"아예 옳은 수사를 하지 않는다고 봐야겠지요. 형식에 지나지 않는…… ."

"그런데 어머니, 4월 말에 기원이한테서 '조선소에 자리 하나 마련해 놔라, 내가 내려간다.'라고 문자가 왔어요. '문디 자슥, 배부른 소리하

× 모두의 가슴에 별이 된 골키퍼 ×

네!' 하고 농담이려니 예사로이 생각했어요."

"기원이가 왜 그런 문자를 보냈을까?"

뱅수는 또 하나의 의문점을 남긴 기원이의 문자 메시지가 많은 뜻을 내포하고 있을 것이라고 말했다. 모두가 어리둥절했다.

"무엇 때문에 취업을 하려 했을까? 지금 인정받고 열심히 잘 하고 있는데 뜬금없이……."

"그러니까 말입니다. 그게 젤 궁금해요."

"축구를 하지 않고 취업을 해야 할 만큼의 상황이 있었다면, 항간에 끝없이 떠도는 소문인 '승부조작'의 협박 때문일까?"

"기원이가 그 협박을 피해 가는 방법을 찾은 것이 취업이란 돌파구이며 무언의 암시였을까?"

4월 27일경 여자 친구와 만나지 말자고 했을 때와 시기가 같았다.

뱅수를 보내고 들어오는 길에 지우개로 말끔히 지워 버린 밤하늘엔 별 하나만 떠 있었다. 나는 한참을 그 별을 쳐다보았다. 기원이에 대한 새로운 사실을 하나씩 알아 갈수록 아무것도 할 수 없는 남겨진 가족에게는 더없이 슬픈 밤이다. 나는 아들의 유품을 끌어안고 아들의 방에서 통탄의 밤을 보냈다.

★ 진실은 어디에? ★

서초 경찰서는 5월 24일, 일간 스포츠와의 전화 통화에서 "아직 뚜렷한 자살 원인을 찾지 못했다."라고 했다. 왜 기원이를 '자살'이라는 전제하에 수사 방향을 잡는 것인가?

우리의 부탁은 '정확한 수사'였다. 절대 자살이 아니라는 것이 우리의 주장이며, 자살을 인정할 수 없는 사망의 원인과 그 결과에 따른 수사를 원했던 것이다.

"통화 기록은 물론 노트북과 고속도로에서 잡힌 CCTV를 정밀 분석하고 있으며, 6개월간의 통화 기록 분석에는 수개월이 걸린다. 노트북은 저장 후 삭제한 기록까지 되살려내어 사망 원인 단서를 찾는다. 사망한 장소인 만남의 광장 CCTV도 정밀하게 분석하고 있다. 조사가 앞으로 몇 개월 더 진행될 수 있다."

"서초 경찰서에서 수사가 장기화된다."는 기사(일간 스포츠 인용)를 보도했다. 이 사실 또한 직접 경찰서에서의 연락은 없었고, 일간 스포츠 기사에서 접했다. 지금 우리로서는 수사기관을 믿고 그 결과를 기다려야만 하는 입장이지만 "한 점 부끄럼 없이 수사하겠다."던 담당 경찰의 말은 신빙성이 없었다.

유족에게 전화해서 누구냐고 묻는 경찰의 수사에는 믿음이 가지 않았다. 결국 원점이 되는 것인가? 내 생을 다 하는 그 날이 오는 순간에도 아들의 이변만은 알아야 했다. 진실을 바로잡고 아들의 오명을 씻어야 한다. 그러기에, 우리는 사실을 알아야 했고 사실인 것에 대해 준비해야 한다.

그리고 그 사실을 세상에게 알려야 한다. 기원이의 불명예에서 자유로워질 수 없는 우리이기 때문이다. 인터넷에 떠돌아다니는 하수구의 썩어 문드러지는, 오물보다 더럽고 추한 "자살"이라는 두 글자를 떼어 내야 한다. 윤기원 검색 관련어에 "승부조작" 관련설도 삭제되어야 하며, 모든 사실과 그 진실을 세상이 알아야 한다.

그러기 위해선 정신을 차려야 했다. 아들을 잃은 것만으로도 모질고 서러운 날들이었다. 지금 일어난 이 일들이 무엇이며, 알아 가기 위해 무엇을 어떻게 해야 하나? 무작정 고통에 잠겨 있을 수만은 없었다.

"여보, 내가 할 수 있는 게 뭘까?"

오늘도 나는 남편과 술잔을 들고 마주했다.

"일단 당신이 조금이나마 기운을 차리는 것 같아서 그게 더 반갑고 좋다. 당신이 힘들어 하면 그만큼 서영이도 나도 더 힘들어지는데, 이렇게 힘내는 모습만 봐도 고맙다. 그러니까 좀 더 기운 차리자. 그리고 기원이를 위해서 무얼 할 것인가에 대해서도 천천히 생각해 보자. 지금은 모든 것이 뒤죽박죽이니 49재 때 기원이 잘 보내 주고 움직이자. 그러니 더 힘을 내고, 앞으로 더 큰 고통들이 올지도 모르니 마음 각오 단단히 하고……."

"네, 알았어요."

나는 울먹이며 목멘 술을 넘겼다.

"엄마, 아빠, 기원이 팬이 글을 올렸어요."

서영은 기원이의 팬께서 응원 메시지가 왔다며 컴퓨터를 들고 거실로 나왔다.

"저는 윤기원 선수의 팬이었습니다. 아무도 읽어 주지 않고 관심 가져 주시지 않아도 무관합니다. 그저 저의 짧은 이 글 몇 자로 기원 선수를 살려 놓을 수만 있다면 제 모든 걸 바칠 수 있을 것 같습니다."

"제가 20일 날 기원 오빠 생일 때 생일 선물을 하기로 했거든요. 오빠 도시락도 싸고, 초콜릿과 선물 한 아름 안고 만나기로 했을 때, 기원 오빠가 고맙다며 해맑게 웃어 주었어요. 그리고 제주 원정 때와 데뷔전 그리고 팬즈 데이 때의 기원 오빠를 잊을 수가 없어요."

"무엇이 당신으로 하여금, 환한 미소를 멈추게 했나요? 골대 앞에 선 당신의 그 모습을 더 이상 볼 수 없어 가슴 아픕니다. 편히 쉬세요. 우리의 영원한 NO.1 윤기원 선수님, 잊지 않겠습니다."

수많은 고무적인 글들이 올라와 있었고, 우리 가족은 감사한 마음에 눈물을 훔쳤다. 그때 나는 생각했다. 소통이다. 민심이다. 팬들의 관심과 사랑이 절실히 필요하고 민심은 곧 천심임을 생각했다. SNS를 통해 공유하고 교류해야겠다는 마음이 들었다.

무언가를 해야 한다는 간절함이 통한 것일까? 마음을 모아야 했다. 보이지 않는 "운"이 작용하게 해야 한다. 권력과 재력이 없는 나에게 그 어떠함도 절실했다.

"그래, 휴대폰 이리 줘 봐. 여러 가지 SNS 앱들을 할 수 있게 깔아 줄게. 아주 쉬워."

나는 무작정 이렇게 팬들 앞에 한 발자국 다가가게 되었다. 마음 밭 한가운데 불씨가 되어, "자살"이라는 오명을 벗고 기원이가 왜 세상을 떠날 수밖에 없었는지에 대한 이유가 세상에 묻혀서는 안 되는 것이었다.

"그래, 우리 힘내자. 이제 우리는 기원이를 위한 삶이다. 같이 노력하고 같이 뛰자. 손 꼭 잡고 해결될 때까지 울지 말고."

남편은 힘주어 말했다. 소주 한 잔에 슬픔이 가득 담겨 있지만, 팬의 힘은 큰 위안이 되었다. 남편은 그간 기원이의 사고일부터의 경위를 일일이 메모해 왔다. 그리고 기원이의 부검 서류를 들고, 부산 모 병원에 평소 잘 지내 오던 박사님을 찾아 조언을 구할 것이다.

기원이에 관한 할 수 있는 것은 모두 다 해 볼 것이다. 그러기 위해선 곪은 가슴을 몽땅 열어야 했다. 슬픔도, 아픔도, 그 어떤 고통도 마음껏 왕래할 수 있도록 작은 가슴을 빈 하늘에 펼쳐야 했다.

'지금도 찢어질 듯 아픈 너의 이별이 지나간다. 실천되지 않을 나의 넋두리도 돌이키지 못하고, 등 돌리어 가 버린 준비되지 않은 일방적인 너의 이별을, 이제는 나는 환송해야 한다.'

승부조작 그리고 늪

★ 그라운드의 덫 ★

기원이의 중재(中齋)를 지내고 지인들과 법당에 앉아 이야기를 나누고 있었다. 5월의 날씨라고 하기에는 무색할 만큼 창밖의 빗줄기는 나무들을 휘어잡고 이리저리 흔들리고 있었다. 나는 퉁퉁 부은 눈으로 간신히 몸을 가누었다.

세상이 술렁거렸다. 기원이가 떠난 후, 수없이 남긴 의혹과 곧이어 맞물려 터져 버린 승부조작 사건이 동시에 세상에 드러나기 시작했다. 대한민국 스포츠 역사에 가장 치명적인 사건으로 낙인 되었다.

2010년부터 다시 고개를 든 승부조작의 루머가 떠돌고, 각 구단에는 승부조작을 가담한 선수들의 블랙리스트가 있다는 소문이 돌았다. 이후 승부조작의 불씨를 당긴 기원의 죽음으로 창원지검에서는 승부조작의 혐의가 있는 선수들을 대상으로 암암리 수사를 진행하였다.

연이어 기원을 승부조작 사건과 관련지은 언론은 "윤기원 선수는 불법 배팅 관련자로서 그 무게를 견디지 못한 나머지 자살을 했다."는 억측 기사를 쏟아 냈다. 옐로저널리즘이다.

"절대 사실이 아니다."

남편은 일축했다.

"기원이 빈소에 있을 때 많은 사람들이 기원이에 대한 이야기를 하였는데, 그중 어떤 사람이 기원이가 승부조작에 관련되었다는 소리를 들었다며 그래서 극단적인 선택을 하지 않았냐는 말을 해서, 기원이 경기를 분석해 봤습니다. 기원이는 7경기를 출전하여 방어율 1점인 7골을 허용했습니다. 나쁘지 않은 결과입니다. 그리고 7경기 중 어느 경기에서도 승부조작이 될 만한 경기는 없었습니다."

"그래, 맞아요. 기원이는 승부조작 가담자도, 그렇다고 자살할 사람도 아닙니다. 어릴 때부터 기원이 성품을 우리가 다 아는데 그건 아니지요."

기원이의 축구 후배의 아버지가 말을 이었다. 달이 언니가 옆에서 분개했다.

"사람이면 생각을 해 봐야지. 걔가 자살할 이유가 뭐 있어? 절대 그럴 애도 아닐뿐더러, 그리고 승부조작 운운하는데, 만약에 기원이가 승부조작을 했다면 기원이가 죽었던 그 순간 세상이 제일 먼저 알았을 거야. 기원이는 승부조작은 물론, 자살도 아니야."

그렇다. 나의 아들이 그럴 리가 없지만, 만에 하나 승부조작을 했다면, 승부조작에 관련이 되었다면 기원이는 죽지 않았을 것이다. 승부조작을 하지 않았기 때문에 죽은 것이다. 기원이는 정직했고 반듯한 성품의 소유자다. 언제나 긍정적이고 늘 웃었다. 절대 그런 부정을 저지르지 않는 정의로운 사나이다.

불의 앞에 죽음을 대신한 삶이다. 세상이 아무리 떠들어도 휘말리지 않는다. 사람들이 아무리 추측을 하고 빈축해도, 나는 흔들리지 않는다. 바보라서 가만히 있는 게 아니다. 길이 아닌 길에서 헛된 시간을 소비하고 싶지 않았다. 말이 아니니 답하지 않을 뿐이며, 다만 모든 사실을 참고할 뿐이다. 그리고 기원이의 진실 하나만을 위해 생각하고 준비해야겠다는 다짐을 했다. 나는 자랑스러운 기원이의 엄마이니까……

"아들아, 도와줄 거지?"

나는 기원이를 물끄러미 쳐다보았다. 거룩하신 부처님의 미소는 언제나 한결같은데, 지금 나에게 주어진 이 세상은 오염투성이였다.

★ 베일에 싸인 진실 ★

기원이에 대한 뉴스를 보기 위해 인터넷을 켰다. 많은 주저함이 있었지만 이제는 아들에 대한 정보를 얻고 흐름을 알아야 했기 때문에 용기를 내어 보았다.

2011년 5월 7일자 일간 스포츠 신문은 "K리그 승부조작의 의혹 공론화한 까닭은?"이란 기사를 보았다. 나는 다른 기사와 마찬가지로 한 자도 빠짐없이 읽었으며, 이해되지 않는 부분은 다시 읽고 또 읽었다.

"승부조작 브로커로부터 돈을 받고 임무 수행을 하지 못한 모 선수가 조폭으로부터 협박을 받고 동료에게도 승부조작에 가담해 줄 것을 호소했다는 믿기 힘든 내용을 접했다. 승부조작은 K리그의 근간을 흔들 수 있는 사안이고 실체를 정확히 파악하기 힘들다는 핑계로 취재를 중간에 접었다. 취재를 접은 후에도 공공연히 떠도는 승부조작의 여론을 일간 스포츠는 공론화하지 않았다. 윤기원을 누가 죽였는가? 지난해 승부조작 문제를 제기했다면, 윤기원의 죽음을 막을 수 있지 않았을까? 일간 스포츠는 윤기원의 죽음을 방조한 공범이다. 윤기원의 죽음이 헛되지 않으려면 우리 모두 솔직해져야 한다(일간 스포츠 인용)."

"윤기원 선수는 구단의 주전 자리를 차지하다시피 하면서 가족에겐 뿌듯함을, 소속팀에는 신뢰감을 주고 있었던 터이다. 이번 사건은 여러 면에서 우리를 뒤돌아보게 하고 있다. 정말 우리는 우리 가족과 동료에 대해 잘 이해하고 있는 것일까? 이번 사건에 억측을 쏟아낸 부류도 있어 많은 비난을 받았다. 윤 선수가 승부조작에 관여했을 것이라는 억측을 사실처럼 보도하여 고인의 명예를 실추시킨 사건이기 때문이다. 정황이 설명되면서 오해를 부추기는 발언들은 잠잠해졌지만, 망자에 대한 예의 차원에서도 면밀한 조사가 이루어져야 한다(파이낸스 투데이 인용)."

나는 이 기사들을 인쇄하고 카페 자료실에 보관했다. 연락도 오지 않는 경찰의 수사도 의문이고, 전화를 해 봐도 이렇다 할 답이 없었다.

"창원지검 특수부에서 브로커 2명을 구속하고, 프로 축구선수 2명을 체포해 조사하고 있었다. 이는 윤기원이의 승부조작설의 의해 검찰이 수사에 나서면서 시작되었다."

그런데 이러한 기사가 나왔다. 기원이의 수사는 지금 경찰이 조사 중이고, 검찰에서 우리도 모르는 수사를 한다는 말에 나는 의아했다.

"인천 축구 관계자는 윤기원 사망 사건이 일어난 다음 축구계에서 승부조작 관련 의혹이 불거진 것은 사실이다. 설마 혹시 하는 마음으로 수사 과정을 지켜보고 있다고 전했다."

"창원지검은 현재 윤기원 선수의 사망 사건은 본 승부조작 사건과는 연관성이 없다. 고 밝혔다."

축구계는 온통 악취로 진동했다. 기상천외한 일이 벌어진 것이다. 이미 오래전에 공공연히 이루어지고 있었다는 승부조작이 시한폭탄이 되어 터졌다.

"K리그는 알고 있었다."는 사실도 보도됐다.

"윤기원 선수가 승부조작에 연루됐고, 브로커와 배후세력의 협박을 이기지 못해 스스로 생을 마감했다는 설이 있고, 모 선수는 윤기원 선수의 일이 터지자 팀을 이탈했다."라고 적혀 있었다.

갑자기 멍했다. 온몸이 굳었다. 순간 기원이 빈소에서의 사람들이 했던 무수한 말들이 떠올랐다.

"L 때문이야. L 때문에 기원이가 죽었어."

상을 내리치며 외쳤던 축구인의 소리도 기억났다.

"2010년 B가 인천의 골키퍼일 때, B선수와 A동료 등은 승부조작을 진행하였는데, 그때 조작에 성공하지 못했다. 조폭들은 다시 2011년 시즌에 승부조작을 강요했고 그 선수들은 승부조작을 하겠다는 결정을 내리게 되었다. 그런데 뜻밖에 윤기원 선수가 주전으로 자리를 굳히면서, 원했던 승부조작이 불가능하게 되었다. 목포 훈련 시 인천의 조폭들이 동원됐고, 승부조작 매수가 활개를 쳤다. 윤기원 선수에게도 승부조작 제의를 강요·협박했는데, 이를 단호히 거절했다. 그 사실을 알게 된 조폭이 윤기원 선수를 살해한다는 사실이 나돌았고, 그 사실을 동료 L은 이미 알고 있었다.”

“조폭과 L이라는 동료가 그 동료들을 매수해서(기원이 포함) 경기를 조작하도록 유도했다. 이러한 사실은 이미 축구계에 익히 알려진 부분이다.”

살아 볼 만하다는 가치를 느꼈던 삶이었고 그토록 아름답게만 느꼈던 황홀한 이 세상이 어찌 이리 무섭고 추할 수 있단 말인가? 극한 어둠 속에서 움츠린 거짓에 기원이의 진실은 저만치 밀려나 있었다. 추측과 억측으로 휘몰아치는 비정한 현실이었다.

기원이는 지속적으로 매도됐고, 명예는 실추됐다. 사실은 덮어졌고, 모든 진실은 왜곡됐다. 힘 있는 자들의 조작이다. 아무도 말하지 않고 입을 굳게 닫고 있다. 나는 그간 들었던 것, 적었던 것 모두를 끌어 모았다. 진실을 밝히기 위해 자료도 모으고 미세한 것 하나도 놓치지 않고 살피고 적었다. 분함을 삭히면서 나는 신념을 다졌다.

반면 많은 네티즌과 팬들은 “윤기원 선수는 승부조작과는 관련이 없다. 고인을 두 번 죽이는 것이다.”며 많은 댓글을 달았다. ‘필사즉생, 필생즉사’다. 나는 죽기를 각오했다. ‘인과응보’라는 만고의 진리를 믿으면서 나는 소리치고 있었다.

“진실을 외면하고도 버젓이 살아가고 있는 숨은 양심들이여, 오늘도 안녕하신가? 그 양심에게 묻노니, 지금 얼마만큼 행복이신가? 선열에 찌든 각혈을 하고 쓰러져 신음하는 기원이의 가족들의 고통이 보이지 않느냐? 양심이여, 지금이라도 투명하고 떳떳하여라.

★ 기자와의 통화 ★

기원이의 사고 후, 진실은 무엇 하나 표면에 드러난 바가 없다. 오늘도 끊임없는 팬들의 격려 메시지와 응원을 보내왔고 “승부조작 사건은 기원의 사망사건이 발단이 되었고, 그로 인해 윤기원 선수의 사건이 다시 뜨거운 감자가 되고 있다.”는 기사만 접했다.

지금껏 일각이 여삼추이지만, 간절히 기다리는 것 외엔 움직임이 없었다. 또한 세상의 이치, 정의는 살아있음을 믿고 인내하며 순리를 따르는 마음뿐이었다.

검게 물든 창을 응시하며 일상이 되어 버린 술상에 남편과 딸 서영이는 소주잔을 기울이고 있었다. 우리는 소주 한 잔에 기원이를 추억했고, 소주 두 잔에 기원이를 생각했다. 그리고 소주 세 잔에 보고픔이 동반되고, 소주 네 잔에 우리는 동시에 조용해졌다.

“오늘 조선일보사 모 기자분과 전화 통화를 했는데, 긴 시간, 많은 얘기를 나눴어. 기원이에게 관심도 많으시고 고마운 분이시다."

"응, 그러게요. 고맙다고 메시지 보내 드려야겠다."

나는 마신 술에 민감히 반응하는 몸짓으로 휴대폰을 찾았다. 나는 감사의 메시지를 보내면서 난데없이 눈물을 흘렸다. 문자를 보낸 얼마 후 전화벨이 울렸다.

"네, 안녕하세요? 기원이 엄마입니다. 기원 아버지께 말씀 많이 들었습니다. 지금도 기원이의 일에 걱정해 주시고, 염려해 주셔서 감사드려요. 정말 고맙습니다."

"아닙니다. 음, 기원이의 죽음 부분을 어떻게 생각 하십니까?"

"들리는 소리만으로는 아직 뭐가 뭔지 모르겠어요. 경찰 조사가 끝나고 나야 뭔가 정리가 조금 될 듯합니다만……."

"네, 전도유망한 청년이 죽었습니다. 앞날이 창창한 청년이 세상을 떠나갔습니다."

그는 몹시 흥분된 떨린 목소리와 안타까움이 절절한 목소리로 말했다.

"……."

나는 목이 메어 그 어떤 대답도 못했다.

"그리고 저 혹시 가족이 그 후로 누구에게 협박 받은 적은 없습니까?"

"예? 협박을요? 아니요, 그런 일은 아직 없습니다."

"네……. 아, 다행이네요."

"누가? 왜요?"

"어떻게 말씀을 드려야 할지 모르겠는데 말입니다. 꼭 명심할 부분은 아무도 믿지 마세요. 가장 가까이에 적이 있어요."

"네, 말씀 감사합니다."

"언젠가 서울 오시면 시간 내서 연락 주세요. 힘내시고요."

"네, 감사드립니다."

내가 모르고 있는 부분이 있는 걸까? 우리가 생각하는 것보다 큰 그 무엇에 분개하는 그분에게 감사의 인사로 마무리하고 전화를 끊었다. 이 사람이 남긴 말들을 정리해 보았다. 문득 거대한 파도가 밀려올 것 같다는 예감이 들었다.

"예사로운 일은 아닌 듯하다. 우리가 기원이의 사고가 났을 때, 경솔하지 않았고 조용히 있었기 때문에 지금 아무런 일이 일어나지 않았을 수도 있어."

남편은 전화를 끊고 멍하니 있는 나를 쳐다보며 말했다.

"침착하게 천천히 준비하자. 시간을 좀 더 보내자. 그리고 힘들고 괴로워도 지혜롭게 이겨 나가자. 그래서 반드시 알아내자."

남편의 눈은 빛났고, 말은 강하면서 뜨거웠다. 마음은 많이도 무거웠지만, 딸 서영이와 남편의 든든함이 있어 이 순간을 살아갈 수 있다.

★ 올가미 ★

슬픈 소식이 전해졌다. J 선수의 죽음에 다시 축구계에 파문이 일었고, 승부조작은 껍질 벗겨지듯 속속 드러났다. 창원 검찰은 26일 S 선수가 브로커로부터 1억 원을 받아 쓴 곳을 추적하는 데 수사력을 모으고 있고, S 선수가 다시 브로커에게 돌려줬다는 기사도 나왔다. J 선수의 사망 소식이 전해지고 모 신문사에서는 남편에게 인터뷰를 요청했다.

"안타까운 사실을 믿을 수 없습니다. 매우 착잡한 기분입니다. 결코 일어나지 말아야 할 일이 또 일어났습니다. 매우 가슴 아픕니다."

"윤기원 선수의 승부조작에 연관됐다는 일각의 주장에 대하여 어떻게 생각하십니까?"

취재 기자가 물었다.

"연관이 있다 혹은 없다고 말할 입장이 아닙니다. 아들 문제는 아직 수사 중에 있고, 기원이의 사고는 석연찮은 부분이 많습니다. 기원이는 축구 선수로서 큰 기복 없이 프로 선수까지 성장했고 입단 후 소속 구단에서도 주전 자리를 확보했고, 동료, 코칭스태프와의 관계도 원만했습니다. 갑작스러운 아들의 죽음이 아무리 생각을 해도 이해되지 않습니다."

'승부조작'이라는 올가미가 또 하나의 생명을 지켜 주지 못하고 앗아갔다. 이후 축구연맹에서는 승부조작 사건이 J의 죽음으로 인해 더욱 확산되자 확대를 막기 위해 분주히 움직였다. 한국프로축구연맹 총재는 승부조작과 관련해 대국민 사과와 재발 방지 대책을 발표하는 등 기자회견을 열었다.

"승부조작에 대한 수사는 계속되고 있고, 얼마나 많은 선수가 포함되었는지는 모른다. 어떤 상황에서도 리그의 중단은 없다."

기원이를 보내고도 미처 막아 내지 못한 또 하나의 죽음 앞에, 일부 네티즌들은 "리그 중지"를 외쳐댔지만, 그저 이 한마디로 "K리그 중단"을 일축했다.

덧붙여 "비리대책위원회와 신고센터를 상설기구로 조직하고 근절 방안을 협의할 계획이다. 대한축구협회와 연맹이 상설 신고 센터를 운영할 것이고, 16개 구단이 31일 1박 2일 일정으로 승부조작 관련 워크숍에 참가한다. K리그 내부의 승부조작 및 불법 배팅을 발본색원 하겠다."는 각오를 다졌다.

시간이 지날수록 심각한 사태에 정부와 검찰, 구단 관계자가 공동 조사단까지 만들어 관련 의혹을 해결한다는 방침이다.

J 교수는 "승부조작 사실을 협회나 연맹에서도 알고 있었던 사실인데도 불구하고 쉬쉬하고 넘어가 결국 크게 터지게 된 것"이라고 지적했다. 98년도 월드컵 이후 모 감독이 한 월간지의 인터뷰에서 "K리그에서 승부조작이 이뤄지고 있다."고 밝혀 논란이 된 적도 있다. J 교수는 "98년도 월드컵 이후 모 감독이 '승부조작' 이야기를 했지만 축구협회가 여론 공격을 하듯 해서 모 감독을 중국으로 쫓아버리기도 했었다."면서 "당시 축구협회는 '그런 일 없다'고 발뺌하고 넘어갔다. 벌써 13년 전의 일로 K리그의 승부조작은 갑자기 생긴 게 아니다"라고 꼬집었다. 그는 "단지 프로연맹이나 축구협회는 알고 있었는데 터지지 않길 바라다가 일이 제대로 터진 것이라고 보면 된다."고 꼬집었다(2011년 5월 31일자 미디어 뉴스에서 인용).

스포츠맨십은 없었다. 축구공에 꿈을 키우는 이들에게 범죄의 현장이 되었다. 만약에 기원이가 승부조작에 협조하지 않아 살해됐다는 소

　　　　　　　× 모두의 가슴에 별이 된 골키퍼 ×

문이 사실이라면, 기원이는 축구협회와 연맹이 죽인 것이다. 반드시 책임을 져야 할 것이다.

★ 거짓을 실은 마차 ★

서영이가 퇴직을 하였다. 퇴직 후 바깥출입을 일체하지 않고 기원이의 추모 엔딩만 되풀이해서 보고 있었다. 기원이의 휴대폰을 만지며 시간을 죽이고 있었다. 가슴이 아프다. 남편은 딸의 걱정에 수시로 전화를 했다.

"응, 서영이는?"

"네, 쉬고 있어요. 왜요? 무슨 일 있어요?"

나는 매일 오는 안부 전화이지만, 신경이 온통 기원이에게 꽂혀 있어 늘 그렇게 물었다.

"응, 서초 경찰서에서 전화가 왔어. 경찰서로 오래."

"왜요? 갑자기 오라고 그래요?"

"글쎄, 가 봐야 알겠지만 내 느낌으로는 아마 기원이 수사를 마무리하려는 문제가 아닌가 싶어."

긴 한숨이 수화기를 통해 귓속을 파고들었다.

"아니, 어제 신문에도 장기화된다고 그랬는데 하루아침에 왜 그럴까요?"

"그러게. 당신은 몸 상태 때문에 갈 수 있겠어?"

"나도 가 봐야 하긴 한데, 일어서면 어지럽고 지금으로서는 자신 없어요. 내일 몸 상태 보고 결정할게요. 그리고 다시 서초 경찰서에 전화해 봐요. 정확히 무슨 일인지?"

수사를 진행하면서 유족에게 수사 진행 사항이나 수사 내용을 수시로 연락하겠다고 해놓고 연락도 한 번 없었던 경찰서에서 무슨 마무리를 한다는 건지 도무지 알 수 없는 일이었다.

전화를 끊자, 어느새 서영이가 옆에 와 서 있었다.

"아빠가 뭐라고 하셔?"

"응, 낼 서초 경찰서 갈 준비하라고 하셔. 아빠와 같이 갔다 와야지."

"응, 엄마. 같이 가야지. 근데 엄마는? 이래서 갈 수 있겠어?"

"응, 낼 상황 보고. 그런데 왜 오라고 그러지? 어제도 신문에 기원이 사건은 장기화된다고 보도됐는데……. 이상해, 자꾸 마음에 걸려."

"내일 올라가 보면 알겠지. 엄마, 너무 마음 쓰지 마."

다음 날 새벽, 남편과 서영이는 서울로 갔고, 나는 몸이 좋지 않아 집에 있었다. 사람들이 걱정되어 찾아왔다. 나는 긴 무아의 시간을 보냈다.

얼마나 시간이 흘렀을까? 어느덧 많이 늦은 밤이 되었고, 남편과 서영이가 현관에 들어섰다. 나는 겨우 일어나 앉았다. 기원이 아버지 손에 기원이의 휴대폰과 노트북 그리고 소지품이 들려 있었다.

"엄마, 처음부터 하던 말 그대로 하고 수사를 한 흔적도 못 느끼겠고……."

서영이가 말하며 한숨을 짓는데, 남편이 옷을 갈아입고, 정순과 동생 정숙을 번갈아 쳐다보며 곁에 앉았다.

"오늘 기원이 엄마 수발한다고, 고생했습니다. 수사 내용은 처음과 변동 상황이 없고, 그저 수사 결과만 보고 받은 거지요. 초동 수사와 다를 바 없는 반복된 현 수사의 미흡한 조사 내용을 수렴하는 것은 당치도 않는다는 생각에 반대 의견을 말하기 싫었고, 말한다 한들 뻔한 대답일 테고 해서 그 어떤 대응도 하지 않고 그냥 내려왔습니다."

"그런데 왜 기원이 유품을 주는 거지?"

"글쎄, 그게 좀 마음에 걸린다."

"경찰 측은 더 수사할 것이 없기에 기원이 유품을 돌려준 것 아니겠어?"

우선 전체적인 수사 내용이 어설프고 성의가 없었다. 모두가 경찰 자체 종결이 된 듯하다는 판단을 내렸다.

"일단 나는 경찰에게 사건 종결에 동의하거나 인정하지 않았어요. 왜냐하면 초동 수사나 지금 수사 결과나 조금도 다를 바가 없기 때문이지요. 그동안 경찰은 시간만 끌었던 것 같아요. 경찰이 노트북과 휴대폰 부분의 조사가 끝나서 돌려준 것일 수도 있고, 다른 방향으로 수사하겠지요. 유족의 동의도 없이 종결은 불가능하니, 조금 기다려 봐야겠어요."

남편은 형사들과 나눈 대화 내용과 미비한 점 등을 메모한 것을 보여주었다. 메모한 내용은 다음과 같다.

1. 룸메이트와 구단 관계자들의 진술을 받았지만 아무런 원인이 없다.
2. CCTV 차량 경로 이동 등 세밀히 수사해 봤지만 특별한 사항이 없

었다.

3. 차량 내부도 철저히 조사했지만, 지문이나(심지어, 번개탄을 피우기 위해 불을 붙인 라이터에도 기원이의 지문조차도 없었다고 함) 원인이 될 만한 근거와 그 어떤 증거도 찾지 못했다.

4. 번개탄 및 화로 구입처를 찾아보았지만 찾지 못했다.

5. 5월 4일 이마트 물품(맥주 6개, 안주 13,000원 정도의 안주) 구입 시 CCTV를 확인했지만 혼자였다. 이마트에서는 번개탄을 사지 않았다.

6. 사고 현장에서 CCTV 정밀 검사 결과, 기원이가 검은 비닐봉지를 들고 한 번 내렸다 탔다.

7. 부검 결과 가스중독에 의한 질식사다. 내·외부 상처와 독극물 없이 깨끗하다.

8. 음주 측정치가 0.01 미만으로 만취 상태이다

9. 5월 30일 여자 친구의 진술로 보아, 여자 친구 때문에 자살했을 가능성도 있다는 추측 설명을 했다.

10. 기원이 사고 이후, 신문 스크랩을 보여 주면서 기원이는 절대 승부조작과는 연관이 없다고 강조했고, 신문 쓰는 기자들을 믿지 말라며, 유독 L 선수와 기원이 모두 절대로 승부조작과 관계없다고 단호히 설명했다.

11. G 아나운서 사건도 우리가 담당했는데, G의 부모가 언론과 접촉을 전혀 하지 않았고 또한 언론 보도도 하지 못하도록 하였는데, 기원의 가족들은 왜 "추측성" 언론 보도에 대응하지 않고 있는지 알 수가 없다며 의아해했다.

12. 휴대폰과 노트북에서 금년 3월에 친구 및 후배와 문자 내용 중 전업을 하겠다는 내용이 많았다. 무슨 이유 때문에 잘하고 있는 축구를 그만두고 전업을 생각했는지 궁금해했다. 그러나 왜 전업을 하려고 했는지에 대하여서는 수사하지 않았다.

13. 차량의 창문을 깨트리니까 가스 냄새가 많이 났다고 여러 번 강조했다.

14. 기원이에 대한 수사에 한 점 부끄럼 없이 진실 되게 최선을 다했다.

한 치 부끄럼 없이 수사에 임했다는 말이 무색하다. 몇 번을 보고 또 봐도 수사 내용에는 변동이 없었다. 초동 수사와 다를 바 없이 일치했다. 수사의 한계다. 결국 결론은 원점이다. CCTV 분석 자료를 확인시켜 달라고 하자, "별 다른 부분이 없었다."고 말할 뿐 보여 주지 않았다.

모두 의문점만 가득한 채 결과 없는 안타까움에 밤이 깊어 가는 줄도 몰랐다.

우리 가족은 물론이고 처음부터 서초 경찰서에서 입회했던 달이 언니, 동생 정숙 그리고 친구들이 지금까지의 상황을 듣고 의아해했다. 얼마 전 유족의 전화번호도 모르고 관계가 어찌되느냐고 묻는 허접한 수사로 미루어 볼 때, 어쩌면 이 같은 결과가 당연한 것인지도 모른다.

"처음부터 지금까지의 내용으로 봐서 기원이의 수사 기록은 의문이 한두 개가 아닙니다. 이제는 기원이의 사고일인 5월 6일부터의 지금까지 일들을 아주 사소한 것도 놓치지 않고 하나하나 체크하고 준비해야 합니다. 의문 사항은 최대한 알아보고 메모한 사항을 철저히 검토하고 이제부터 움직일 겁니다."

믿고 의지했던 경찰의 수사 과정과 진척 없는 무의미한 결과에 허탈함이 강하게 일었다. "정의사회의 구현"이란 글귀가 무색할 정도로 실망스러웠다.

일행이 돌아간 거실 복판에 휘영청 달이 차서 기울고 있었다. 하얗게 지샌 밤 고요만이 곁을 지키고 있었다. 우리는 경찰의 수사 내용에 대해 조목조목 답을 내려 보았다.

1. 룸메이트와 구단 관계자들의 진술을 받았지만, 아무런 원인이 없다.

룸메이트나 구단 관계자는 진술에 의해 선수 생활에 있어서 협박을 받거나 구단 자체 운영상 타깃이 될 우려로 모두 침묵, 함구하였을 가능성이 있을 것으로 판단된다.(사실 몇몇 동료들이 승부조작에 개입, 은폐함).

2. CCTV 차량 경로 이동 등 세밀히 수사해 봤지만 특별한 사항이 없었다.

CCTV를 보여 달라고 요청했으나, 말로써 CCTV 경로를 설명하며 인식시키려 하였을 뿐 면밀히 분석하고 있다는 CCTV 상황을 실제로 보여 주지 않았다.

3. 차량 내부도 철저히 조사했지만, 지문이나(심지어, 번개탄을 피우기 위해 불을 붙인 라이터에도 기원이의 지문조차도 없었다고 함) 원인이 될 만한 근거와 그 어떤 증거도 찾지 못했다.

얼마만큼 철저히 조사했는지는 모르지만, 차량 내에서 지문이 하나도 발견되지 않았다는 것은 이해할 수 없다. 라이터에도 기원이의 지문이 없었다고 했다. 그렇다면 죽을 사람이 라이터로 불을 켠 후, 라이터에 묻은 자신의 지문을 닦아 놓고 죽었겠는가?(차량 내 어디에도 지문을 조사한 흔적이 없음)

4. 번개탄 및 화로 구입처를 찾아보았지만 찾지 못했다.

이마트 물품을 구입한 영수증은 있었다. 그러나 번개탄 구입처나 영수증은 찾지 못했다는 건 이해가 안 됐다. 죽으려고 각오한 사람이 이마트 물품을 산 흔적은 남기고 번개탄을 산 영수증과 흔적을 없앴겠는가? 번개탄을 산 영수증이 없다는 것은 기원이가 번개탄을 구입하지 않았다는 확실한 증거이다.

5. 5월 4일 이마트 물품(맥주 6개, 안주 13,000원 정도의 안주) 구입 시 CCTV를 확인했지만 혼자였다. 이마트에서는 번개탄을 사지 않았다.

이마트에서 혼자서 물품을 샀다는 CCTV 자료 증거를 보여 주지 않았다. "혼자였다"는 사실도 믿을 수 없다. 그리고 자살을 생각한 사람이 맥주 6캔과 13,000원 정도의 안주를 구입했을까? 기원이가 정말 자살을 생각했다면 이마트에서 위 물품을 구입할 시 번개탄도 구입했을 것이다. 이마트에서 번개탄을 구입하지 않았다는 것과 어디에서도 번개탄의 구입처를 찾지 못했다는 것은 기원이가 구입한 것이 아니라는 명백한 증명이다.

6. 사고 현장에서 CCTV 정밀 검사 결과, 기원이가 검은 비닐봉지를 들고 한 번 내렸다 탔다.

그 당시 사고 현장에서 남편이 운전석 CCTV 상태를 묻자, 트럭과 트럭 사이에 기원이의 차가 있었으며 조수석에만 CCTV가 설치되어 있고, 운전석에는 설치가 되어 있지 않아서 운전석의 상황을 모른다고 했다. 그런데 이번 정밀 조사 결과엔 기원이가 검은 봉지를 들고 한 번 내렸다 탔다는 건 무슨 말인지 알 수 없다. 운전석에 없었다던 CCTV에 찍힐 리 만무이며, 운전석에 없었던 CCTV 카메라에 한 번 내렸다 탔다는 사실을 정밀 검사에서는 어떻게 확인을 할 수 있었다는 것인가? 더불어 한 번 내렸다 탔다는 시간도 말하지 않았다. 한 번 내렸다 탔다면 그 시간을 추정하여 사망 시간을 추측할 수 있다. 부패가 이뤄졌다는 사실을 어찌 설명할 수 있나? 자살했다는 사실을 합리화하기 위한 인식이다.

7. 부검 결과 가스중독에 의한 질식사다. 내·외부 상처와 독극물 없이 깨끗하다.

처음 발견된 당시부터 주장해 온 말이다. 하루, 아니 반나절도 수사하지 않고 유족들을 만나자마자 수도 없이 유족들에게 일관성 있게 "자살"임을 주입하고 내린 결론이다. 내 외부 상처와 독극물 없이 깨끗했다는 것은 13000원 어치의 어지러이 널려있는 안주류를 먹지 않았다는 것, 이 보다 더 정확한 증명이 어디 있는가?

　　　　× 모두의 가슴에 별이 된 골키퍼 ×

8. 음주 측정치가 0.01 미만으로 만취 상태이다.

음주 측정치 0.01 미만은 처벌도 받지 않는 미세한 수치이다. 0.01 미만의 수치를 어찌 만취 상태라고 말하는가? 그렇다면 맥주 6캔은 누가 마셨는가? 당시 차안 뒷좌석에는 빈 캔과 안주 봉지와 귤껍질이 어지러이 널려 있었다. 그 안주는 누가 먹었는가? 우리는 기원이가 아닌 그 누군가 일행이 있었다고 생각한다. 죽자고 마음먹은 사람이 안주거리를 챙겨 먹겠는가? 부검 결과 이물질이 없었다고 했다. 그리고 기원이는 깔끔한 성품이라 차 안 전체를 그렇게 어질러 놓지 않는다.

9. 5월 30일 여자 친구의 진술로 보아, 여자 친구 때문에 자살했을 가능성도 있다는 추측 설명을 했다.

기원이의 여자 친구는 5월 10일 새벽녘 쯤 기원이의 빈소에 찾아왔다. "4월 중순에 기원이 만남을 고려해 보자."고 문자가 왔고, 4월 27일 경에는 기원이가 "만나지 말자고 일방적인 통보를 하였다."라고 여자 친구는 말했다. 그 이유는 기원이가 여자 친구를 조폭의 협박으로부터 보호하려는 생각에 선택한 결심이라고 들었다. 부모에게도 노심초사 말하지 않았던 성품으로 볼 때, 어느 누구도 다치지 않게 지켜 주고 싶었던 기원이의 판단으로 여겨진다. 여자 친구에 대한 이별 통보의 이유는 친구들이 기원이에게 들어서 안 사실이다. 그런데 어떤 조사가 이루어졌기에 이리도 다른 것인가?

10. 기원이 사고 이후, 신문 스크랩을 보여 주면서 기원이는 절대 승부조

작과는 연관이 없다고 강조했고, 신문 쓰는 기자들을 믿지 말라며, 유독 L 선수와 기원이 모두 절대로 승부조작과 관계없다고 단호히 설명했다.

경찰은 경찰로서의 수사에만 심혈을 기울이면 된다. L 선수의 스포츠 기사 내용을 내밀며 기원이와 L 선수는 승부조작과 관련이 절대 없으므로 그 어떤 기사도 믿지도 말라며 주장하며 당부하는 이유는 무엇 때문인 것일까? 우리는 생각지도 않는 그 L 선수가 기원이의 수사에 왜 거론되어야 하며, 그 선수와 기원이는 승부조작의 관련자가 아니라고 대변, 강조하며 기원이의 사건에 첨부사항이 되어야 하는지 의문이다.

11. 모 방송인의 사건도 우리가 담당했는데, 그 부모가 언론과 접촉을 전혀 하지 않았고 또한 언론 보도 하지 못하도록 하였는데, 윤기원 선수의 가족들은 왜 "추측성" 언론 보도에 대응하지 않고 있는지 알 수가 없다며 의아해했다.

기원이의 사건만 가지고 논할 일이다. 모 방송인의 사건을 기원이의 사건에 결부하여 합리화하지 않아도 되는 일이다. 모 방송인의 자살은 마음 아프지만, 냉정히 따져 보면 확실히 유서도 남기고, 사적인 이유가 분명한 사건이다. 허나 기원이의 죽음에는 의문이 많고, 무엇보다 죽음의 이유를 알아야 했기에 사건을 의뢰한 것이다. 또한 언론의 추측성에 대응하자면 한도 끝도 없다. 그들의 추측성을 따르지 않고 흔들리지 않으며 진실만을 지혜롭게 찾겠다는 게 우리의 의지다. 진실만 밝혀지면 소문은 일순간 이슬같이 사라지는 법칙을 알기에 그 어떤 말이나 추측성 기사가 난무해도 경솔하고 함부로 행동하지 않는다. 쉽게

× 모두의 가슴에 별이 된 골키퍼 ×

휘말리는 것은 가장 어리석다고 생각하기 때문이다. 이런 말을 하는
경찰에게 대응하고 싶다.

12. 휴대폰과 노트북에서 금년 3월에 친구 및 후배와 문자 내용 중 전
업을 하겠다는 내용이 많았다. 무슨 이유 때문에 잘하고 있는 축구를 그
만두고 전업을 생각했는지 궁금했다. 그러나 왜 전업을 하려고 했는지
에 대하여서는 수사하지 않았다.

담당 경찰도 "이상하다. 주전으로 뜨고 있는데 왜 축구를 그만두고
전업을 하려 했는지 궁금하다."라고 했듯이 기원이가 왜 전업을 생각
했겠는가? 2군 생활도 무난히 잘 견뎌 왔고, 1군에 합류했을 땐 자신감
과 더한 노력으로 자신을 다듬고 하심(下心)하며 그라운드에 푸른 날개
를 펼쳤는데, 왜 전업을 생각할 수밖에 없었는가? 주전 자리를 고수하
면서 유망주로서, 기대하는 선수로서 자리매김이 확실해진 이 시점에
기원이는 왜 전업을 생각했을까? 심지어 4월 27일 23시 38분에 절친한
친구인 뱅수에게 "조선소 자리 하나 마련해라."며 방명록에 글을 남길
정도의 그 무엇이 있었던 것일까? "축구공에 밥 말아 먹고 축구가 아닌
또 다른 나의 인생을 생각해 본 적이 없고, 골대 앞에 서 있는 나 자신
을 단 한 번도 후회해 본 적이 없다."던 기원이가 왜 전업을 하려고 했을
까? 축구가 기원이 자신의 인생에 전부였음에도 그 축구를 버릴 수밖에
없는 사연이 있지 않았을까? 기원이가 그 어떤 압력으로부터 피해 가는
방법을 찾으려 했던 건 아니었을까? 그럼에도 경찰은 "전업에 대하여서
는 궁금하였으나, 전업을 하고자 하는 그 이유에 대해서는 수사를 하지

않았다."고 했고 "축구를 그만두기로 마음을 굳히고 왜 전업을 하려 했는지 그 이유에 대해 수사해 보면 되지 않느냐?"는 말도 무시했다.

13. 차량의 창문을 깨트리니까 가스 냄새가 많이 났다고 여러 번 강조했다.

5월 6일 사고 발생 시 귀가 따갑도록 들은 이야기다. 지금 이 시점에서 강요하여 설명할 필요가 있을까? 밀폐된 공간에 번개탄이 조금이라도 탔다면 가스 냄새가 나는 것은 기정사실인 것을 굳이 여러 번 반복하여 주입시킬 일은 아니다. 그리고 연탄을 피웠다면 차량 천장에 그을음 흔적이 있어야 하는데, 차의 천장은 마치 아무 일이 없었던 것처럼 깨끗했다. 오히려 뒷좌석에는 사용하지 않은 번개탄 한 개와 멋대로 찢어진 번개탄 비닐이 놓여 있었고, 많은 양의 번개탄 가루가 발판이나 의자 쪽에 흘려져 있었다.

14. 기원이에 대한 수사에 한 점 부끄럼 없이 진실 되게 최선을 다했다.

한 점 부끄럼 없이 최선을 다하는 수사를 하겠다고 했고, 기원이의 수사 방향과 내용을 수시로 알려 주겠다고 했지만, 오히려 수사를 시작한 후엔 더한 의문점이 발생됐다. 그리고 단 한 번도 경찰서 쪽에서 연락 온 적이 없다. 나의 조급함과 남편의 답답함에 경찰서 쪽에 한 번씩 연락을 해도 별스런 대답없이 "수사가 진행 중"이라고만 했다(형식적인 수사였으며 오히려 더 많은 문제점 발생). 모든 수사 내용을 종합해 볼 때, 유족이 원했던 사항에 대한 투명한 답은 없었다. 시간만 보낸 형식적인 수사를 믿을 수 없다.

× 모두의 가슴에 별이 된 골키퍼 ×

[취재수첩] 윤기원 죽음 진실 밝혀야 한다
(입력 2011-06-01 07:00:00)

5월 27일 스포츠동아에 걸려온 한 통의 제보 전화. 신분을 밝히길 극구 꺼렸던 A씨는 승부조작과 연계된 불법 베팅에 직접 참여한 인물이었다. 그는 "상주 상무 K가 연루된 사건 관련 보도가 계속될수록 다른 한쪽은 점점 잊힐 것"이라며 우려의 뜻을 나타냈다.

A씨가 전한 '다른 한쪽'은 5월 30일 전북 출신 J의 자살에 앞서 고속도로 휴게소에서 자신의 승용차 안에 번개탄을 피워 스스로 목숨을 끊은 인천 골키퍼 고(故) 윤기원 사건을 의미했다. 요즘 축구계 분위기는 A씨의 우려가 사실인 듯하다. 익명의 제보자 말을 100% 신뢰할 수는 없지만, 적어도 A씨가 밝힌 정황대로라면 윤기원의 죽음에는 미심쩍은 부분이 많다.

일각에서는 윤기원 사건이 중국 불법 베팅 업체와 연계된 세력으로부터의 협박 때문이라는 분석도 있다. A씨도 이를 인정했다. 일산화탄소 중독이란 사인 외에 뚜렷한 정황 이유는 아직 나오지 않았다. 애인 등 개인사 문제는 아니라고 한다. "(수사)종료라고 말할 수 없다"던 경찰 측 수사 결과도 발표된 게 아직 없다. 현재 상황이라면 윤기원의 죽음은 미궁에 빠져 있다.

윤기원의 아버지 윤희탁(47)씨는 "멀쩡한 아들이 그렇게 극단적인 선택을 할 이유는 없다. 명확한 이유를 꼭 듣고 싶다."고 부탁했다.

요즘 수많은 루머들이 난무한다. 하지만 미심쩍은 부분이 있다면 이를 반드시 풀어 주는 게 사회의 당연한 도리다. 반드시 털고 가야 한다는 것은 윤기원 사건을 두고 하는 말이다.

- 〈스포츠동아〉, N 기자, 2011. 6. 1

★ 의문을 제기한다 ★

주책도 없는 눈물이 마를 새 없는 날이 막연히 지나갔다. 하루를 마감하며 발악하는 해 그림자를 밟고 현관문을 들어선 남편의 어깨가 수척해 보였다.

나는 기원이의 사건 진행 상황에 대한 보충 설명을 위해 참고 자료를 만들려고 흩어진 조각을 맞추듯이 연필로 적고 또 적고 하나씩 반복해서 정리해 나갔다. 정신을 가다듬고 휴대폰에 메모해 놓은 것과 남편의 자료를 전부 컴퓨터 자료실로 옮기는 동안 나는 내내 살이 벌벌 떨리고 온몸에서 끓어오르는 분노를 발산해 가며 작업을 했다.

시간이 지날수록 그리고 기원이의 사건을 알아 갈수록 법치국가의 정의성 상실과 재력이 있으면 권력도 휘두르는 자유로운 조작을 보면서 한없이 작은 나를 능멸했다.

사고 당일, 이반 스포츠 매니지먼트 팀 K씨의 국제전화 통화 내용 중 "5월 5일 저녁 8시 30분까지 숙소로 귀가해야 하는데 연락이 없다. 그런 아이가 아닌데 연락두절이다. 최대한 연락하고 찾아보겠다."며 외국에 출장 중이던 이반 담당자가 말했다.

남편은 K씨에게 구단에 연락해서 행방을 알아보라고 했다. 그리고 이반 에이전트로부터 구단에서 지금까지의 상황을 문의하자, "개인 사채 문제로 B선수가 팀을 이탈했지만 찾지 않는다. 기원이는 그런 일도 없었고 그런 아이도 아니다. 구단에서 적극적으로 찾아야 한다. 수소문하여 찾고 있다."는 구단의 연락을 받았다고 전해 왔다.

그런데 "구단에서 찾지 않아도 된다"며 관심 밖이던 B는 기원이의 사고 후, 5월 26일 수원 전 대기명단에 등재됐다. B의 등재는 아이러니하다.

김해 지역 삼방 파출소에서 아파트 관리실로 전화가 왔다.

6일 오전 사고 현장이 발견된 시각 이전에 세대주 윤희탁 씨의 휴대폰 번호를 부탁한다는 연락이 왔다(관리실로 연락이 오기 전, 이미 서초 경찰서에서 윤희탁에 관한 문의로 삼방 파출소로 연락이 왔다 함). 관리실에서는 남편에게 전화를 하여 전화번호를 알려 줘도 되느냐고 물었고, 남편은 그렇게 하라고 하였다. 관리인은 삼방 파출소에 연락해서 남편의 연락처를 알려 줬고, 삼방 파출소에서는 서초 경찰서로 연락을 했다. 그리고 서초 경찰서에서 남편에게 사고 소식을 알려 사고 사실을 접하게 되었다.

왜 군이 이렇게 힘든 경로를 통해 연락을 한 것인가? 사고 차량에 기원이의 신분증과 휴대폰에 모든 연락처가 있었고, 차의 내부만 확인해도 단번에 인천 구단 프로축구 선수임을 확연히 알 수 있었다. 인천 구단을 통해 연락을 할 수도 있고 집 주소를 알기보다는 전화번호를 아는 게 더 쉬웠을 터인데 이해가 안 됐다. 사건 발생 시간은 오전 11시 50분경으로 기재·보도되었다.

또한 의문 사항은 사고 당일 오전 11시 50분에 만남의 광장 "관리인에 의해 발견됐다."라고 하였는데, 이미 서초 경찰서는 발견된 시각 이전에 사고자의 지역 파출소에 연락을 취하는 등 사고 통보를 위해 유족들의 연락처를 찾는 업무를 진행하였다. 그렇다면 경찰은 목격자인 관리인이 발견하기 이전에 이미 사고를 알았고, 그에 대해 경찰 측은 수습 업무를 시작하였다는 결론이다. 11시 50분 발견 후 시간에 위 경로를 통해 연락이 왔다면 이해가 되지만, 앞뒤가 맞지 않다. 이해되지 않는 부분이다(자료를 뒤늦게 알고 전화국에 통화 의뢰했으나 6개월 이상 넘은 자료는 보관하지 않는다고 함).

5월 3일 20시 16분, 남편과의 음성통화 내용에서 "5월 8일 대전 전 경기에 출전할 것이다. 경기장에서 뵙자."고 했다. 이것이 마지막 통화가 될 줄은 몰랐다. 그리고 5월 4일 오전 11시 45분, 인터넷 접속 이후에 휴대폰 연락망은 꺼졌다. 이미 이 시간에 기원이는 실종 상태였다고 생각한다.

일산화가스에 중독에 의한 "단순자살"이라고 결론지었다.

기원이는 숙소에서 지낼 수 있는 편한 복장에 슬리퍼를 신고 있었다. 5월 3일 저녁 8시경, 기원이는 아버지와 평소와 다름없는 통화를 하였고 컨디션과 기분도 좋았다. 8일 대전 경기 선발로 뛴다며 꼭 오라던 기원이가 아버지와의 통화 15시간 뒤인 4일 오전 훈련을 마치고 구단의 말에 의하면, 5월 4일 오전~5월 5일 저녁8시까지 외출증을 끊었다고 했다.

외출을 하는 복장이 숙소에 있던 그대로의 차림인 트레이닝복과 슬리퍼 차림으로 나가서 슈퍼에서 술과 안주를 구입하고(아들은 평소 집에서 가까운 은행을 가더라도 옷을 갖춰 입고 나갔다), 하필이면 인천에서 서울만남의 광장 휴게소까지 가서 스스로 목숨을 끊었다는 사실을 누가 이해하며 인정할 수 있겠는가?

5월 4일 동료들과 점심 약속이 되어 있었는데, 약속 장소에 불참하였다.

5월 4일 당일, 훈련 이후(자체훈련은 보통 2시간 이상 하는데 이날은 1시간 정도 훈련한 것으로 판단되어 시간이 맞지 않다) 내부사람(동료)과 동행한 듯하며, 그로 인해 무방비 상태에서 본의 아닌 뜻밖의 동행자가 발생되면서 타인의 어떤 제한과 억압으로 인하여 동료들과의 점심 약속을 지킬 수 없었다고 생각한다. 아니면 이 약속 또한 사실이 아닌듯한 생각이 든다.

누구와도 통화한 내용이 없으며, 11시 45분 휴대폰은 꺼졌다. 타의에 의한 연락 두절이 아니라면, 기원이는 문자나 전화로 점심 약속에 못 간다고 말했을 것이다. 약속은 철저한 윤기원이다. 곧 만나야하는 동료와 약속을 한 상태에서 휴대폰은 왜 꺼났을까? 그럴 이유가 없지 않은가? 기원이는 평소에도 휴대폰을 잘 꺼 놓지 않는다.

그리고 점심 약속이 되어 있었다면, 약속한 동료들이 기원이의 약속 불참으로 연락했을 것이다. 그럼에도 불구하고 기원이의 불참으로 인한 동료의 수신 통화나 문자 내역의 흔적도 없다. 그 당시 동료들의 설명이나 상황, 그에 대한 그 어떤 조사도 있었어야 했다. 모두 함구하고 침묵이다(5월 3일 기원 아버지와의 통화 이후 사건 발생 당일인 5월 6일 오전 11시 50분까지의 휴대폰 통화나 문자 기록이 없음).

경찰은 기원이가 5월 4일 노트북으로 15시 20분경에 연탄, 번개탄 자살 사이트에 2회 검색했다고 했다.

이미 오전 11시 45분에 인터넷 접속과 휴대폰이 끊겼고 다시 인터넷 접속이 발생됐다면, 그건 기원이가 아닌 다른 사람이 접속했을 가능성이 높다.

4일 인터넷 접속과 휴대폰이 끊긴 오전 11시 45분 이후부터 2011년 5월 5일 23시 46분경 만남의 광장에 출입하기 전(36시간)까지 어디서 무얼 했는지, 기원이가 만남의 광장을 출입한 5월 5일 23시 46분부터 6일 오전 11시 50분 발견된 사이(12시간)의 CCTV 추적을 부탁했으나 무마됐다.

단지 "아무 흔적도 없다."라고만 했다. 수사를 한 행적을 찾아볼 수가 없다. 다만 "만남의 광장 휴게소 진입 시 운전하는 사람의 얼굴이 찍혔으나 운전수가 옆으로 얼굴을 돌렸기에 윤기원인지는 자세히 알 수가 없다."라고 했다. 자세히 알 수 없는 상황을 CCTV를 통해 확인조차 하지도 않았으며 그 자료도 보여 주지 않았다.

그렇다면 4일 오전 11시 45분 실종 시부터 6일 오전 11시 50분까지 기원이의 모든 행적을 CCTV를 통해 조사해 달라고 요청했지만 "없다."라고만 했다. 아예 수사를 하지 않았다는 것이라고 판단된다. 48시간의 아들의 행적이 어디에도 없다는 것을 받아들이기 어렵다.

× 모두의 가슴에 별이 된 골키퍼 ×

검안 시 체온을 측정하지 않았다 그래서 사망 시간을 알 수가 없다.

경찰의 실무 지침에는 부착물과 현장 감식 소지품의 상황, 사체현상(체온 측정, 신체 각 부위의 오염 손상) 등을 상세히 관찰하여 타살과 자살 여부, 사후 경과 기간, 흉기의 종별, 범행 수단 방법 사인 및 신원 등을 정확히 판단할 수 있는 자료를 수집하도록 되어 있다. 이처럼 실무 지침에는 체온 측정이 기본인데, 이를 누락시켰다는 것은 이해할 수 없다. 아니, 어쩌면 체온 측정을 하였지만 말하지 않았는지도 모를 일이다.

부검 교수가 기원이의 사체(배의 옆 부분)가 많이 부패되어 있다고 한 부분에 대해서 자문을 구하기 위해 남편은 부산 B병원에 계시는 평소 존경하는 박사님을 찾아뵈었다. 2011년 5월 5일 23시 46분경 만남의 광장에 출입하여 동년 5월 6일 오전 11시 50분경 출입한 장소에서 발견됐다. 12시간의 간격이다. 그리고 차량을 주차한 뒤 CCTV 결과 기원이가 한 번 내렸다 탔다는 경찰의 말이 사실이라면 12시간보다 더 짧은 시간이다.

기원이에 대한 모든 사실을 알게 된 교수님은 정확한 것은 "5월의 날씨로 감안할 때 최소 24시간이 경과해야 부패가 진행될 수 있다."고 말씀하셨다(그때 날씨는 흐렸고 12도로 알고 있음). 그렇다면 기원이는 만남의 광장에 오기 전인 4일 오후 휴대폰이 꺼지는 시점의 사고에 의한 사망을 했다고 볼 수 있다.

★ 사라진 기록 ★

나는 남편과 같이 의논하고 확인하며 생각하고 부지런히 뛰어다녔다. 그리고 자료를 만들어 준비하고 가능한 할 수 있는 범위 내에서 가리지 않고 다 할 것이다.

오늘은 잔뜩 흐린 날, 그림자가 자취를 감춘 사시에 남편은 딸 서영이와 나를 부르며 외출 준비를 하라고 했다. 휴대폰에 그 어떤 이상한 점을 찾지 못했다는 경찰의 신빙성 없는 말에 남편은 기원이의 휴대폰을 전문가에게 분석을 의뢰하기 위해 부산 복원센터 전문가에게 맡겨 알아봐야겠다고 했다. 투명하지 못한 미흡한 수사 결과가 경찰을 불신하게 했고, 수사 내용도 의문투성이기 때문이다.

그런데 전문가에게 맡긴 기원이의 휴대폰의 문자 기록이나 통화 내용이 모두 삭제되어 있다고 했다. 그 어떤 것도 볼 수 없게 초기화를 시켜 놓았다고 했다.

"문자나 통화 기록도 남김없이 완벽히 삭제되어 있습니다. 이런 상태는 이 계통의 전문가가 아니면 힘든 일인데요."

의도적으로 지워 버린 상태라고 했다. 하나도 남김없이……. 휴대폰은 기원이의 사실 규명을 위해서 경찰을 믿고 기꺼이 내놓은 것이었다.

"혹시 수사 중에 증거물들이 훼손되거나 파손되었을 시 이유를 묻지 않겠다."는 서명을 요구해서 사인하였을 뿐이었지, 경찰의 의도로 무조건 "내용의 전부를 초기화시켜 버려도 된다."는 것에 동의한 것은 아니었다.

"그러면 이 상태에서는 복원이 불가능합니까?"

"하나도 남김없이 지워진 부분을 전부 복구할 수는 없습니다. 서울로 보내서 작업을 해야 하는데 시간이 많이 소요됩니다. 복원 센터에서

× 모두의 가슴에 별이 된 골키퍼 ×

전문가만이 핸드폰의 경우 삭제 및 복원이 가능합니다."

"최대한 살릴 수 있는 건 다 살려서 복구해 주십시오."

"무엇을 덮으려 휴대폰을 초기화시켰을까? 지워야 하는 그것이 무엇이었을까? 기원이의 가족이나 친구, 누구에게 알리고자 하는 사실이나 흔적들이 있었던 걸까? 아니면 알려져서는 안 되는 누군가로부터 뭔가를 주고받은 흔적이 있는 걸까?"

복구 센터에 컴퓨터를 맡기고 집으로 돌아오는 차 안에서 남편은 계속 중얼거렸다. 정리 정돈이 되지 않는 기원이에 대한 사실들이 경찰의 의문스러운 행동으로 인해 뒤죽박죽이 되었다. 혼란스러웠다. "한 점 부끄럼 없이 수사에 최선을 다하겠다."라고 한 경찰의 말이 무색했다. 겉으로는 안심모드를 취하면서 속으로는 진실을 가리고 거짓으로 포장을 하고 있었던 경찰의 태도에 환멸이 왔다. 그리고 믿고 맡긴 우리의 어리석음을 한탄했다.

민중의 지팡이인 경찰에게도 흑과 백이 있고 참과 거짓이 상생했다. 포화 상태가 되어 버린 아픔이 내게로 왔다. 그러나 나는 다시 한 번 사랑하는 나의 아들을 위해 다짐한다.

'초연해지자.'

★ 악마들의 은밀한 거래 ★

승부조작 사건으로 말미암아 축구 경기는 팬들의 허탈함과 분개의 따가운 시선을 받고 있었다. 프로 연맹은 각 구단을 순회하며, 승부조작 예방 교육을 실시하였지만 아무런 효용이 없었다.

16개 구단은 물론이고 승부조작의 온상이자 시한폭탄으로 소문이 무성한 인천은 한 방송사가 직접 의혹을 제기해 코너에 몰린 상태였다. 이에 인천 감독은 해명에 나섰고 "검찰 조사에 모든 걸 맡기고 기다렸다. 배나무 밑에서 갓도 쓰지 못 하는 심정이다."라며 토로했다.

그런 와중에 L 선수의 움직임은 빨랐다. 이후 13일경 이적한다는 소식이 언론에 슬그머니 제기됐다. L 선수는 2011년 2월에 인천과 2013년까지 재계약을 했다. 5월 6일 기원의 사고가 나기 전, L은 부르는 것이 값인 이적 시장에서 러브콜이 쇄도했고, 수원 FC와 당시 지휘봉을 잡은 포항 감독이 가장 적극적인 L의 영입에 나서기도 했다. 그럼에도 불구하고 인천은 열악한 상황 때문에 L과의 재계약 협상을 진행시키지 못하고 있었다. 최고의 연봉이 보장됐지만 해외 이적시 바이아웃 금액에 의한 인천과의 의견차 때문에 계약 타결이 어려운 상황에서 구단주인 인천광역시장이 포섭에 나섰다.

"꼭 L을 영입해야만 한다. 인천에서 유일한 국가대표가 L이라는 것을 알고 반드시 잡아야 한다."

P 시장이 L에게 직접 통화해서 영입의사를 전달할 만큼 절실히 원했던 선수였다. 그렇게 필요했던 선수를 계약 만기가 되기도 전에, 하필이면 기원이의 사고와 맞물려 이적 이야기가 나오는 것 또한 귀 기울여 볼 만한 일이다.

"갑작스런 부상이라며 하필 이 시점에 해외 이적을 서두르는 이유가 무엇인가?"라고 기사화됐다. L의 해외 진출을 위해 발 빠르게 서두르는 모습이 눈에 띠었다.

"L의 이적을 서두른다는 표현을 지울 수가 없다."라며 고개를 갸우 뚱하게 만드는 기사는 "L이 잘나가던 두 시즌엔 해외 구단으로부터 영입 제의가 없다가 갑작스런 부상으로 팀의 성적도 부진한 지금 해외 진출이 거론된다는 점이다."라며 보도했다. 누가 봐도 도피이다. 무엇에 쫓기는 듯함이 느껴졌고 불 보듯 뻔히 눈에 보였다.

L의 일은 일사천리였다. L은 "숭의구장이 완공되면 첫 골의 주인공으로서 특별한 세리머니를 보이겠다."던 그가 돌연 왜 해외 진출을 서두르는지 궁금했다. 승부조작 사건이 만천하에 드러나면서 L의 존재를 K리그 테두리 안에서 밀어낸 일이기도 했다.

그리고 우리의 시선에서 멀어져 갔다. 빠른 속도로 L은 S나라로 이적했다. 네티즌들의 글 중에는 떠난 그를 두고 "그곳에서는 승부조작하지 마라. 이곳에는 통했지만 그곳에선 어림없다. L을 이적으로 빼돌린 사람은 누구일까?" 등의 수많은 댓글들이 올라왔다.

축구계의 승부조작과 관련된 수사에서 선수들이 브로커로부터 받은 1억 원과 관련된 조직 폭력배들을 대상으로 한 돈의 출처를 확인하는 작업이 착수되었고, 배후 세력의 추적을 위해 검사를 보강했다. 검찰은 상무소속 K 선수에게 5천만 원 이상의 거액을 받은 협의로 구속 영장을 발부하는 등 본격적인 수사에 돌입하였다. 5월 31일, 평창 한화 리조트에서 열린 기자 회견에서 루머에 휩싸인 H 선수는 결백을 호소했었다.

"나는 떳떳하니, 신경 안 쓴다. 한 점 부끄럼 없이 살아왔다. 통장과

입금 내역 및 통신 기록 요구에 응 하겠다."

L 선수 역시 다음과 같이 말했다.

"부상 때문이다. 승부조작과는 무관하다. 조사를 위해 개인 정보 요청에 응하겠다. 이런 일이 다시는 생기지 않도록 선수들이 리그를 위해 노력해야 한다."

과연 L의 말이 맞는 것인가? 아는 사람은 아마 조소했을 것이다. 연맹에서는 자진 신고기간을 6월 13일까지로 하되, 자진 신고하는 선수에게는 징계를 낮추고 선처한다는 대책을 내놓았다.

한 프로 관계자의 말이다.

"승부조작은 개인적 차원에서 끝나는 게 아니라, 동료나 배후까지 실타래처럼 얽혀 있어, 구단 자체 조사는 한계가 있다."

또 다른 관계자가 말한다.

"선수의 생명을 걸고 자진 신고할 사람이 어디 있겠는가? 검찰이 모든 의혹을 파헤치고, 진상 파악을 명확히 해야 한다."

그 후 현재 시일이 지났지만, 아무도 자진 신고를 하지 않았다. 스포츠 조선의 모 기자는 다음과 같은 기사를 썼다.

"윤기원의 죽음 원인을 규명하고자 물밑 조사를 해 왔다. J 총재가 나서 머리를 조아릴 만큼 승부조작 사건은 심각하다."

그러나 기원이의 죽음에 대한 원인은 그 어떤 것도 드러나지 않았다. K리그의 절반의 선수들이 재정적으로 어렵다. 최저 연봉이 1,200만 원이다. 그런 선수들에게 2,000만 원에서 3,000만 원을 제의하고, 5만 원권을 박스로 전달한 브로커들이, 비싼 외제차를 사고 돈 자랑을 하다가 꼬리 밟힌 선수들에게 조심하라고 당부하기도 했다. 그들은 주로 대포폰을 이용했으며, 꼬리가 잡히면 구단에서 블랙리스트에 올려 빠른 이적으로 마무리하곤 했다. 공공연히 이뤄지던 승부조작의 현실을 알고도 모두가 은폐한 것이다. 심지어 한 구단이 사라질 위기까지 직면했다.

기원이의 죽음을 두고 여론은 다음과 같이 말했다.

"수사기관이 정확한 사실을 밝히고, 그 억울함을 풀어 줘야 하며, 왜 그토록 고통을 겪어야만 했는지 밝혀 줘야 한다. 그것이야말로 윤기원 선수에 대한 남은 사람들의 예의이다."

승부조작은 여전히 더러운 흙탕 속에서 허우적거리고 있었다.

★ 이승과의 이별식 ★

나는 병실에 누워 있었다. 하지만 마음이 바빴다. 링거 맞은 손이 퉁퉁 부어 주무르고 있는데, 동생 정숙이 들어섰다.

"언니, 좀 괜찮아?"

"응, 간호사에게 얘기해 놨어, 외출증 끊어 와."

나는 동생이 나가는 뒷모습을 보고 옷을 갈아입었다. 체중이 줄고 몸을 가누지 못해 이내 쓰러졌지만 집으로 가야 했다. 끝이라면서 시작된, 가야만 하기에 멈출 수 없는 길이다. 다시는 올 수 없는 아들을 보내야 하는 날이다.

기원의 49재다. 동생 차에서 내리니 주차장엔 차들이 빼곡히 주차되어 있었다. 일찍이 지인들이 온 모양이다. 집안은 북적댔다. 기원을 보낼 준비를 하기 위해 딸 서영이와 일찍 와서 기다린 뱅수는 기원이의 옷들과 신발 그리고 사진을 보며 앉아 있었다. 그 모습에 나는 비처럼 눈물이 쏟아졌다. 남편은 아들이 선물한 셔츠를 입고, 거실에서 지인들과 대화 중이었다.

"얼마나 걱정했는데. 이젠 괜찮아? 얼굴이 말이 아니네. 힘내야지."

친구들이 한마디씩 했다.

"괜찮아, 걱정 안 하셔도 돼."

나는 기원이의 방에 들어갔다. 이승과의 작별이다. 사진 속의 아들은 활짝 웃고 있고, 나는 털썩 주저앉아 펑펑 울었다.

'기원아, 엄마는 이렇게 가슴이 아픈데, 너는 이렇게나 밝게 웃고 있구나. 너에게 보내 주려고 그동안 썼던 사경기도문도 챙기고, 그간 몸이 아파서 쓰다만 편지도 온 정성을 기울여 썼다. 이제 너의 모든 잔재를 태워 보내야 한다.'

나는 고통 속에서 그렇게 아들과의 이별을 준비하고 있었다. 힘들고 아리는 고통의 시간이다. 숨을 멈추고 싶은 순간이다. 이대로 머무름 없는 바람이고 싶었다.

부처님 전은 언제나 성스럽다. 49재는 영혼과의 이별식이다. 평소 도반이자 마음의 의지처인 해인불매사 사장님이 법당에 들어서자 제일 먼저 반겼다.

기원의 친구들이 한쪽에 모여 있었다. 벗을 보내야 하는 아픔을 삭이며, 이별을 받아들이고 있다. 발 디딜 틈 없는 법당 안, 저편에 여수에서 온 기원 아버지의 친구 창근씨 부부가 보이고, 서울에서 성큼 달려온 효광 시인님도 보였다. 평소 잘 지내 오던 동생 미선이 기원이에게 꽃을 놓고 절을 하고 있다.

재가 시작도 되기 전에 법당 안은 울음바다다. 평소 존경하는 구인사 스님 세 분과 거사님 다섯 분, 총 여덟 분이 준비를 하셨다. 신중기도(화엄성중을 모신 신중 전 기도) 신고식을 했다. 관욕식(살아서의 죄업을 씻고 영혼으로 해탈하도록 기원하는 의식)도 했다. 법당 한쪽 평풍을 치고, 향을 넣어 만든 물에 씻어낸다. 매우 장엄한 부처님 전에 염불이 시작되었다. 지장보살님 전에서 활짝 웃고 있는 기원이의 위패를 부처님전에 놓고, 부처님의 설법으로 깨달음을 얻는 단계다. 부전 스님께서 회심곡을 염불하셨다.

울음의 소리는 끊이지 않고 법당 안에 울려 퍼졌다. 기원이와의 완전한 이별이 시작되고 있었다.

"에고, 에고, 답답하다. 서러운지고. 이를 어찌 한단 말고. 불쌍하다. 이내 일신, 인간 하직 망극하다."

그렇게 가슴을 헤집으며, 아들과의 고별이 진행되고 있었다. 기원이의 극락왕생을 빌고 또 빌었다.

"나의 아들 기원아, 너는 이제 가야 한다. 허공계와 중생계의 그 인연의 끝에서 이제 너를 놓아야 한다."

잘 보내야겠기에, 너무나 잘 보내야겠기에 주인 잃은 눈물만 하염없이 흘렀다. 다시는 볼 수 없는 아들의 실존, 낡은 과거들이 펼쳐졌다.

"이곳은 걱정 말고, 부디 잘 가거라. 내 사랑하는 아들아."

영가를 떠나보내는 합창단의 노래 소리 들리고 나는 있는 힘을 다해 발원기도에 임했다. 아들의 흔적을 소각하면서 나는 지그시 입술을 깨물었다.

"자랑스러운 나의 아들, 윤기원. 너의 그 족적은 머지 않는 날, 만인이 바라보는 귀감이 되고 전설이 될 것이다. 영원히 모두의 가슴 속에 떠 있는 별이 될 것이다."

나는 그렇게 기원이가 피안으로 안주하기를 염원했다.

"안녕, 아들……."

반추

누군가는 알고 있다
기원이의 짧은 삶, 빗장을 열다
몸살을 앓는 축구계
힐책
비극의 끝은 어디인가
그렇게 할 수만 있다면

★ 누군가는 알고 있다 ★

[현장에서] '윤기원 죽음의 진실' 누군가는 알고 있다
Y 기자

프로축구 승부조작 2차 수사 결과 모두 46명의 선수가 구속 또는 불구속 기소됐다.

예상을 뛰어넘는 규모에 "썩어도 이렇게 썩었을 줄은 몰랐다."는 한탄이 터져 나온다.

지금 나온 정도만으로도 프로축구가 쑥대밭이 될 지경이지만, 문제는 이게 끝이 아니라는 사실이다. 검찰은 인천과 경남, 제주와 연관된 수사를 계속하고 있다. 또 어떤 껍질이 벗겨질지 아무도 짐작할 수 없다.

무엇보다 고 윤기원(전 인천) 죽음에 대한 진상을 규명하는 것이 이번 사건의 뇌관으로 남아 있다. 지난 5월 6일 숨진 채 발견된 윤기원에 대해 경찰은 자살로만 추정할 뿐 그를 죽음으로 이끈 실체는 밝혀내지 못했다. 그러나 축구계 주변에선 그의 죽음이 승부조작과 연관돼 있을 것이라는 시각이 많다.

적어도 고인과 함께 뛴 동료들은 그의 죽음의 배후에 무엇이 있었는지 알고 있을 것이다. 실제로 그들 주변에선 윤기원의 죽음이 승부조작과 연관돼 있다는 것을 시사하는 말들이 나돌고 있다. 고인과 가까웠던 한 동료가 "진실은 언젠간 밝혀질 것이다."라고 분노했다는 얘기도 들린다. 그러나 정작 나서서 입을 여는 사람은 아무도 없다.

자식은 부모를 산에 묻지만 부모는 자식을 가슴에 묻는 법이다. 아들을 잃은 것만으로도 억장이 무너지는데 왜 그래야 했는지를 모른다면, 그 심정이 어떨 것인지 말할 필요도 없을 것이다.

고 윤기원의 아버지 윤희탁 씨는 아직도 아들의 사망신고를 하지 못하고 있다.

윤 씨는 "아무리 생각해도 기원이가 자살할 이유가 없다. 진실을 알아야 아들을 보낼 수 있지 않겠느냐?"고 말했다. 윤 씨는 "진실만 밝혀지면 누구도 원망하지 않을 것이다. 기다릴 뿐이다."라고 말했다.

윤기원을 보내 주는 일은 이제 남겨진 자들의 몫이 됐다. 만약 알고도 진실을 외면하거나 침묵한다면, 그건 고인을 극단적인 선택으로 몰은 죽음의 세력만 도와줄 뿐이다.

나는 이 기사를 보면서 그래도 아직은 희망이 있다고 생각하고 힘을 냈다. 기원이의 죽음의 원인이 "자살"이라는 명분 없는 결정 하에 수사나 언론은 움직였다. 인터넷에 떠도는 기사를 대충 접해 보면, 기원이가 골키퍼에 대한 스트레스 때문에 "자살"을 했다고 적혀 있다. 만약에 기원이가 힘들어서 죽어야겠다는 생각을 했다면, 학원 축구 과정을 이수하지 못하고, 그때 죽음이 아닌 다른 결단이 났을 것이다. 기원이가 결단코 어떤 일이 있어도 자신을 버리는 무책임한 사람이 아니라는 사실이다.

"주전경쟁에서 밀려나 자살을 했다"라는 기사도 있다. 기원이는 초등학교 축구를 입문하는 그 순간부터, 단 한 번도 후보로 있었던 적이 없다. 대학을 졸업하는 그 순간까지 주전이었다. 그렇지만 기원이는 항상 교만하지 않고 경솔하지도 않았다. 묵묵히 자신의 자리에서 최선을 다했다. 어쩌면 나태해질 수 있는 상황에서 프로 입단 2군 생활은 기원에게 작은 자극이 될 수 있었고 자신을 추스르는 계기가 되었다.

기원에게 2군은 1군으로 가기 위해 자신을 더 가꾸고 만들어 가는 준비과정이라고 생각했다. 열심히 달려온 자신에게 조금의 여유를 주고, 그간 주전으로 혹사한 몸도 다듬고 만들면서, 1군에서 부르면 자신이 가꿔 왔던 능력을 언제라도 보여 줄 수 있는 만반의 준비를 했다. 인내하며 기다리는 방법을 배우면서, 그렇게 기원이는 데뷔전을 위해 성실히 훈련했다. 2010년 11월 7일 열린 데뷔전을 보면 얼마만큼 노력을 했는지 알 것이다.

나는 기원이의 자료를 찾기 위해 많은 언론의 기사들을 접했다. 더러는 추악한 기사내용과 있는 묘한 뉘앙스를 남긴 기사에 상처를 받았지만, 스포츠 칼럼 등 상반된 많은 기사가 힘이 되기도 했다. 세상은 나의 마음 같지 않기에, "아닌 것"은 과감하게 버린다.

포옹

★ 기원이의 짧은 삶, 빗장을 열다 ★

나는 오늘도 철저한 바보가 되기 위해 최면을 걸었다. 마음은 생각을 잡지 못해 바동거리고, 생각은 마음에서 멀어지려 나래치고 있었다. 각막에 여울지는 뿌연 안개는 장판 밑에 흐르는 습기만큼 눅눅했다.

수시로 나의 잔재를 낙서하고 나의 아픔을, 고통을 적었다. 나는 아들의 모든 것을 쓰고, 아들을 보내고 그로 인해 힘든 나날을 보내고 있는 우리의 일상을 낙서했다. 그 어떠함도 나는 끼적거렸고, 사소한 주절거림도 적었다.

"여보, 힘없는 우리가 누구의 도움도 없이 할 수 있는 게 무엇일까? 내가 할 수 있는 게 아무것도 없어. 그 사실이 죽을 만큼 싫어."

나는 무능하고 모자란 자신이 미웠고 원망스러웠다.

"여보, 내가 과연 기원이를 위해 무얼 할 수 있을까?"

기원이의 죽음에는 권력과 재력으로 인한 이권이 개입되었고 사건의 사실들은 조작됐으며, 이제는 그 진실이 세상에서 멀어져 갔다. 가진 것도 없고, 힘도 없는 우리의 현실은 계란으로 바위를 치는 격이다.

"글쎄, 이제는 뭐라도 진행되어야 하는 건 맞는데, 민감한 부분이니 너무 마음만 앞세워서 성급하게 서두르지 말고 차근차근 생각하며 움직이자."

"얼마나 더 기다리고 생각해야 하나? 무엇 하나 진행되는 일 없이 제자리인 지금이 나는 무지 답답해요."

"경찰서에서는 그 후론 연락이 없습니까? 신문에 보니까 검찰에서 조사가 시작됐다는 보도가 있던데……. 기원이 아버지, 어찌 되었어요?"

"수사를 할 때나 지금이나 연락은 끊겼어요. 경찰도 믿을게 못되고 지금 상태론 의지할 사람이 아무도 없습니다. 분명한 사실은 누군가가 꼭 찾아오리란 생각이 듭니다만, 그게 언제일지? 당장 달려가 관계되는 사람에게 확인하고 싶고 만나서 무슨 이야기라도 듣고 싶지만, 시즌이 끝나면 찾아뵙는다고 연락도 오고 하니, 조금 더 시간을 두고 기다려 봅니다."

친구의 물음에 답하는 남편의 모습을 보며 나는 또다시 휴대폰을 열고 메모지에 낙서를 했다. 문득 어떤 생각이 뇌리를 스쳤다. 그래, 글을 적자. 책을 출판하는 것이다. 세상 모든 사람에게 사실을 전할 수 있고, 기원이의 진실을 어필할 수 있는 최고의 방법이다.

순간, 나는 몹시 흥분했다. 시간이 흐르면서 퇴색되어 가기만 할 아들의 짧은 삶을 비로소 적어야 한다는 생각을 했다.

나 또한 기원이의 사고에 대한 결론은 없다. 허나, 사고 발생 당시부터 지금까지의 모든 일들을 속임 없이 있는 그대로의 사실을 한 자도 빠짐없이 적을 것이다. 그리고 책이 출판되면 모든 건 독자들이 판단하게 될 것이다. 머릿속을 헤집고 다니는 생각들이 필름처럼 지나가고 "뭔가를 할 수 있다."는 가슴 벅참이 온몸에서 용솟음쳤다.

"지금 갑자기 떠오른 생각인데, 그동안 기원이에 대해 수시로 적어 놨던 메모와 낙서를 토대로 기원이의 관한 책을 써 볼까 하는데……."

"오, 그거 좋은 생각이다."

"이렇게 맥을 놓고 있을 수만은 없다는 마음이 들어서, 천천히 준비해 볼까 해요. 그렇다고 생각과 마음은 현실 같지가 않기에 내가 잘 할 수 있을까 염려도 되고……."

즉흥적인 생각에 말은 했지만, 사실 걱정이 앞섰다.

"그거 좋은 생각이다. 한번 잘 써 봐. 많은 사람들이 기원이의 죽음에 대해 잘 모르고 있는 부분도 있고, 기원이에 관한 모든 이야기를 글로써 풀어내 봐."

남편은 긍정적인 반응을 보였고, 친구들이 적극적으로 지지하며 격려해 줬다.

"그래, 기원이를 위해 뭐든 해야지. 친구는 충분히 잘할 수 있다고 생각해."

"기원이 엄마는 낙서도 좋아하고, 그간 시(詩)를 쓴 경험도 있으니 잘 할 거야. 나도 대찬성이다. 힘을 내서 한번 해 봐."

"그럼, 잘 하고말고, 누구 엄마인데……. 기원이 엄마잖아. 그래서 가능한 거야."

"그래, 난 기원이 엄마야. 자랑스러운 나의 아들, 기원이 엄마."

나는 마음을 굳게 먹었다. 그리고 책을 출판하기로 결심했다. 그 뜻을 모아 기원이의 숨어 있는 모든 진실만을 세상에 알리자. 이로써 기원이를 위해 내가 할 수 있는 일이 생겼다. 얼마나 다행인가?

그러기 위해선 쓰러져도 일어나야지. 나는 일어서야 했다. 꼭 그래야만 했다. 끝없는 나의 독백이 행진을 했다. 취기가 오르고 희망의 빛이 내려앉아 나를 추스르는 이 밤. 청하지도 않은 고요가, 밤이, 살며시 내 곁에 머물렀다.

"잘할 거야, 분명……."

★ 몸살을 앓는 축구계 ★

뒤죽박죽이 된 축구계가 몸살을 앓고 있었다. "윤기원 선수의 죽음의 배후에는 승부조작의 세력들이 버티고 있다."는 기사와 "16개 구단은 안전한가?"라는 기사가 잇따라 올라왔다. 3개월간의 승부조작 회오리에 전체 79명이 가담·연루되었다. 전·현직을 합한 선수들은 전체의 10%인 수준인 53명이다.

심지어 태극 마크를 달고 한국을 대표한 선수들 중에 몇몇도 거론되었다. 허나 결과는 불기소 처분이다. H 선수는 조폭이 협박하며 돈을 건네주고 입막음을 했다고 했다. 자진신고 기간에도 신고하지 않았던 선수들이 검찰의 수사망이 좁혀 오자 자진신고 했다. 초비상 상태가 되어 버린 축구계다. 며칠간 게릴라성 폭우가 내렸다. 세상을 뒤엎은 승부조작으로 인해 새로운 기사가 나올 때마다, 기원이는 불합리하게 매도됐다.

늦은 저녁을 먹고 맥주를 한 잔 하고 있었다.

"갑자기 기원이가 목포에서 전지훈련을 할 때가 생각나는데, 그때 기원이의 얼굴이 아주 그늘져 있었고 얼굴이 매우 지쳐 보였어. 지금 곰곰이 생각해 보니 기원이는 그전부터 신변에 그 어떤 일이 일어나고 있었고, 그 무슨 일이 시작되고 있었던 것 같아."

"그날을 잘 기억해 봐."

기원 아버지가 나에게 말을 꺼냈다.

2010년 2월, 나는 그날을 떠올려 보았다. 기원 아버지와 나는 전지훈련 중인 기원이를 보러 가기 위해 이른 아침 목포로 향했다. 용인에 계시는 감독님이 기원이가 있는 목포에 계신다 하여, 만나 뵐 겸 검사 겸사 집을 나섰다.

겨울을 실감케 하는 칼바람이 쌩쌩 불었다. 군데군데 치워 놓은 눈은 산처럼 쌓여 있고, 물이 있는 곳은 꽁꽁 다 얼어 있었다. 목포 훈련 장소에 도착해서 기원이에게 전화를 했다.

"응. 아빠인데, 지금 숙소 아래 주차장이야. 지금 볼 수 있겠어? 시간돼?"

"네, 아빠. 오늘 일요일이라 훈련이 없어요. 조금 이따 내려갈게요."

기원이를 기다리는 동안에 용인에 계시는 감독님을 뵙고자 통화를 했다. 좌측 축구장에 있는 훈련하는 곳으로 오라고 하였다. 그 운동장에서는 중국에서 온 팀과 동계훈련에 참가한 팀이 훈련에 열심인 모습이 보였다. 용인에 계시는 감독을 뵙고 이야기를 나누고, 중국 팀 감독인 K 감독님과 인사도 나눴다.

"기원이가 아주 잘하고 있던데요. 쭉 지켜보고 있는데 잘 키웠어요. 성실하고 착하고……."

중국 팀 감독님이 악수를 하며 말씀하셨다.

"별 말씀을요. 과찬이십니다. 아직 더 많이 배워야지요."

기원 아버지는 웃으며 말했다. 바람이 세차게 불어 추위는 절정이다.

"아빠, 어디 계세요?"

"응, 지금 용인에 계시는 B감독님 뵙고 얘기 중이야. 아빠가 그리로 갈게. 어디에 있어?"

"네, 지금 숙소 정문에 있습니다."

"응, 곧 갈게. 추우니까 건물 안에서 기다려라."

B감독과 중국 감독님께 인사를 하고 기원이에게 갔다. 먼발치에 서 있는 아들을 보니 무척 반가웠다. 차를 정차하자 기원이가 뒷좌석에 탔다.

"아들, 잘 지냈어? 몸은 어때?"

"네, 괜찮아요. 그런데 내일 아빠 출근이신데 어떻게 오셨어요?"

"응, B감독님 전화 받고 너도 볼 겸 갑자기 오게 됐어. 뭐 특별한 일은 없고?"

"네, 없어요. 그럼 빨리 내려가셔야겠네요?"

"응, 너 보고 바로 가야지. 들어가 봐야 하지 않아?"

"네, 조금 있으면 미팅이 있어요."

"그래, 항상 몸 관리 잘하고 힘든 일 있으면 언제든지 아빠랑 의논하고……."

"네, 알겠어요. 조심히 내려가세요."

기원이가 차에서 내렸고 나는 창문을 내렸다.

"아들, 엄마 아빠 간다. 항상 좋은 생각만 하기다."

"네."

차는 점점 아들의 모습에서 멀어져 갔고, 나는 기분이 썩 좋지 않았다. 늘 활짝 웃던 기원이가 그날은 굳은 표정으로 옅은 미소조차 보이지 않았다. 평소에는 아무리 힘들어도 웃어 주던 기원이었는데 말이다.

"그래요, 맞아요. 그러고 보니 얼굴에 근심이 가득 했어요. 나는 그때 근심 걱정이라기보다는 '동계훈련이 많이 힘든가 보다.'라고만 생각했어요."

"그래, 아무리 힘들어도 기원이는 우리에게 조금도 힘든 내색을 전혀 하지 않으니 못 느꼈던 거야."

"기원이 빈소에서 목포 동계훈련에 갔을 때 인천의 조직폭력배들이 내려와 기원이를 불러 승부조작의 압박을 하고 협박을 했다는 어떤 이의 말이 공감이 간다."

"나쁜 놈들, 천벌을 받을 놈들……."

나는 분개했다. 맥주를 벌컥 들이켠 남편의 얼굴이 사뭇 진지했다. 황당무계한 사실들을 하나씩 알수록 배가되는 아픔이 동반했다. 자신의 뜻과 같이하지 않는다고 하여 죄 없는 자를 죽이고도 멀쩡히 살아 숨 쉬고 있어도, 하늘은 맑았다. 똑같이 죽여도 시원찮을 극악무도한 자의 죄를 알면서도 묵인한 자, 그 모든 사실을 침묵하고 있는 자 또한 은닉죄이다. 진실을 방관한 비겁자이다.

언론과 세상은 기원이가 승부조작과 연관이 되어 자살했다는 여론만 남겨놓고 아무도 그 이유와 결론은 내리지 못했다. 기원이에 대한 진상규명이 안갯속으로 사라지고 있었다.

추석이다. 중추절, 햇곡식 등의 음식으로 모든 신들에게 치성을 올리며, 옛 조상님들의 은덕을 기리고 객지에 나가 일상을 보내는 가족들이 모여 덕담을 나누는 우리나라 고유의 명절이다. 그러나 나는 오지 않는 기원이에게 가기 위해서 아침 일찍 서둘렀다. 기원이가 좋아하는 음식을 만들고 딸기우유와 국화꽃도 샀다. 서로가 말없이 움직였고, 뺑수는 일찌감치 와서 기원이의 빈자리를 메워 주고 있다. 남편은 기원이가 선물한 와이셔츠를 입었다.

"엄마, 예쁘게 해. 기원이에게 가는데⋯⋯."

딸 서영이가 방에서 고개를 내밀며 말했다. 나는 내 생일날 기원이가 사 준 빨간 티셔츠를 입었다. 동생 정숙이와 조카들 그리고 달이 언니 부부와 친구들이 주차장에서 기다리며 서 있었다. 달리는 차 안에는 정적이 흘렀고 모두의 마음은 고요했다. 모두가 모여 화목해야 할 우리의 추석은 유난히도 슬펐다.

구조라, 바람은 거셌고 파도는 일렁였다. 그늘진 바위에 앉아 기원이를 한참 동안 바라보았다.

구조라

"엄마, 저 경남 FC로 이적해도 될까요?"

2010년, 그러니까 작년 추석에 휴가를 온 기원이가 갑작스럽게 던진 말이다.

"무슨 일이 있는 거야? 왜 갑자기 이적을?"

생각지도 못한 아들의 말에 나는 당황했고, 잠시 주춤했다. 순식간에 많은 생각이 스쳤다.

'이적이라니?'

나는 침착히 생각했다. 그 당시 페트코비치 감독님이 개인 사정으로 사임을 하고 감독직이 공석인 상태로, 김 코치님이 감독 대행을 하며 팀을 이끌고 있을 때였다. 기원이는 그때 2군에서 성실히 잘 견디고 있

× 모두의 가슴에 별이 된 골키퍼 ×

었다. 축구를 시작한 후 단 한 번도 후보가 되어 보지 않았던 기원이에게 또 다른 자극이며, 자신을 교만하지 않고 더욱 성실히 성장시킬 수 있는 좋은 계기였다. 좀 더 높이 뛰려면 몸을 좀 더 낮춰 움츠려야 한다. 2군에 입문한 지 1년도 안 된 기원이에게 2군 생활은 당연한 과정이었다.

"처음부터 1군에서 뛰면 더 없이 좋겠지만, 그간 주전으로 뛰면서 작은 부상으로 인해 혹사한 몸을 제대로 만들고 준비하고 있어라. 곧 너를 필요로 할 거야. 그때 네가 2군에서 닦은 기량을 다 보여 주면 되는 거야. 너무 조급하게 생각하지 말고 조금만 더 기다려 봐. 기다리는 인내 또한 공부다. 우리 아들, 그간 잘 해 왔고 더욱 잘할 수 있어."

나는 그렇게 아들의 마음을 다독이고는 있었지만, 기원이가 말하는 이적 문제는 충격이었다. 왜 그런 생각을 하고 결심을 했는지 물어보지 않았다. 기원이의 자존심 문제도 있는 듯하고, 기원이가 원하는 이적이 지금으로서는 해결책이 아니라고 여겼기 때문이다. 나는 조심스럽게 덧붙여 말했다.

"기원아, 엄마 말 잘 들어. 네가 이적을 하고자 하는 마음을 말하지 않아도 엄마는 이해해. 하지만 감독님도 안 계시고 팀도 어수선한 상태라서 지금은 시기가 아닌 것 같다. 이런 시점에 네가 떠난다는 것은 어쩌면 팀에서 보면 배신이 될 수도 있어. 그러니 좀 더 기다렸다가 새로운 감독님이 부임해 오시고 팀이 안정되고 정상 궤도에 오르면, 그때 떠나도 늦지 않을 듯해. 복잡한 생각은 지우고 더욱 인내하고 열심히 네 몸을 만들고 다듬기에 최선을 다하고 너의 자리를 지키는 것이 지금 네가 해야 할 일이라고 생각해. 이해하지?"

"엄마, 나는……."

"알아. 너의 생각을 모르는 것이 아니야. 하지만 지금은 시기상조라고 생각해. 그러니까 팀이 원만해질 때까지만 참고 지내. 그때 다시 얘기하자. 그래도 늦지 않아."

나의 말을 듣고 한참을 밥상 끝을 보고 있던 기원이가 고개를 끄덕였다.

"엄마, 잘 알겠어요. 더 열심히 할게요. 걱정 마세요."

휴가를 마치고 간 기원이는 1군에 합류하여 태백 전지훈련을 떠났다. 기원이가 태백 전지훈련에 합류하여 전화가 왔다.

"엄마, 엄마 말 듣기를 참 잘했어요. 근데 계속 1군에 있는 게 아니고, 열심히 안 하면 또 2군으로 갈 수도 있어요. 그니깐 열심히 해야지요. 하하."

전화선을 타고 들려오는 기원이의 웃음소리와 좋아하던 모습이 눈에 선했다.

"그래, 정말 잘됐다. 이제는 더 열심히 해야지. 그동안 갈고 닦아온 기량을 마음껏 보여 줘야지. 이제 너의 꿈을 잘 가꾸어 이뤄 내기 위한 시작이다. 원칙에 의한 삶과 사나이가 걸어가야 하는 인생의 길을 걸어야 한다. 그리고 어떤 위치에 처해 있어도 사람은 늘 자기 자리를 잘 알고 행해야 한다. 어떤 일이 있어도 바르게 살아야 하고 거짓말은 절대 해서도 안 되며 교만도 용서 못한다. 무슨 일이 있어도 불의 앞에 비굴하지 말아야 하고, 나의 명예가 높아질수록 더욱 고개를 숙이고 겸손해야 한다."

"예, 엄마 알고 있어요."

나는 쾌재를 부를 만큼 좋았지만, 진심어린 충고로 기원이의 자만을 걱정하며 일깨워 줬다. 기원이는 1군에서의 적응도 아주 빨랐다.

그 후 H 감독이 부임됐다. 기원이의 성실함과 노력이 인정받기 시작했고, 기원이는 두 날개를 힘껏 펼칠 준비를 하고 있었다.

그날 그 기억과 기원이의 형상이 바다 끝에서 아른거리며 여울졌다. 후회가 폭풍처럼 밀려왔다. 어떤 형태로든 그때 기원이가 원했던 이적을 실행했다면……. 그래서 그때 인천을 떠나 다른 팀으로 이적을 했다면, 기원이는 지금 우리 곁에 존재했을지도 모른다. 그때를 생각해 보니, 나 자신이 죽도록 밉고 싫었다.

"내가 죽인 거야, 내가……. 흐흐흐흐흑……. 기원아, 엄마가 미안해. 그때 기원이 말을 들어 줬어야 했어. 기원아, 흐흐흑……."

이적을 하고 싶다는 아들의 생각조차 무시하고 이유조차 묻지 않았던 내가 원망스러웠다.

'너의 마음을 헤아리지 못한 이 엄마를 용서하지 말거라.'

나는 기원이의 생각을 헤아리지 못하고 그 부탁을 들어주지 못한 까닭에 시퍼런 치마를 입고 춤추듯 출렁대는 바다 끝에서 괴로움에 몸부림쳤다. 늦은 후회와 못난 나의 판단에 절규했다.

"왜 그게 당신 탓이야? 왜 자신을 그렇게 혹사시켜? 그렇게 생각하지 마. 그렇게 생각한다면 지나간 시간의 모든 것도 다 맘에 걸리는 후회의 일들뿐이야."

남편은 나를 다독였다.

"그건 엄마의 잘못이 아니야. 엄마는 그때 최선을 다했고, 판단 잘한 거야. 그리고 엄마가 이렇게 못난 생각하는 거 기원이도 원치 않을 거야. 그러니까 다시는 그런 죄책감 느끼지 말아요."

"그래, 친구야. 아무리 잘해 줬다 해도 떠나가고 나면 모두가 다 후회뿐인 거야. 그러니까 그런 생각은 접어."

조카 진호의 꿈에 기원이 형이 축구공을 보내 달라고 했다며, 뱅수는 바다를 향해 축구공을 발로 찼다.

"기원이가 저 공을 막았을까?"

기다린 듯이 공은 어디론가 사라졌다. 두 눈 속에 잠긴 바다는 한순간에 안개로 덮였다. 내 마음처럼 자욱하다.

★ 비극의 끝은 어디인가 ★

몇 개월 전 세상을 강타한 승부조작의 파문이 아직도 뜨겁다. 오늘은 L 감독이 자택에서 생을 마감했다. L 감독은 승부조작에 가담한 선수에게 협박해 금품을 수수했다는 공갈 협의로 서울과의 K리그 17라운드를 결장하고, 검찰에 조사를 받은 바 있다. 이에 스스로 자책하고 괴로워 하다가 이러한 극단적인 결론을 내렸다는 보도다.

얼마 전 승부조작과 금품 수수에 대해 L 감독의 부인께서 트위터를 통해 직접 작성하신 사부곡으로 진실을 호소했었다. 정말 애절했고 절실했다. 나는 그 글 속에서 L 감독 부인의 고운 성품을 보았다. 당시

× 모두의 가슴에 별이 된 골키퍼 ×

모 학부형이 "선수의 훈련을 부탁한다."라며 건넨 1,000만 원을 받은 혐의다. 사심 없이 받았고, 의도대로 팀을 위해 쓰셨다고 말씀하셨다.

그러나 승부조작이 거론되는 시점에 승부조작에 가담한 선수의 학부모가 L 감독에게 식사비 형태로 줬던 것을, 마치 승부조작을 한 것처럼 기사화해 버렸다. 처음에는 승부조작과의 연관을 두고 수사를 했지만, 그 결과는 승부조작과 관련 없는 선수들의 식사비로 마무리됐다.

승부조작과는 무관한 무고임을 알게 됐고, 금품 수수 혐의로 7월에 징역 2년, 집행유예 3년을 선고받았다. 평소 자긍심이 강했던 지도자로서 명예 실추는 치욕적이었고 말할 수 없는 고통이었을 것이다. 한 가정의 아버지로서의 위신이 무너진 것 또한 괴로웠을 것이다. 당시 L 감독의 아들은 축구 선수로서 서울 명문대 축구부에 특기자로 거의 확정되었다. 하지만 아버지의 불명예로 인해 진학하기로 한 학교 측의 반대에 부딪쳐 무산됐다는 기사도 보도됐다.

평화로운 한 가정이 휘청거렸고, 그는 떠났다. 그를 죽음으로 내몬 자는 누구인가? 그토록 절실히 결백을 외쳤던 진실 앞에 보낼 수밖에 없었던 남겨진 가족들이 생각났다. 사랑하는 가족을 떠나보내는 같은 마음은 말이 필요치 않을 것이다. 이에 언론은 기원이의 죽음을 두고 다음과 같은 기사를 냈다.

"윤기원 선수의 죽음은 승부조작에 관계한 조직 폭력배 등의 반복된 협박과 회유 때문이다. 자살의 원인은 밝혀지지 않았지만, 윤기원의 죽음은 승부조작 문제를 세상에 알리는 계기가 되었다(네이버 뉴스 2011년 10월 19일자 인용)."

기원의 죽음 이후, 축구계에 고귀한 두 명의 생명이 사라졌다. 비극은 이제 멈춰야 한다. 씁쓸한 마음과 지속적인 아픔으로 나는 지쳐 갔다. 아들이 무척 보고 싶다. 보고픔과 그리워도 참아야 한다는 것은 혹독한 벌이다.

어느새 낙엽이 지고 가을이 찾아왔다. 문득 기원이의 동료들을 만나 봐야겠다는 생각이 들었다. 그러나 이내 그 생각을 접었다. 시즌 중에 경기에 집중해야 할 동료 선수들을 힘들게 하는 것 같아 내키지 않았다. 시즌이 끝나면 찾아온다던 동료도 있었기에 조금 더 기다려 보기로 마음먹었다.

그러나 기다림의 시간은 길었다. 이제 올 시즌도 끝났다. 기원이를 보낸 후 6개월 동안 감독과 구단에서 단 한 번의 연락도 없었다. 아예 관심조차 없었던 구단과 감독이 야속했다.

지옥 같은 고통의 시간을 보내면서, 우린 긴 시간을 배려했고 할애했다. 퇴색되어 가는 아들의 진실 앞에 우리의 발버둥이 희망 없는 날갯짓이 되지 않기를 바라고, 기원이의 불명예를 씻기고자 하는 성급해진 바람으로 나는 두 번째 편지를 썼다.

편지를 쓸려고 했을 땐 그런 마음이 들지 않는데, 생각했던 것보다 나는 자극적이었으며 냉정했다.

"정녕 귀가 없어 듣지 않고, 입이 없어 침묵하시는 건지요?"

원망과 섭섭함, 간절함이 뒤죽박죽되고 있었다.

편지를 보낸 지 3일 후, 출근한 남편에게서 전화가 왔다.

"밥은 챙겨 먹었어? 음, 감독님한테서 전화가 왔는데……."

× 모두의 가슴에 별이 된 골키퍼 ×

남편은 감독에게 그간 경찰의 잘못된 수사에 대한 많은 의문점들이 확실한 "자살"이 아니라 "조작된 죽음"임을 보여주는 것이라고 분명하게 말했다고 했다.

"정말 아무것도 아는 바가 없어서 그 어떤 말도 할 수가 없었습니다."

"절대 자살이 아닙니다. 타살입니다."

남편은 그에 타당한 "자살"을 염두에 두고 수사한 경찰의 미비한 점 그리고 의혹으로 남겨진 우리의 자료를 가지고 설명했다.

"그것 또한 모르는 일입니다. 아무것도 몰라서 가만히 있었습니다. 우리가 도울 일이 무엇이 있겠습니까? 도울 일이 있다면 적극 협조하겠습니다."

아니, 아는 바가 없어서 말할 수 없었다니? 그럼 감독이라는 사람이 아무것도 모른다는 게 말이 되는 소리인가? 설령 아무것도 모른다고 할지라도, 어떻게 그 말을 입 밖으로 내뱉을 수 있다는 말인가? 나는 순간, 허탈감과 함께 화가 치밀어 올랐다.

아무것도 모른다는 자체가 실망이며 억지이다. 제자의 죽음을 두고, 도울 일이 있으면 연락하라니……. 세상이 뒤집어지고 온갖 구설과 허위들이 거짓 속에서 난무하고 있을 때, 기원이의 진실만은 알자고 암흑의 시간을 보내고 있는 지친 가족들에게 감독의 통화는 또 한 번의 상처를 남겼다. 구단의 처신도, 감독의 발언도, 이해할 수 없었다.

다만 세상에 떠도는 진실만 죽지 않고 있을 뿐이다. 그리고 많은 사람들이 기억하며 지켜보고 있을 것이다. 하지만 예측할 수 없는 끝없는 길이다. 힘 있는 자가 모든 사실을 은폐하고자 각오하고 실행한 일이다. 진실을 향한 나의 걸음은 빨라졌다. 진실을 향한 질주는 결코 멈추지 않을 것이다.

★ 그렇게 할 수만 있다면 ★

긴 밤을 보냈다. 2012년의 새해를 시작한 지 엊그제 같은데, 벌써 두 달이 지나갔다. 세월은 유수와도 같다. 일상의 리듬이 깨진 우리 가족은 수난의 시간을 보냈다. 침묵이 흐르는 의미 없는 순간들이 지나갔다.

나는 몇날며칠을 책 속에 파묻혀 책상에 앉아 글 작업을 했다. 그리고 어김없이 "윤기원"을 검색했다. 조금은 무뎌질 만도 하지만, 그럴 때마다 어김없이 가슴이 쪼그라드는 증상과 함께 덜컥 내려앉았다. 윤기원의 관련 검색어에 비리처럼 붙어 다니는 오명의 글들이 몹시 거슬렸다.

숨은 양심들과 조작의 근원은 겨울잠을 자고 있다. 정의는 어디에 있는가? 책상 위에는 쓰다만 편지, 쓸 수가 없었던 글들, 마음이 가는 대로 끼적인 넋두리. 주섬주섬 주워 오면 그만인데 잘 되지 않았다. 모호한 침묵이 주위를 맴돌았다.

"기원아, 엄마에게 힘과 지혜를 줘, 도와줄 거지?"

다시 컴퓨터 앞에 앉은 나는 새로운 보도를 접했다. 이번에는 배구 승부조작이 터졌다. M 방송사 〈스포츠 매거진〉이라는 프로에서 배구 승부조작 건을 보도하는 과정에 기원이의 영정 사진을 자료 화면으로 내보내며, 'K리그 승부조작 선수'라는 자막과 함께 방송하였다.

언제 어느 때나 유명인이 자살하고 스포츠의 타 종목에서 승부조작이 발생하면 꼭 기원이가 거론됐다. 기원이의 진실을 바로잡기 위해 응원하며 잊지 않고 기억하는 팬들과 네티즌이 화가 났다. "명불허전 M 방송국, 또 한 번의 왜곡"이라며, 인터넷은 다시 한 번 활활 타올랐다. 아마추어도 아닌 공중파 방송의 신중하지 못한 경솔한 처사였다.

"저는 윤기원 선수의 아버지입니다. 윤기원 선수의 죽음을 승부조작 의혹만 가지고 추측성 보도를 접하니, 내 아들 기원이에게 다시 죄를 짓는 것 같습니다. 그 어떤 것도 밝혀지지 않았습니다. 저는 제 아들이 '자살'이 아니라고 언론에 이야기했습니다. 부검을 했는데 발견 당시 체온 측정을 하지 않아 사망시간을 알 수 없다고 하였는데, 사체는 이미 부패가 많이 진행된 상태였습니다. 5월 초의 날씨를 감안할 경우 12시간 만에 부패될 수 없다고 합니다. 자살로 조작된 사건이라고 말했습니다. 수사 기관, 관련 단체 어느 한 곳도 말을 하지 않고, 침묵으로 일관하고 있습니다. 진실은 언젠가 밝혀지겠지만, 현재로서는 내 아들 윤기원만이 모든 것을 알고 있겠지요. 영정 사진 한 장과 함께 승부조작에 의한 자살이라고 너무 가볍게 보도해 버린 M 방송국의 잘못된 형태를 지적하며, 고인에게 사과를 요구합니다."

남편은 M 방송국의 인터넷 게시판에 방송이 잘못됐으니 바로잡아 주기를 요청했다. 나는 트위터를 통해 의사를 전달했다.

"M 스포츠 매거진 정정 보도 바랍니다. 제 아들 윤기원은 승부조작 관련자로 인한 자살이 절대 아닙니다. 수사도 종결이 아닌 미결이며,

윤기원 선수의 명예를 더럽히지 마십시오. 온몸이 찢어지는 고통으로 시간을 보내고 있는 가족들을 무시하는 행동 삼가 바랍니다."

이 보도는 기원이의 죽음의 원인을 확실히 모르는 사람에게는 "자살"이라는 단정을 하게 했다. "자살이 아니다."라고 생각해 왔던 사람들에게는 혼란을 제공했을 것이다.

트위터의 힘은 거대했다. 모 축구 해설 위원님으로부터 연락이 왔고, 남편에게는 담당 PD가 연락으로 수습을 했다. 공식 사과문이 올라오고, 정규방송에 정중히 사과할 것이며 정정 보도로 바로잡겠다고 했다. 그리고 M 방송국 게시판에 다음과 같은 사과문이 올라왔다.

작성자 M 스포츠 제작부
(2012년 2월 13일 11:44)

스포츠 매거진 제작부입니다. 지난주 방송된 내용 중 축구 승부조작과 관련해서 고 윤기원 선수의 자료 화면을 잘못 내보낸 점, 진심으로 사과드립니다. 제작 과정에서 충분한 검토를 거쳐야 했으나 제작진의 실수로 시청자들에게 오해의 소지를 남기게 되었습니다. 무엇보다 이번 일로 상처 받으셨을 고인과 고인의 가족들에게 머리 숙여 사죄드립니다. 다시는 이 같은 실수를 범하지 않도록 주의하겠습니다. 이와 관련해 다음 주 방송에도 사죄의 말씀 드리겠습니다. 다시 한 번 가슴 깊이 사죄드리며 더욱 좋은 방송이 되도록 노력하겠습니다.

× 모두의 가슴에 별이 된 골키퍼 ×

그리고 며칠 낮과 밤이 지났다. M 스포츠 매거진은 프로를 진행하기 전에 약속했던 사과 방송을 정중히 보도했다. 많은 팬들과 많은 네티즌분들이 뜻을 함께한 덕분에 마무리된 것이다.

기원이에 대한 관심과 사랑으로 "M 방송국의 만행"이라며 지켜보던 팬들의 외침을 잊을 수가 없다. 아니, 죽어서도 잊지 못할 것이다. 이루 말할 수 없는 감사함이 충만했다. 그렇게 우리는 세상과 싸우고 있었다. 달빛이 수다를 떨자고 창을 두드려도 나는 아들을 만나러 꿈길을 간다.

잊어서는 안 될 그 이름

그 이름 기억하자

등 돌려 가는 사람들

계속되는 비극

지켜보고 있는 거야?

바다에 서다

또다시 장마가

끝없는 오해와 은폐

진실을 듣다

★ 그 이름 기억하자 ★

인천 숭의 아레나 파크가 완공되어 준공식이 열렸다. 그리고 오늘 개
막 경기를 했다. 숭의 아레나 파크는 국제적 수준의 시설을 갖춘 최적
의 축구 전용 구장이라 했다. 아들이 있었던 인천 유나이티드 FC는 온
통 축제 분위기로 들떠 있었다. 기원이는 숭의 아레나가 완성되면 그
곳에서 자신의 이름이 팬들의 함성으로 울려 퍼질 그날을 기다려 왔었
다. 그곳에서 최선을 다하고 꼭 멋진 플레이를 보여 준다고 했었다.

'네가 이 세상을 떠나가지 않았다면, 지금쯤 아빠와 누나 그리고 엄
마는 그런 널 보기 위해 달려가고 있겠지.'

나의 아들 기원이가 큰 꿈을 심었고, 더 큰 뜻을 펼치고자 염원했던
곳이다. 허탈한 마음을 달래는 글도 있었다.

인천, 숭의 아레나파크에서 윤기원을 기억하자

"우리는 우리가 이제 어떻게 해야 하는지 잘 알고 있다. 그가 그런 선택을 내려야 했던 배경을 밝혀내고, 다시는 이러한 사고가 일어나지 않게 해야 한다. 더불어 그의 슬픈 죽음을 잊지 않고 영원히 기억하고, 추모해야 한다.

그러나 인간은 망각의 동물이다. 우리가 노력하지 않는다면 윤기원 선수는 시간이 지나며 자연히 우리 기억 속에서 잊힐 수밖에 없다. 그래서 우리는, 인천의 팬들과 인천의 구단은, 시간이 지나도 그를 잊지 않을 방법을 찾아야 한다.

그런데 인천은 지금 그를 추모하기에 가장 적합한 방법을 눈앞에 두고 있다. 바로 인천의 새 경기장이 될 숭의 아레나파크다.

이 경기장을 운영할 인천 구단이 이곳에 윤기원 선수의 흔적과 이름을 남겨 놓는 것은 어떨까? 인천 구단이 새로 지어질 숭의 아레나파크의 스탠드 하나를, 혹은 일부 구역이라도 "윤기원 스탠드"라고 이름 붙인다면, 인천 팬들은 영원히 그의 이름을 부르고 그를 잊지 않게 되지 않을까? 그게 여의치 않다면 일부 좌석에라도 윤기원 선수의 이름을 다는 것은 어떨까? 이 역시 인천 구단이 시도해 볼 수 있을 것이다. 숭의 아레나 파크의 일부 좌석 뒤에 윤기원 선수를 추모하는 문구를 적은 뒤, 이 좌석들을 "윤기원석"이라고 이름 붙이는 것은 어떨까? 그런 뒤 홈경기 때마다 인천 구단이 불우 이웃들을 초청해 이 좌석에 앉을 수 있도록 한다면, 하늘에서도 윤기원 선수가 흐뭇해하지 않을까?

새로 지어질 인천의 상징 숭의 아레나 파크. 수용 인원 2만 891명에
달하는 이 거대한 경기장에 작게나마 윤기원 선수를 추모하고 기억할
만한 공간을 바라는 것이 그리 큰 욕심은 아닌 것 같다. 그가 시간이
지남에 따라 인천의 기억 속에서 잊히도록 놔두는 것은 가슴 아프다.
우리는 그를 기억해야 한다. 우린 기억하고 싶다(엑스포기자단 박 기자
글 인용).

경기장면

× 모두의 가슴에 별이 된 골키퍼 ×

아들이 없는 숭의 아레나 파크는 아들과는 상관없이 화려한 개막 행사가 치러지고 있었다.

허공을 울리며 달구던 아들의 우렁찬 목소리가 들렸다. 그 열정의 목소리가 울려 퍼졌다. 환청이다.

"기원아, 보고 있어? 네가 있었던 인천 유나이티드의 숭의 아레나 파크 준공기념 개막 첫 경기다."

나는 묘한 마음이 교차했다. 숭의 아레나 파크, 그곳의 열기는 뜨거웠으나 나의 심정엔 찬바람이 일었다. 아……. 네가 잊혀 가고 있는 이 현실이 끔찍할 뿐이다. 나는 오늘도 긴 미로 속에서 진실을 찾기 위해 빠르게 움직였다.

★ 등 돌려 가는 사람들 ★

꽃들이 비명을 지르고 몽우리가 피어올랐다. 아지랑이 시작되기 전, 낮을 간질이려는 봄이 오고 있다. 산 능선 녹여 내리고 바삐 손짓하는 4월 속으로 노란 봄이 쏟아졌다.

인천 유나이티드 감독의 사퇴소식을 접했다. 기원이가 존경했고, 기원이를 신뢰하며 사랑하고 아끼셨던 감독의 갑작스런 사퇴다.

"성적 부진이 주원인이며, 운도 따르지 않았고, 사표는 미리 계획됐던 것이다."

"시민구단의 경영 악화와 많은 악재의 영향이다."

"작년 한바탕 휘몰아쳤던 승부조작 광풍을 고스란히 직면했다. 젊은 골키퍼 윤기원의 갑작스런 죽음으로 시작된 사태는 '인천이 가장 승부조작이 심했는데 별 탈 없이 끝났다.'는 확인되지 않은 많은 루머들로 이어졌고, 성적도 후반기엔 곤두박질쳤다. 인천 서포터즈의 행태도 옳지 않았다. 우군이 되어야 할 그들은 원색적인 비난과 막말을 퍼붓는 데 그치지 않고 감독의 사퇴를 시위했다."

언론들은 말했다. 감독의 사퇴 기자회견 내용에는 기원이의 이름도 언급되었다.

"기원이를 잃은 사실이 가장 슬프다. 함께 땀 흘렸던 선수가 사고로 떠났다. 애제자의 죽음이 밝히고 황망한 일이며 아직도 가슴에 맺힌 부분이다. 윤기원도 그렇다. 지금 그 아이가 불명예스러운 상황이다. 사망 후에 승부조작 사건이 터지니까 마치 가담한 게 아니냐는 추측이 나왔다. 기원이의 소식을 듣고 내가 염려스러웠던 건 '혹시 우리 코치들이 구타를 포함한 인격 모독의 행동을 한 게 아닌가?'였다. 확인 결과 전혀 없었다. 나도 기원이에게는 싫은 소리 한 번 한 적 없다. 당시 우리 골키퍼진이 워낙 안 좋아서 마음먹고 기원이를 키우려고 했다. 작년 마지막 경기였던 제주전에 기원이를 쓴 것도 그런 이유에서였다. 올 시즌 초반에 실수를 할 때도 "끝까지 버텨라. 골키퍼가 어떻게 골 안 먹느냐? 지금부터가 너와의 싸움이다."라고 말해 줬다. 사생활 문제를 생각해 봤지만, 그건 알아볼 길이 없었다. 기원이가 조금 내성적인 면이 있지만 분위기메이커였다. 선수들 사이에서 인기가 좋았다. 경찰에서 기원이의 핸드폰, 노트북을 가져가서 다 조사했다. 우리는 축구팀이지 사정기관

× 모두의 가슴에 별이 된 골키퍼 ×

이 아니다. 할 수 있는 건 거기까지였다."(스포츠기사 인용)

　문득 2010년 팬즈데이가 생각났다. 인천 연안 부두 유람선 하모니 호에서 분위기를 압도했던 기원이다. 평생 춤추지 않았다던 감독의 어깨를 들썩이게 리드했다던 기원이다.
　"좋아하는 여자 연예인이 누구냐? 이상형이 누구냐?"
　"엄마요."
　사회자의 질문에 쑥스럽게 웃던 기원이다. 엉덩이를 씰룩이며 많은 사람에게 웃음을 안겨 준 기원이의 그 모습을 보며 활짝 웃고 서 계시던 감독의 모습도 보였다.

팬즈데이

이제 모두가 말없이 진행되고 정리되고 있었다. 구단의 움직임도 조용했다. 얼마 전 기원이의 일로 구단 부단장을 찾았으나, 이미 사퇴된 상태였다. 소리 소문 없이 축구협회 사무차장으로 전임해 갔다. 인천의 선수들도 이적을 하며 움직였고, 기원이의 사고 당시에 함께했던 인천의 실존 인물들은 거의 떠나고 몇 명만이 존재했다. 그 무엇으로부터의 도피인가? 물론 이적을 하는 것은 당연하지만, 모두가 비켜 가는 방법을 찾은 듯한 느낌은 무엇일까?

그러나 이 일은 인천 구단을 떠난다 하여 사라지는 사실이 아니다. 그러기에 최소한 지금 만큼은 나의 입장을 말하고 싶었다. 모두가 방관했던 기원이의 억울한 죽음을 두고 등을 돌린 사람들의 뒷모습은 가히 실망이었다.

기원이의 사고에 관해 관련된 사람과 관계된 사람, 침묵한 사람 그리고 묵인하고 은닉한 사람의 죄는 어디를 가도 꼬리표처럼 따를 것이다. 현실로부터 도피하고 보이지 않는 곳으로부터 피해 있다고 하여 그 죄 또한 소멸되는 것이 아니다.

이제 나는 누구에게 아들의 이야기를 해야 하나? 믿을 사람도, 의지할 사람도 없다. 아들은 아직도 그 자리에 머물고 있는데…….

"길이 보이지 않는다, 아들아……."

★ 계속되는 비극 ★

몸의 균형이 무너져 병원에 입원했다. 입원 기간이 생각보다 조금 길어졌다. 담당 의사는 조금 더 몸이 회복되는 것을 지켜본 후 퇴원을 하라고 했다. 창 너머에는 봄볕에 그을린 꽃망울이 분홍빛 연정을 가슴에 안고, 4월이 깊어 가고 있었다.

링거를 꽂은 채, 컴퓨터를 여는 순간 또다시 가슴이 철렁 내려앉았다. 축구선수의 죽음을 접한 것이다. 전직 K리그 L 선수의 안타까운 죽음이다. 이 선수는 승부조작에 대한 처벌로 축구 생활을 마감하고 보호관찰 3년, 사회봉사 300시간을 징계 받았다. 그 후, 일용직을 하며 지내다가 "이렇게 살기 싫다"라는 유서를 남기고 자신을 비관하며 세상을 떠나갔다. 승부조작 관련된 J 선수에 이어 두 번째 비극적인 죽음이다.

2011년 8월, 프로 축구연맹은 상벌위원회를 열고 승부조작에 관련된 47명(선수 40명 브로커 7명)에 대해 선수자격 영구박탈 및 직무자격 영구 상실이라는 징계를 내린 바 있다. 이는 세계적으로 유효하다는 결정을 했다. 징계를 받은 선수는 어느 누구도 이 지구상에서는 그라운드를 밟지 못하게 된 것이다.

범죄의 행위에 대한 현실은 가혹했다. 축구밖에 몰랐고 축구가 인생의 목적지였던 선수들이 안타까운 죽음을 맞이했다.

가해자는 이 사회이다. 발원본색 한다던 말들은 슬그머니 사라지고, 문제의 불법 도박 운영진에 대한 뿌리 또한 뽑지 못했다. 그야말로 떡

잎만 제거한 셈이다

비극은 언제쯤 끝이 날까? 아직 기원이에 대한 진실의 전모는 시작도 안 했는데, 가슴 아픈 안타까운 일들이 끝도 없이 일어났다. 부디 기원이에 대한 사실이 동면에서 깨어나서, 봄이 오듯 따사로이 그리 오기를 애타게 기다리며……. 오늘로서 세상과 인연을 다한 그 선수에게 조의를 표했다.

'고이 잠드소서. 슬픈 영혼이여.'

★ 지켜보고 있는 거야? ★

담쟁이가 기어 올라와 기어코 담장을 포박했다. 풋풋한 잎이 바람에 어른거렸다. 오늘 아침은 고요하고 청아하다.

그동안 기원이의 많은 팬들과 인연을 맺어 왔다. 그리고 그 관심과 사랑의 격려로 불씨를 지폈다. "기원 선수를 결코 잊지 않겠다."며 같이 아픔을 나누었던 그들과 함께 있었기에, 지탱할 수 있었던 우리 가족의 삶이다. "진실을 꼭 밝혀야 한다."는 한목소리다. 기원이의 모든 의혹을 해소하며 "기원 선수를 위해서라도 꼭 사실을 알아야 한다."며 기원이의 명예회복에 불꽃을 피웠다. 팬이 운영하는 인터넷 신문에서 기원이의 1주기 특집호를 만들기로 했다.

"기원 선수를 잊지 않고 진실 규명을 위해 사인이 밝혀지는 그날까지 응원할 것이다."

편집장이 트위터에 글을 남겼다. 책의 몇몇 부분을 인터뷰에 참고하고 5월호 1주기 특집호가 발행됐다. 팬으로서 윤기원 선수를 사랑하고 기억하며 영원히 잊지 않겠노라며 진실은 밝혀진다는 알찬 내용으로 수고해 주신 편집장님 그리고 팬이신 김태우 님, 김연정 님, 명예기자로서 동분서주하면서 노고가 많았다.

나는 매 순간마다 얼굴도 모르고 단 한 번 본 적도 없고 만난 적도 없는 팬들과 함께하며 그 마음에 매달렸다. 나는 기원이를 향한 그 마음들을 얻기 위해 최선을 다했다. 그때도 절실했고, 지금도 절실하다. 서로가 공유하며 마음껏 교류했다.

흰 머리 풀어 헤치고 마실 나온 안개가 자욱한데, 옷깃을 스미는 바람도 외롭다. 봄비가 오려나 보다. 기원이가 가던 그날처럼……. 그 비에 나의 애절함, 그 사연을 전하고 싶다.

★ 바다에 서다 ★

지극히 잔잔했다. 비상 하는 갈매기가 바다 위를 날고 있었다. 끝없이 출렁이는 수평선 위 바다의 반짝임이 눈부시다.

"잘 쉬고 있었어? 기원아, 너는 여기서 무얼 하고 있는 거야?"

나는 조금 높은 바위 위에 서서 중얼거렸다. 고깃배가 바다를 가르고 하얀 물거품으로 뱃길을 만들고 이내 사라졌다. 모든 것 또한 저렇듯이 허무하다는 생각이 드니 코끝이 아렸다. 배 한 척이 트림을 하고 섰다. 기원이가 있는 곳이다.

딸 서영이는 동생의 기억에 젖어 있고, 남편은 그저 자식의 흔적을 더듬으며 언제나 그렇듯 말이 없었다. 나의 지인들은 바다만 바라보고 한숨지었다. 애써 비켜 가려는 시선들이다. 전신을 찢는 듯한 보고픔이 치솟았다. 나는 왜 여기에 서 있는가? 아무것도 생각나지 않고 아무것도 보이지 않았다. 기원이에게 보낸 흰 국화가 파도를 탔다.

"내가 너에게 해 줄 수 있는 게 이것뿐인가?"

기원을 보낸 지 1년, 2012년 5월 5일 기원의 1주기이다. 나는 어영부영 12개월을 삼켰다. 무엇 하나 내세울 것 없이 아픔만 더한 채, 아들의 1주기는 조촐했다.

많은 팬들은 기원이의 기일을 기억하고 커다란 사랑과 응원의 메시지를 보내왔다. 엿가락처럼 휘어진 아스팔트길을 따라 집으로 향했다. 따사로웠던 해가 기능을 잃고 산 능선에 걸터앉아 쉬고 있을 즈음, 집에 도착했다. 함께한 지인들은 모두 돌아가고 우리는 말이 없었다. 밤이 꾸물꾸물 기어들고, 남편에게 물었다.

"기원이 1주기 기사 있어요?"

"아니, 없었어."

씻고 나오던 남편의 말끝에 혹시나 하는 마음으로 나는 컴퓨터를 켰다. 어디에도 기원이의 이야기는 없었다.

트위터에서 팬이 올린 글에는 인천 경기 전 서포터즈 자체적으로 추모 걸개를 제작했고 추모 묵념을 통해 2분 동안 응원을 자제했다는 소식을 전했다. 선수들의 묵념은 없었다. 더구나 구단이 아무런 조치를

× 모두의 가슴에 별이 된 골키퍼 ×

하지 않은 것에 대하여 팬들은 섭섭함을 나타냈다. 우리 가족은 각자 다른 방향의 자세로 휴대폰만 만지작거리고 있었다. 힘없는 우리의 현실에 이대로 기원이의 사실이 묻힐지 모른다는 막연함이 엄습해 왔다.

"어머니, 보고 계세요? 구자철 세리머니⋯⋯. 기원 선수 1주기 추모 세리머니 같아요. 어서 보세요."

트위터의 기원의 팬이 나에게 전해 주었다. 곁에서 듣고 있던 남편은 반사적으로 컴퓨터를 검색하기 시작했다. "구자철 선수 5호골 세리머니는 윤기원 선수 1주기 추모 세리머니"라는 보도가 계속 나오고 있었다.

구자철 선수는 독일 분데스리가 2001~2012년 함부르크와 아우크스부르크의 마지막 경기에서 전반 34분 멋진 헤딩골을 성공시켰다. 그리고는 "고인의 명복을 빕니다."라는 팬티 세리머니를 했다. 그리고 두 팔은 번쩍 들고 양 손 검지로 하늘을 가리켰다.

기원이를 바라본 것이다. 기원이의 사고에 관련된 자들과 묻어 버리고 싶은 사람들 그리고 비양심과 방조죄를 등에 업고 그늘 속에 버젓이 살아가고 있는 자들에게 경각심을 일으킨 용기 있는 세리머니였다. 찬사의 박수를 보냈다. 5월 5일, 등번호 5번, 구자철 선수의 5호골이었다. 구자철 선수는 다른 이유도 겸비했지만, 특히 1년 전, 윤기원 선수의 사고가 가슴 아팠다고 한다. 그래서 이 같은 추모 세리머니를 결심했다고 했다.

구자철 세리머니

× 모두의 가슴에 별이 된 골키퍼 ×

이날 국내 7경기 중 22골이 있었지만, 어느 누구도 기원이를 추모한 사람은 없었다. 인천도 전북과의 경기에서 3골이 났지만, 정작 기원이의 1주기를 추모한 사람은 없었다. 동료들조차 추모하지 않았다. 씁쓸했다. 아니, 어쩌면 할 수 없었다고 함이 맞는 말일지도 모른다.

구자철 선수는 독일 분데스리가에서 기원이의 1주기 추모를 세계인에게 알렸다. 그런 깊은 심성으로 경기에 임했으니 승리는 당연한 것이다. 나는 가슴이 벅차올랐고, 감사한 마음이 무량했다. 구자철 선수의 세리머니가 아주 오랜 가뭄 끝에 내리는 한 줄기 단비 같았다. 시간의 포로가 된 나는 구자철 선수의 세리머니 동영상을 부여잡고 밤이 하얗게 되도록 헤어나지를 못했다.

그 후 기원이의 기사가 순식간에 올라왔다. 기원이는 각종 포털 사이트의 실시간 인기 검색어 1위에 올랐다. 진실을 규명하는 팬들의 함성이 모아졌다. 이렇게 또 다른 이면의 세상은 아들의 이름을 기억하며 부르고 있었다.

"축구선수 윤기원의 1주기 추모가 다시 이어지고 있다."

"잊혀 가는 그의 죽음을 둘러싼 진실이 밝혀지기를 바란다."

"윤기원 선수의 1주기를 추모하기 위해 평소 윤기원 선수가 경기한 문학경기장에 갔는데, 관리인에 의해 구장 사정상 필드 출입이 되지 않았다. 아쉽지만 기원 선수가 자주 연습하던 보조 경기장에서 국화 한 다발을 골대에 묶어 놓고 추모를 했다. 나는 매년 이곳에 찾아 윤기원 선수를 기억할 것이다."

"오늘은 윤기원 선수의 사망 1주기다. 관련 기사를 쓸까 정말 고민이 많았다. 하지만 머릿속에 담아 둔 채 접었다. 그냥 써야 하는 때라 쓰는 건 기자로서 양심이 허락지 않았다. 진실은 저 산 너머에 있는데 그걸 감추려는 사람이 있나 보다. 그걸 제대로 알아내기 전에는 쓸 수가 없다. 어설프게 다가갔다가 자칫 누군가에게 상처를 줄 수도 있다. 그냥 가슴이 아프다. 1년 전 분향소가 생각난다. 왜 우린 그를 잃어야만 했나? 무력함이 느껴지는 순간이다."

팬들은 많은 글들로 안타까움을 나타냈다. 트위터를 통해 보내오는 메시지와 블로그에 올린 글들 그리고 카페에 올린 글들을 나는 모두 섭렵했다. 기원의 모든 것을 분석하고 죽을 이유가 없다던 한 팬은 의문사의 사인을 밝혀야 한다며 힘주어 말하고, 명예를 찾아 고인의 넋을 편히 보내줘야 한다는 글들이 올라왔다. 기원이의 진실이 밝혀지지 않고 있는 것은 사회의 잘못이며, 우리 모두의 몫이라며 주장하는 분도 있었다. 그래서 하늘에서도 그가 활짝 웃기를 바란다고 하였다.

다음은 "K리그 22골엔 없었고, 구자철 골엔 있었다."라는 베스트 일레븐의 전 기자님의 기사다.

"같은 날 K리그 7경기가 열렸다. 인천 서포터스의 추모 걸개와 2분간 서포팅 중단 및 묵념이 전부였다. 선수들의 묵념이나 위로의 박수는 없었다. 22골이 터졌다. 하지만 그중 1년 전 떠난 옛 동료를 추모하는 골은 없었다. 그저 경쟁만 있었다. 순위표에서의 위치와 승부의 유불리만 머릿속을 맴돌았다. 물론 어린이날이었다. 어린이들에게 꿈과 희망을 선물하는 날이었다. 어두운 얘기는 어울리지 않는 듯했다. 인천 구단은 무수한 고민 끝에 추모 행사를 치르지 않았다. 한국 프로축구연맹은 물론이고 다른 구단, 선수들도 마찬가지였을 것이다. 그러나 어린이들에게 진짜 가르쳐 줘야 할 대목일 수도 있었다. 당장의 삶에 매몰돼 정말 중요한 가치를 놓치고 살아선 안 된다는 점을 말이다. 그는 동료였으며, 한때 열광했던 대상이었다. 그리고 우리 축구 토양의 한 부분을 함께 일

궈 온 존재였다. 그가 왜 죽었는지를 묻기 이전에, 그가 떠나야만 했던 것 자체를 안타까워하고 기억해야 했다. 이유를 모른다고 감당하지 않아도 되는 슬픔은 없다. 비록 늦었지만, 이제라도 윤기원이 왜 축구와 세상을 등져야 했는지 밝혀져야 한다고 목소리를 높여야 한다. 그리고 그것을 밝힐 의무가 있는 사람들은 움직여야 한다. 그게 남은 자들이 할 수 있는 마지막이다."

나는 이 기사를 읽고 또 읽었다. 그리고 힘이 났다. 불의가 판을 치고 있는 현 시점에 희망이 보였다. 많은 사람들이 추모 글과 추모의 마음을 아낌없이 쏟아냈다. 안타까움이 절실한 마음들로 모아졌다. 1년이 지난 지금, 침체되고 답답하기만 했던 기원이의 이야기들이 세상에 부각되었다.

"사랑하는 나의 아들 기원아, 보이니? 아직도 많은 사람이 너를 잊지 않고 믿고 응원하며 아낌없이 사랑을 표하고 있단다."

오늘은 오랜만에 편히 잠잘 수 있을 것 같다.

★ 또다시 장마가 ★

휴대폰을 열었다. 카카오스토리 소식에 댓글도 달고, 트위터에 팬들이 남긴 댓글도 올리고, 페이스북에도 기원이에 관한 글을 올렸다. 그곳에서 일어나는 수많은 분들의 사랑과 관심 그리고 격려와 염려, 응원을 먹고 하루를 지탱했다.

"B 구단 J 선수가 자살을 했다."

축구선수 세 번째 죽음이었다.

"오늘 J 선수가 자살한 기사 봤어?"

"응, 아까 자료 찾다가 봤어요."

나는 시선을 피해 고개를 돌리며 말했다.

"근데, 유서는 있다고 그러던데……. 복귀를 며칠 앞두고 그랬다는군."

"네, 하늘에서도 응원하겠다는 유서만 있고, 다른 말들은 없어요. 그런데 재활도 잘했고, 팀에 합류한다고 했는데, 갑자기 자신의 신체를 비관해 자살했다고 하니 조금 의아해요."

딸 서영이는 기원이가 생각난 듯 침울했다. J 선수는 I 구단의 소속으로서 피로골절로 인해 재활을 마치고 7월 9일 팀에 합류하기로 되어 있었다. 그런데 그는 이 세상을 떠나갔다. 다시는 돌아오지 못하는 곳으로 가 버렸다. 기원이를 비롯해 축구계에 5명의 고귀한 생명이 사라졌다.

"한국 축구를 위해 한국 축구의 보물들이 사라지지 않도록 그들을 기억하고 안타까워해야 한다. 구자철이 윤기원의 죽음을 애도하는 모습을 프로선수뿐만 아니라 축구팬들이 배우고 한국 축구를 위해 기억해 줬으면 한다. 정확히 밝혀지지 않은 윤기원 선수의 죽음은 사실 의문이 많은 사건이다. 타살의 가능성도 있는 것으로 보인다(환의 축구칼럼에서 발췌)."

그는 K리그의 떠나간 숨은 보물들을 기억하자고 소리 높였다. 어이 없는 또 다른 죽음에 나는 맥주 한 컵을 들이켰다. 남편의 충혈된 눈이 커다랗다. 허탈했다. 그러나 마음을 바로 세워야 했다. 겨우 추스르면 찾아드는 아픔들을 이젠 이겨 내야 했다. 반듯하고 흔들림 없이, 보고 픈 만큼 그리운 만큼 우뚝 서야 했다.

흐르는 물에는 이끼가 끼지 않는 법이다. 머무는 물은 썩기 마련이므로 유유히 흐르는 강물처럼 흘러야 한다. 슬픔도, 고통도, 머무름 없이 보내야 했다. 정차된 아픔도, 주차된 시간도 보내야 한다.

"도대체 얼마나 떠나야 끝이 나는 것일까?"

남편의 한숨이 깊었다.

"J 선수 잘 가십시오. 이 세상의 무거운 짐 다 내려놓고, 넓디넓은 하늘나라에서 뜻하는 바 모두 이루소서. 하늘에서는 부상 없이 원하는 축구로 마음껏 나래 펴시고, 부디 고이 잠드소서."

나는 진심을 다해 기도했다. 모두가 잠들어 고요하지만 쉬이 잠들 것 같지가 않은 밤이었다. 술상을 치우면서 남편에게 말했다.

"그래도 온대요. 긴 장마가……."

★ 끝없는 오해와 은폐 ★

'너를 보고파
월담을 하는 이유는 나의 일과이며,
너를 애타게 그리워
하늘을 향해 가야만 하는 것 또한

남겨진 나의 삶이다.

너를 만나고 싶어 생을 기어오르며

온몸이 불꽃이 되고 마는 것도,

나의 모든 것이기에

너와 함께이고 싶은 까닭이,

나를 낙엽지게 한다.

이것은 담쟁이를 닮은 내 영혼의 실체이다.'

오늘은 보고 싶은 나의 아들, 기원이를 위해 시 한 편을 띄웠다. 나의 마음이 하늘에 닿기를, 그리하여 너에게 닿기를 기원하며, 나는 오늘도 '윤기원'을 검색했다.

모 신문사에서 기원이에 대한 최근 기사가 나와 있었다. 지난 6월 26일 "K 선수 병원 취직, 개인의 선택보다 우선시되어야 할 건?"이라는 제목의 보도에서 "윤기원 선수는 승부조작 혐의로 조사를 받던 중 차 안에서 자살했다"고 보도했다. 아직도 결론지어지지 않은 '승부조작'이니 '자살'이라는 말들이 오가고 있고, 심지어 "검찰 조사를 받던 중 힘든 나머지 스스로 자살을 했다."라고 하니 갈수록 태산이다. 모든 사람들의 시선에서 사라진 기원이에게 또다시 오명을 씌워 매도한 행위이다. 격한 화가 치밀어 올랐다. 나는 남편에게 연락했다.

"지금 인터넷상에 떠 있는 액면 그대로의 자료만 가지고 기사화 하지 마시고, 한번 두루 살펴보시고 정확한 사실만 기사화 하시기를 바랍니다. 기원이의 자료는 누나의 블로그에 많습니다. 참고하시고 정정보도

하시기 바랍니다."

남편은 곧바로 신문사측과 연락을 주고받았다. 결국 신문사측은 잘 못된 부분을 인정하고 삭제하겠다며 바로 수습을 하였다. 그리고 며칠 후 "촉망받던 축구 선수의 의문의 죽음, 여전히 풀리지 않는 의혹"이라는 기사를 냈다.

어느 신문사 기자께서 "지금은 보도국에 윤기원이의 윤자만 꺼내도 두 팔을 젓는다. 언론이 다 막혀 있다."고 했다. 무엇 때문에 기원이에 대한 기사를 막는 것일까? 언론의 자유는 몰락되고, 그렇다면 기자들은 꼭두각시에 불과하다. 기원이의 죽음을 안타까워하며 묻혀 가는 진실 앞에, "꼭 잡자."고 용기를 보내 준 어느 기자의 말이다.

남편의 휴대폰이 울렸다. 얼마 전 기원이의 정정기사를 내신 모 신문사의 기자였다. 그 인연으로 남편과 가끔 연락을 하곤 했는데, 본인도 많이 의심이 가는 부분이 있다고 여긴다면서 한번 서초 경찰서를 찾아가 어찌된 상황인지 알아본다고 했었는데, 그 내용으로 전화가 온 모양이다.

"네, 안녕하세요? 기원이 아버지입니다."

"네, 아버님. 잘 지내셨어요? 제가 마침 서초 경찰서 쪽으로 갈 일이 있어 들렀는데, 정말 이상했습니다. 제가 서초에 오랜만에 들려 반갑게 맞이하는 형사를 보고 '혹시 윤기원 사건을 아느냐?'고 물으니, 모른다고 하고는 그냥 가 버리더군요. 그래서 이상하다 싶어서 다른 형사에게 오늘 좀 만나자고 전화를 했습니다. '응, 그래. 어디서 볼까? 근데 무슨 일이야?'라고 묻기에 윤기원 선수 사건이 궁금해서 물어보려고 한다고 했더니 아무 소리도 하지 않고 전화를 '탁' 끊어 버리더라고요."

"그렇지요? 기자분께서도 느끼셨지요? 그게 지금 기원이 사건의 현실입니다. 일방적으로 그렇게 회피하는 것은 이유가 있어서 아니겠습니까? 사실 그대로를 설명하면 되는 것이고, 굳이 화내며 피할 이유는 무엇이겠습니까?"

"네, 그런 것 같습니다. 뭔가 저도 이상하다는 걸 느꼈어요. 다음에 시간이 허락되면 좀 더 알아보겠습니다."

의아해 하는 기자와의 전화를 끊은 남편이 통화 내용을 설명했다.

"그래, 사고 상황을 허심탄회하게 말해 줄 수 있는데도 말하지 않는다는 것은 그 자체가 기자가 보기에도 이상한 생각이 드는 건 사실이지."

함께 자리한 민철 아주버님이 고개를 끄덕였다.

"솔직히 자신들이 투명하다면 사건 내용과 진행상황을 얼마든지 설명해 줄 수도 있었을 텐데, 전혀 말조차 못 붙이게 하는 것은 '부정은 긍정'이란 것 아니겠어요? 우리가 가지고 있는 수사 내용 자료만 봐도 경찰은 의혹만 남겨 놓고 있으니, 무슨 말을 할 수 있겠어요."

나는 모든 것에 공감이 갔다. 말하지 않아도 행동에서 보이는 스스로를 인정함이 있었다. 하나하나 알아 가고 참고 된 사실이, 굳혀져 가는 진실들이, 현실에서 드러나는 것이 보였다. 밤은 깊고 별은 빛났다.

★ 진실을 듣다 ★

뜻밖의 귀한 사람이 찾아온다는 전화가 왔다. 그동안 많은 팬들과 기원이의 친구들을 만났고 기자들 그리고 감독들을 만났지만, 이 손님은 의외였다. 꼭 만나서 기원이에 관하여 하고 싶은 얘기가 있다고 했다. 남편과 나는 그 사람들을 만나러 갔다. 기원이에 관한 일이라면 지옥도 갈 우리이다.

조용한 음식점에 자리한 우리 부부는 편안한 마음으로 이야기했다.

"기원이에 대한 그 어떤 얘기도 상관없습니다. 기원이에 대해 알고 있는 것만 말하시면 됩니다. 저희들도 그간 확인된 적 없는 많은 말들을 들어서 어느 정도는 알고 있습니다. 이제는 더 놀랄 일도, 더 아플 일도 없으니 부담 갖지 마시고 말씀하십시오."

"네, 기원 어머님, 아버님. 지금 두 분께서 알고 계시는 그 모든 것은 소문이 아닙니다. 소문이라는 것은 모두 진실입니다. 혹여 놀라실까 봐 조금 걱정이 돼서 많이 망설여져요."

"아닙니다. 괜찮아요. 무슨 말씀이든 해 주세요. 저희는 괜찮습니다."

"네, 그럼 말씀드릴게요. 이 말은 정말……. 기원이의 사고 당시 같이 숙소에 있었던 동료가 직접 봤다면서 말을 했는데요. 같은 동료 선수 ○○이 혼비백산이 되어 숙소로 왔답니다. 그러니까 기원이의 죽음의 현장에 있었던 사람이겠지요. 그 ○○이라는 동료는 사지를 벌벌 떨면서 기원이의 사고 당시를 설명했는데요. 여러 명의 조폭들이 봉고차 2대를 대기시켜 놓은 장소로 기원이를 유인해 갔대요. 그곳에서 기원

× 모두의 가슴에 별이 된 골키퍼 ×

이를 보고 "너는 오늘 이 봉고를 타도 죽고, 여기에 서 있어도 죽는다." 라고 했다고 합니다. 기원이가 봉고차를 타자, 그 안에서도 많은 협박이 이루어졌답니다. 이미 그전에 승부조작 강요로 많은 협박에 시달린 기원이는 이미 모든 걸 포기한 듯한 표정으로 있었답니다."

나는 가슴을 조여 오는 아픔과 수 만개의 바늘로 쑤시는 듯한 온몸의 고통을 참고 있었다.

"그러니까 기원이가 오전 훈련을 마치고 슬리퍼와 운동복 차림으로 의심의 여지도 없이 그 OO이라는 동료를 만났고, 무방비 상태에서 대기한 봉고 2대가 있는 곳으로 유인이 되어 조폭들이 기원이에게 회유와 협박을 했다는 것이란 말인가?"

사람들이 한 말들과 우리의 추측이 맞았다.

"많은 사실을 알고 있는 기원이가 그들의 말을 듣지 않아 결국 죽음에 이르는 봉변을 당한 것입니다."

사고 당시의 결론이었다.

"기원이는 부모를 죽인다, 신체 일부를 자른다, 산에 데려가 묻어 버린다는 등 많은 협박으로 괴로워했답니다. 그래서 어차피 혼자 안고 가야 한다는 결론을 내린 것 같아요. 기원이는 죽음 앞에서 대담하고 담담했고, 조금도 흔들리지도, 비굴하지도 않았답니다."

그분은 계속 말을 이어 갔다.

"으흐흐흑 살려달라고, 일단 살려달라고, 한번 해보지도 않고 어찌……."

나는 흐르는 눈물을 주체할 수 없었고, 가슴이 조여 와 견딜 수가 없었다.

"그렇게 그들이 시키는 대로 승부조작을 해서 산다고 하더라도 기원이는 더 이상 바르지 않은 삶을 살아 갈 수 없다고 판단했겠지요. 끝까지 굴하지 않았답니다."

다른 분이 고개를 숙이며 말을 이었다.

"이 말을 접하기 전에 우리는 이미 짐작하고 있었습니다. 인터넷에서도 많은 의문과 타살의 흔적을 접해 왔고, 사실 저희는 기원이의 동료가 유인을 했을 것이라는 생각을 했었습니다. 그래서 슬리퍼에 추리닝 차림의 무방비 상태였을 테고……. 4일 오전 훈련 마치고 12시도 안된 시간에 폰이 꺼져 있었던 것은, 이미 사고가 시작된 시간이라 생각했습니다. 그리고 조폭이 관련되어 있다는 말은 무수히 들었기에 대충은 알고 있었습니다. 하지만 사실적인 기원이의 죽음의 상세한 내용을 접하게 되니, 마음이 찹찹해지고 만감이 교차합니다. 이야기를 듣고 보니 소문의 그 모든 게 맞아떨어집니다. 아무튼 어렵고 힘든 말씀을 저희들에게 해 주시어 정말 감사합니다."

남편은 공감을 표하며, 진심으로 감사의 마음을 전했다.

나는 현기증을 느끼며 일어나 밖으로 나갔다. 식당 뒤 화장실 앞에서 헛구역질을 하며, 참을 수 없는 고통으로 나는 거의 혼절하다시피 했다. 이 더럽고 추악한 세상에 나는 치를 떨었다. "돈", 그것이 대체 무엇이기에 그 착한 아들에게 그리 몹쓸 짓을 했단 말인가? 모든 걸 안고 간 우리 기원이는 얼마나 무서웠을까? 얼마나 힘이 들었을까? 그리고 얼마나 억울함에 고통스러웠을까?

"그들의 말을 들은 선수들은 다 살아 있고……. 나쁜 짓을 한 놈들은 아무 일 없는 듯 다 살아 있고……. 그들의 말을 안 듣고 나쁜 짓도 하지 않은 놈은 죽어야 하는 이 더러운 세상. <u>흐흐흐흐흑</u>, 너를 어쩌면 좋으냐, 내 새끼 기원아……."

나는 벽을 치면서 털썩 주저앉아 아무렇게나 울었다. 도움이 필요하면 언제든지 불러달라면서 자리에서 일어난 그들을 배웅하고, 남편과 나는 한참을 그 자리에 있었다.

더욱 상세한 사고의 내용이라는 것 외에 그 사람들의 말과 소문은 똑같았다. 여러 사람에게 들은 말들을 종합해 보면 결론은 똑같다. 똑같다는 얘기는 진실이라는 뜻이다. 기원 아버지의 손에 흐느적거리며 이끌리어 집으로 가는 길에 나는 계속해서 울고 또 울었다.

소리 내어 울면서 현관문을 들어서는 나를 보며 서영이가 놀라 방에서 뛰어나왔다.

"엄마 왜? 아빠, 엄마, 왜 그래요? 누구 만난다더니……. 무슨 일이 있던 거예요?"

"응, 우리가 짐작하고 있었던 일인데 상세한 사실을 확실히 알게 됐어. 이불 좀 펴. 엄마 좀 눕게."

"서영아, 우리 기원이……. 그놈들이 그런 거 맞대. 그놈들 말 안 듣는다고 그랬대. 불쌍해서 어떡해? 우리 기원이……."

"모든 사람들이 말한 부분을 종합해 보니 다 맞는 말이네. 그래도 그렇지……. 그런데 아빠, 우리 기원이 정말 대단하다. 죽음 앞에서도 그 어떤 흔들림도 없었다는 점이……. 공포감에 살려 달라고 하는 게 대다수 일 텐데, 어떻게 그럴 수가 있었을까? 내 동생 정말…….”

“그러게. 살려 달라고, 뭐든 다 해 준다고 말 듣겠다고 하지…….”

나는 억지를 부리고 있었다.

“그건 아니지, 엄마. 그럴 기원이도 아니지만, 만약 그래서 살아 있다면, 엄마나 아빠가 용서 못했을 거야.”

그렇다. 기원이가 그렇게 비굴하게 목숨을 구걸해서 살아 있다고 해도, 승부조작이라는 중죄를 저지르고 이 세상에 살아 있다 해도 죄짓고 교도소에 갇혀 있는 기원이를 어떻게 이해하며 어찌 그 꼴을 볼 것인가? 아마 남편이나 내가 먼저 죽었을 것이다. 그러니 불의 앞에 굴하지 않은 내 아들을 자랑스러워하자.

이제 아들의 진실의 윤곽이 드러나고, 앞으로 내가 해야 할 일들을 조율해야 한다는 생각으로 가득 찼다. 진실은 숨겨져 있을 뿐 소멸되지 않는다. 거짓은 가려져 있을 뿐 절대 계속되지 않는다. 다만 밝혀지고 벗겨지는 사실에는 얼마간의 시간이 소요될 뿐이다. 생각 같아선 당장 달려가 그 어떤 결판을 내고 싶은 마음이었다.

버텨야 해. 그리하여 기필코 기원이의 명예를 되찾아야 해. 이 일념만은 떨칠 수가 없다.

누나들과

엄마이기에

★ 둥지를 틀다 ★

　하루도 술을 먹지 않으면 안 되는 생활이 지속되자, 남편과 나의 마음은 점점 야위어만 갔다. 시간은 무심히 흐르고 누구를 믿고 누구를 의지해야 하는지, 고립된 진실은 이는 바람에도 고요했다. 사회는 냉정했고 가까운 사람들의 오해의 시선 그리고 추측성 언론만으로 판단한 직설적인 발언으로 상처만 깊어 갔다. 그 하루하루를 외면하면 그만이지만, 이 지옥보다 더한 현실을 피하기 위해서는 일단 머물고 있는 이곳을 벗어나야만 된다는 일념뿐이었다.

　조용한 시골로 가야 한다는 도피된 마음이 늘 마음에 자리하고 있었는데, 친구 정순이 우연히 조그마한 촌집을 소개했다. 자주 다니던 길을 따라 마을 입구에 들어서니, 정자나무가 아름드리 반기고 마치 닭이 알을 품은 듯한 나지막한 뒷동산이 25가구의 마을을 품고 있었다. 마을 회관을 지나 골목에 접어드니 소 거름 냄새가 시골의 향수에 빠져들게 하기에 충분했다. 그 냄새가 낯설고 익숙하지 않았지만, 싫지는 않았다.

조그만 쓰러져 가는 흙집이 있었는데, 빈집임이 안타깝다는 생각이 들었다. 두 사람이 걸을 만한 좁다란 시멘트 길을 따라 하얀 대문이 있었다. 작지만 아담하게 정돈된 나무들이 눈길을 잡고, 새빨간 단풍이 요염한 자태로 나를 반겼다. 마당에 꽂혀 있는 오후 한낮의 햇살이 눈부셨다.

동남쪽을 향해 반듯하게 앉은 집의 대청마루는 걸을 때마다 "삐그덕" 거렸고 장작을 때는 아궁이가 볼수록 정겨웠다. 그것으로 족했다. 마당을 거닐며 이제는 이곳에서 모든 것을 내려놓고, 아들의 진실만을 위해 마무리할 수 있겠다는 예감이 밀려왔다. 그리고 그토록 원하던 채송화를 심을 수 있겠구나.

풀 한 포기를 뽑아도 허리를 굽히고 고개를 숙여야 하는 하심의 마음을 배우며, 이제는 이곳에서 세상의 인과를 접어놓고 아무 미련도, 조건도 없이 자연만 접할 수 있겠다는 마음이 들었다. 떠나야 한다는 이유를 누구보다도 더 잘 아는 남편과 딸 서영이는 흔쾌히 허락했다. 나는 한 치의 망설임도 없이 계약을 성사시켰다.

생각은 늘 따랐지만 갑자기 이뤄진 귀촌. 낯선 곳에서의 두려움은 없다. 지구 어디를 가서 살더라도 그곳이 지옥이겠지만, 타의에 의한 잔인한 지금으로부터 나의 도피이며, 나를 내려놓을 곳, 그리고 아들의

명예를 위해 진실을 위해 뜻하는 바 모두 이룰 곳. 새로운 둥지에서의
시작이었다.

"기원이가 이런 집을 참 좋아했는데……."

★ 부메랑 ★

아직도 인정되지 않는 아들의 죽음을 감당해야 하는 현실 속에서 누
군가를 기다리고, 누군가에 의해 해결되기를 바라며, 그 누군가는 내
마음과 같은 줄만 알았다. 더러는 기원이의 죽음과 관련해 가족의 협
박이나 회유로 인한 일신상의 안전을 염려했다.

모든 아상에서 깨어나 정신을 차리고 보니, 세상이 주는 교훈은 아무
것도 없었다. 상반된 세상은 그렇게 무심했고, 양심을 기다리는 우리
의 바람은 언제나 원점이었다. "찾아뵙겠다."는 동료나 기원의 지인들
은 아직도 무소식이다.

'오지 않는 것이 아니라, 올 수가 없는 건 아닐까?'

이런 생각이 든다. 물론 기원이에 대한 안타까운 마음에 한걸음에 달
려와서 알고 있는 사실들을 전해 준 정의로운 사람도 있었다. 그러나
기원이에 대한 관심이 시간이 지날수록 세상 밖으로 밀려나 있는 현실
에 나는 지쳐 갔다. 타의에 의한 죽음도 억울한데, 자살로 조작하여 한
인생을 처참하게 오명을 씌워 버린 개탄을 어디에서 풀어내 볼까? 모
두가 말하는 윗선은 누구일까?

두서없는 나의 넋두리는 오늘도 여전히 허공에 매달려 슬펐다. 그럴

때마다 유일하게 버틸 수 있었던 것은 민심과 팬심 뿐이었다. 우리 가족이 지탱하고 버틸 수 있는 중심, 원심력이었다. 오로지 SNS와 교류하고 공감하며, 그 한 가닥 희망의 끈을 잡고 있었다

기원이의 사연을 공유하며, 교류하는 분들에게 늘 미안하고 죄송했다. 좋은 삶과 일상을 풀어내며 함께해야 하는데, 나의 글은 슬펐고 항상 위로받고 격려 받는 입장이었다. 그럼에도 지속적인 사랑과 관심으로 응원해 주었다. 결코 잊을 수 없고 잊어서도 안 될 커다란 사랑에 감사했다. 눈물로 일렁이는 마당에, 어느새 여름이 익어 가고 있었다.

"엄마, 아빠가 전화해 달래요."

"응, 그래. 무슨 일이지?"

뜨거운 햇살을 피해 나는 평상에 앉았다.

"네, 전화 하셨다고 해서요. 무슨 일 있어요?"

"응, 다음 카페에 엉뚱한 글이 올라와 있는데, 한번 확인해 봐."

그간 무수히 많은 억측의 글들로 마음의 상처를 받은 상태라 그다지 심각하게 생각하지 않았다. 그러나 확인은 해야 했다. 축구인이라면, 축구에 조금의 관심이 있는 사람이라면 다 아는 대형 카페이다.

"윤기원 선수는 승부조작을 하여 검찰 조사를 받다가 힘든 나머지 스스로 자살을 택했다. 그래서 윤기원 선수 덕분에 L 선수가 살았다."

그분이 대체 무슨 근거로 내 아들 기원이에 대한 글을 이토록 확신하며 적었는지 물어야 했다. 점점 빨라지는 호흡과 가빠지는 숨을 느낀 나는 숨을 크게 들이마셨다.

"윤기원 선수는 승부조작도 하지 않았고, 자살도 아니다. 사실과 다

른 내용으로 이렇게 확고하게 쓴 이 글에 대해 당신은 그 책임을 져야 할 것이다."

나는 메시지를 남기고 신경이 곤두섰다. 그 당시 축구연맹에서 승부조작 선수에 대해 경감조치를 내리면서 축구계가 또다시 시끄러워졌다. 특히 C 선수의 경감에 많은 팬들은 분노했고 반발했다. 축구장에는 반대 걸개가 걸리고 "우리는 아직 용서한 적 없다. 범죄자는 그라운드를 밟을 수 없다. 영원히 퇴출."이라는 현수막이 걸렸다. 그렇게 잠들어 가고 있는 승부조작의 후유증이 회오리치면서, 기원이의 사고 추측이 또다시 거론된 것이다.

2년 3개월 동안 무수히 바로잡고자 한 진실규명이 한순간에 사라져 갔다. 밝혀져야만 끝날 아들의 오명에 우리 가족은 또다시 가슴을 쳤다. 참았던 분노가 터진 것일까? 그간 어떤 추측성 발언에도 흔들림이 없었던 남편은 감정이 폭발했다.

"내 아들 윤기원 선수는 타살이다."

이 글을 올린 후 댓글이 빗발쳤다. 같이 아파하며 용기와 격려 그리고 진심어린 응원이 쏟아졌다. SNS의 위력은 대단했다. 팬들은 직접 전화를 해서 걱정을 해주고 문자로 의견을 제시하고, 모 방송국에 전화로 제보를 하는 등 많은 관심과 사랑을 보내 왔다. 확실한 사실도 모르면서 글을 올린 사람은 남편에게 정중히 사과를 하고, 자신이 쓴 글을 내리면서 카페를 탈퇴했다. 많은 팬들의 질타가 있었고, 그 상황을 감당할 수 없었기 때문일 것이다. 작년 기원이의 2주기 때에도 여러 방송국에서 제보 제안요청이 들어왔다. 그땐 사건의 자료나 사건의 결정을 내리기엔 시기적으로 이르다는 생각과 현실적으로 맞지 않다는 생각으로 거절하였다. 자칫 방송이 흥미 위주로 흘러갈 수도 있기에 조심스러웠다.

어둠이 내려앉은 마당을 하염없이 바라보고 있는 남편의 뒷모습이 짠했다. 많은 생각에 잠긴 듯했다. 아들, 기원을 무척 그리워하는 듯했다.

이 모든 사실들을 세상에 알리고자 나는 책을 출판하기 위해 밤낮없이 글을 썼고, 딸 서영이는 블로그에 동생의 진실을 잘못 알고 있는 그들에게 그것은 사실이 아님을 알리고자 "윤기원 타살"이라는 글을 올렸다.

그를 아는 사람이라면 그와 단 1분이라도 이야기를 해본 사람이라면, 그가 골대 앞에 서있는 것을 행복이라 여겼던 것을 본 사람이라면 안다. 그가 이 세상에 없는 것이 그의 선택이 아니었다는 사실을. 누가 그를 데려 갔는가? 그립다. 내 아들 기원이

리뷰를 쓰던 딸 서영이 작은 소리로 불렀다.

"엄마, 주무세요?"

"아니, 안 자고 있어. 왜?"

"응, S방송사 작가인데, 기원 선수의 모든 걸 알고 싶다고 협조해 줄 수 있겠냐는 글을 남겼어."

"윤기원 선수의 타살설에 대해 취재하고 싶으니 연락 부탁드립니다."

며칠 전, 기원이의 타살설이 인터넷을 달구면서, 팬들이 방송사에 직접 제보한 영향력에 힘입은 결과인 것 같았다.

"그래? 좋은 소식이야. 아침에 아빠 일어나시면 말씀드려 보자."

아들 기원이의 죽음은 심증만 있고 물증이 없다. 진실을 덮는 그 무엇이 아무리 강하여도, 그것은 거짓이기에 오래지 않는 시간에 기원이의 억울한 죽음 또한 세상에 낱낱이 드러날 것이다.

죽을 수도 없는 이 추악한 세상 속에서 민심이 천심임을 나는 믿었다. 모두가 다 모르는 것 같아도 다 알고 있고, 모두가 다 안 보는 것 같아도 다 지켜보고 있다. 진실의 열매는 아무도 모르게 달빛에 익는다. 법이 내리지 못하는 죄를 방송과 민심으로 인하여 바로잡아 내는 정의로운 프로그램이라면, 이것이 한 가닥 희망이 될 수 있을 것만 같았다. 그러기에 내게 내민 이 손길을 꼭 잡고 싶었다.

서영이는 감사의 메일을 보내고 조만간 시간 조율이 되는 대로 연락을 기다린다고 전했다. 기다림에 익숙해져 버린 현실이다. 또 기다려야 했다. 그리고 새벽이 밝아 왔다.

★ 방송국 PD와의 만남 ★

1년 전, 모 프로그램에서 연락이 왔을 때에는 여러 가지 이유로 방송에 참여하지 못했다. 그러나 지금은 시기적으로도 그렇고, 시간이 흐를수록 답보상태인 기원이의 진실을 어떤 방법으로든 세상에 알리고 싶었다. 그래서 방송국의 권유를 받아들였다. 우리가 살고 있는 김해로 오시겠다는 연락을 받고, 제작자와 만나기로 약속을 하고 일정을 잡았다.

'기원이의 진실이 단순히 흥미 위주가 되어서는 안 된다.'는 염려와 그간 믿고 의지했던 사람들이 준 마음의 상처 때문에 망설이기도 했다. 그러나 대형 프로그램이며 팬들의 움직임으로 인하여 맺어진 인연이라 주저하지 않고 나섰다.

우리는 조용한 전통찻집에 마주 앉았다. 참으로 선해 보이는 연출자님과 믿음직한 담당 PD님, 일행 한 분과 인사를 나누었다.

"사실 언론이나 방송에서 받은 상처가 큽니다. 시작은 창대했으나 진행 중에 아무런 연락도 없이 마무리하던 사람들 때문에 이번에 PD님을 만나러 나올 때에도 많이 망설였습니다."

"아, 네, 그러셨군요. 음, 저희를 믿고 한번 맡겨 보세요."

고개를 끄덕이며 대화를 하는데, 오래 지내온 사람들처럼 편했다. 기원 사건의 자료를 찾아 챙겨 보고 오신 것 같았다.

"인터넷에 떠도는 일부 언론은 진실이 아닙니다."

남편은 처음부터 사건의 상황과 자료 그리고 처음부터 지금까지의 조작이라는 정황을 설명했다. 긴 시간 차근차근 문답의 식으로 대화는 길어졌고, 대화 내내 PD는 고개를 가로저었다.

"윤선수 사건은 앞뒤가 전혀 맞지 않고, 하나도 이해되는 부분이 없습니다. 이건은 팩트가 상당히 큽니다."

"네, 그렇습니다. 죄를 지은 자는 책임을 전가하고, 민중의 지팡이인 경찰은 조작에 급급했으며, 그 책임과 사실들을 덮고 외면한 사람들의 횡포로 정의사회 구현은 사실상 상실됐지요. 무너진 지 오래입니다."

"네, 상심이 크시겠습니다."

"저희 가족이 바라는 것은 아들 기원이의 오명을 씻는 것입니다. 본인의 삶을 펼쳐보지도 못하고 타인으로 인해 죽은 것도 억울한데, 기원이의 명예만큼은 찾아 줘야 되지 않겠습니까? 아무것도 할 수 없어서 얼마나 자책했는지 모릅니다. 양심만 기다리기에는 이제 너무 지쳤습니다."

나는 목이 메어 와 말을 잠시 멈추고 가득 고인 눈물 때문에 고개를 들어 천장을 바라보았다.

"죄송합니다."

"아닙니다, 괜찮아요. 충분히 이해합니다. 음, 우리는 기자도 아니며 경찰도 아닙니다. 다만 힘없는 사람들에게 힘이 되어 주고, 억울한 사람들에게 도움이 되어 드리고, 그 억울함을 풀어 주는 데 방송의 의의가 있습니다. 다만 그 어떤 결론은 내리지 못합니다. 취재를 바탕으로 한 상황 설명으로 진행할 뿐입니다."

"사실 제가 잘 아는 사람이 전해 준 말을 기원이의 친구도 들어서 알고 있었다면서, 더욱 상세한 사실을 동료에게 들은 이야기가 있습니다. 기원이는 승부조작을 하지 않는다고 하여 많은 협박이 이뤄졌고 말을 듣지 않는다고 하여 죽여 버린다는 말이 나돌았다고 합니다. 그 며칠 뒤 이런 사고가 났다고 했고, 사건 현장에 있었던 동료는 혼비백산되어 팀을 이탈했다고 전해 들었습니다. 오히려 기원이 동료들에게 부탁해 보는 것이 더 편할 것 같습니다."

"그래요. 그럼, 그 말을 녹취를 하면 좋을 것 같은데 가능할까요?"

"다른 사람을 통해서 부탁을 해야 하는데, 연결이 될지 모르지만 제가 한번 연락해서 부탁해 보겠습니다."

"네, 그렇게 하도록 하죠."

"기원이의 사고는 물증은 없고 심증만 있을 뿐입니다. 세상에 많은 사람들이 아들 기원이가 승부조작으로 인한 '자살'로 알고 있습니다. 하지만 지금까지의 경찰의 조작 수사와 아들의 죽음의 실체를 덮어버린 진실, 지금까지 있었던 그 사실의 방향만 세상에 알려진다면 판단은 시청자의 몫이 아닐까 생각합니다. 그러기에 이 방송의 제의가 저희들에겐 큰 희망입니다. 꼭 부탁합니다."

우리가 준비해야 할 서류나 확인해야 할 일들이 많아졌다. PD님도 기원이에 대한 사건의 취재에 대해 알아보고 확인해야 할 일의 자료가 많다 하셨다. 가능한 지금부터는 증거를 만들면서 진행하자고 하셨다. 나는 일일이 메모하고 집중했다. 그리고 책을 쓰던 일부 자료(사건개요 부분)를 건네며 간절히 말했다.

"출판할 책의 일부입니다. 그중 야광 펜으로 칠한 부분이 있습니다. 바쁘시더라도 꼭 읽어 보시고 참고 하시면 감사하겠습니다."

"네, 어머니. 두 번, 세 번, 아니 야광 펜으로 칠하지 않는 것조차 꼼꼼히 살펴보겠습니다. 걱정 마세요."

"네, 정말 고맙습니다. 감사드려요."

"서울까지 밤 운전으로 가야 하니, 이제 일어나야겠어요."

큰 눈을 껌벅이며 안심의 뜻을 눈빛으로 전해 주신 PD님은 취재 자료를 위해 움직이는 대로 서로 연락하자고 하시면서 서둘러 서울로 향했다. 차가 시야에서 사라질 때까지 한참을 쳐다보고 있던 우리는 한 점의 아쉬움 없이 집으로 향했다.

"잘되겠지?"

왜 그런 생각이 들었는지, 나는 창밖을 쳐다보며 말했다.

"믿고, 기다려 보자. 조급한 마음 먹지 말고."

"얼마나 다행이야. 이렇게 같은 마음으로 공감해 주고 도와주려고 하니. 지금 우리로선 정말 고마운 일이다. 그치 엄마, 아빠?"

서영이가 조금은 남겨진 걱정의 찌꺼기를 지워줬다.

"그래, 기도 열심히 하고 이 손 꼭 잡고 놓지 말자. 기원이도 하늘에서 도와줄 거야,"

어두운 하늘에 반쪽의 달빛이 비치었다.

★ 고립된 진실 ★

남편이 서초 경찰서를 다녀온 지, 일주일째다. 기원이의 책을 쓰다가 북받쳐 오르는 감정을 추스르지 못해 마당을 거니는데, 집배원 아저씨가 서류봉투 하나를 전해 주었다. 일주일 전에 남편이 방송 취재를 위해 서초 경찰서에 의뢰한 기원이의 서류였다. 나는 현기증을 느끼며 그 자리에 주저앉았다. 사지가 떨려오고 눈물이 앞을 가렸다. 나는 떨리는 몸을 간신히 이끌고 아들 방까지 갔다.

"이 얄팍한 서류가 아들 죽음의 모두라니."

웃고 있는 아들의 사진 옆에서 나는 미친 듯 소리치며 어린아이처럼 울었다. 하루가 어떻게 지나갔는지, 고통의 시간이 흘러 머릿속은 백지가 됐다. 퇴근을 한 남편이 서류를 뜯어보곤 말했다.

"이건 사건 내용이 아니라, 검찰에 보고된 기원이의 사건 종결서류만 들어 있어. 그리고 2011년 5월 5일 밤 11시 45분경 만남의 광장에 진입했다고 수없이 말하고 들었는데, 여긴 2011년 5월 4일 밤 11시 45분으로 되어 있네. 어찌된 일이지?"

남편은 어이없어 한참을 서류만 들여다보고 있었다.

"사건을 종결하다니요? 누구 마음대로? 아니, 유족들이 인정하지 않고, 사인도 하지 않은 사건을 경찰이 임의로 종결했다는 것은 말이 안 되죠."

"참, 어이가 없어서 말이 안 나오네."

"그리고 자살 사이트 검색이 당일 15시20분경이었는데 당일 오전 11시 37분으로 변경 되어 있다. 어찌해서 자살 사이트 시간이 바뀐 거지?"

"그리고 사건의 날짜와 시간들을 어떻게 뒤집을 수 있어요?"

"그러게 말이다. 5월 5일이라고 수없이 설명하던 그들이 검찰에 제시한 서류에는 우리도 모르는 5월 4일이라니?"

"그래야 하는 이유가 있었을 터인데, 혹시 SNS를 통해 기원이의 사체 부패에 대해 거론한 말에 대한 반사가 아닐까 싶은 생각이 드네요."

"그럴 수도 있겠지."

날짜를 바꾼 채 임의로 사건을 종결하다니, 기가 막히고 황당하여 말이 나오지 않았다. 남편은 방송 취재 서류를 신청할 때, 서초 경찰서에서 현장 사진과 사건수사 기록 그리고 자살사이트 검색(와이파이 스팟 지점, 인터넷 경로나 접속 위치 파악)을 의뢰했다. 그리고 사건 발생인 5월 4일 오전 11시 45분경 휴대폰이 꺼진 시간부터 5월 6일 오전 11시 50분 (48시간가량)까지 기원이의 차량 CCTV 행적, 그리고 기원이가 혼자였다고 여러 번 주장하던 대형마트 CCTV 기록을 요청하였다.

덧붙여 만일 서류청구 기피 시, 사유서 청구도 요구했다. 민원 관계자는 사건 분량이 7권정도 된다면서 한 일주일 정도 기다려야 된다고 했다. 남편은 서류를 보낸 민원 관계자에게 전화를 걸었다.

"7권의 사건 내용의 분량은 보내오지 않고, 왜 임의대로 사건을 종결한 검찰 통보 서류만 보냈습니까?"

"사건 당시 형사 4팀이었던 형사에게 연락을 하여, 우리가 청구한 자료를 알아보기 위해 통화를 하였는데, 그 형사는 '그때(사건 당시) 유족들에게 모두 다 설명했다. CCTV나 다른 자료는 없다. 왜 이제 와서 그러느냐?'며 짜증스런 언행을 했습니다."

"그때 설명한 건 맞습니다. 그러나 CCTV 자료나 사건의 자료를 보여 준 사실은 없습니다. 그러면 그때 설명할 때도 무엇을 보고 설명했는지, 만약 자료가 있었다면 설명한 후 없애 버려서 없는 건지, 백 번이고 천 번이고 유족이 청구하면 언제든지 보여 줘야 하는 게 당연한 것 아닙니까?"

그때는 졸지에 자식을 잃은 충격에 이것저것 따질 정신이 없었다. 자식을 떠나보낸 자리에서 무엇이 우선인지를 생각하니 아무것도 할 수가 없었다.

사건을 설명한 당시 자료를 본 게 있었으니 설명했을 터이고, 그것을 보여 주면 되는 것 아닌가? 애초부터 없었다면, 없는 자료를 무슨 근거로 말했다는 건가? 조작임을 확신할 수 있는 계기가 됐다. 그리고 우리에게 도착한 20여 장의 서류는 우리가 인정하지 않은 자체로 사건 종결 후, 검찰에 통보한 내용이었다. 경찰이 임의로 조작하고 유족의 의사도 무시한 채 고지도 없이 경찰이 사건을 종결했다.

"타살의 의문점을 찾지 못해 내사 종결한다."라고 기재되어 있었다. 이것은 자살의 의문점도 없다는 것 아닌가?

"오늘 ○○에게 연락이 왔어요. 저번에 왔을 때 들었던 이야기를 그 친구에게 녹취 부탁한다고 말하니까 알겠다고 하고 최대한 도와드린다고 하네요. 힘내시라고 했어요."

기원이의 죽음의 현장을 목격하곤 혼비백산하여 숙소로 달려와 공포에 떨었던 동료의 모습을 보았다는 한 선수의 증언을 녹취할 필요가 있었다. ○○이 그 사람에게 연락해서 말해 보겠다고는 했지만, 신변의 염려로 쉽지 않는 일이라 생각했다. 혹여 녹취를 기피할 수 있으니, 그 당시 그 사람이 했던 말을 ○○하고 그 사람이 "맞다"라고 답을 해도 좋으니, 그 사실을 확인만 하면 된다고 솔직하지 못한 비겁한 생각을 했었다.

관할 119 출동 시간도 알아보았다. 2011년 5월 6일 오전 11시 50분(발견 당시 시간)에 119에 접수됐고, 사건 장소인 만남의 광장에는 11시 53분에 도착했다. 3분 만에 가능한 일인가? 현장 수습일지도 없다. 남편은 그때그때 준비된 서류를 반영하기 위해 방송국 PD님과 연락을 하고 교류했는데, PD님도 취재를 하는 중이라고 말했다. 좀 더 자료를 알아보고 연락을 하기로 마무리했다.

며칠 후, 내가 기원이의 방에서 집필에 열중하고 있을 때였다. 익숙한 휴대폰 소리가 들렸다. ○○이었다.

"어머니, 아버지께서 전화가 연결이 안 됩니다. 녹취록 파일 때문에 연락 드렸는데요."

"그래? 아마 일 때문에 그러신 것 같다. 같이 연락해 보고 통화하자."

"네. 어머니, 쉬세요."

"그래, ○○도 좋은 시간 되렴."

한참 뒤에서야 남편은 ○○의 녹취록을 받고 연락을 했다.

"응, ○○에게 메일로 녹취록이 왔어. 그런데 저번에 같이 들었던 내용하고는 조금 다르다."

"음, 그 친구도 녹취를 한다고 했으니 부담이 됐을 수도 있겠지요. 내용이 많이 달라요?"

"아니, 그렇진 않아. 일단 다른 부분은 중요하지 않으니 상관없고, 기원이를 그렇게 죽였다는 말은 그대로야."

"그럼 됐어요. 육하원칙에 따른 사건에 대한 내용만 있으면 돼요."

나는 ○○에게 감사의 마음을 표하기 위해 전화를 했다.

"너의 일도 바쁜데 기원이 일로 너를 힘들게 하고 이렇게 번거롭게 한다. 애썼다. 정말 고마워. 그리고 미안하다."

"아닙니다, 어머니. 제가 해야 할 일입니다."

"그래, 그 친구에게 마음 편히 지내도 된다고 말해 주고 진정 정의로운 큰일을 했고, 감사한 마음 잊지 않겠다고 전해 줘."

"어머니, 제가 그 친구에게 기원이의 명예를 위해서 있는 그대로의 사실만 녹취해서 도와드리자. 가족이 힘들고 외로운 싸움을 하고 계셔. 우리가 도와드리자. 우리 기원이만 생각하자. 그렇게 말하고 본인의 허락하에 녹취를 했어요. 그 친구가 이야기를 할 때에 중요한 부분만 녹취를 했는데, 자료가 될지 모르겠습니다."

"아니다, 이 정도로 충분해. 혹여, 녹취한 친구에게 방송국에 자료로 써도 신변보호는 걱정하지 말라고 전해줘. 누구도 다치지 않게 처리할 거야. 그 누구도 다쳐서도 안 되고, 더 이상 기원이 같은 희생이 없기를 바라는 마음에 경솔히 움직이지 않을 것이야. 지금껏 그 이유로 이래 왔고, 앞으로도 신중하게 움직일 것이니 아무 일 없는 듯 현실에 충실하면 된다. 알겠지?"

"네, 어머니. 언제든지 제가 필요하면 불러주십시오."

통화를 하는 동안 나의 시선은 기원이의 얼굴에 고정되어 있음을, 통화를 끝내면서 알게 되었다. 그러고 보니 기원이는 떠나갔지만 아들이 맺어 준 고귀한 인연인 아들과 딸들이 많이 생겼다. 감사해야 할 일이다.

"골대 앞에 선 나 자신을 단 한 번도 후회해 본 적이 없다. 막아 내지 못할 골을 정확한 판단으로 해결했을 때 희열을 느낀다. 그런 의미에서 축구를 하는 나는 정말 행복하다."

─윤기원─

"PD님 연락와요?"

"아니, 필요한 서류 때문에 통화한 이후론 아직 연락 없어."

"그래도 당신이 한번 연락해 봐요. 이렇게 오래 연락이 없는 것을 보면 취재를 접은 것 같다는 느낌이 들어요. 어떤 이유에서든 취재를 할 수 없는 상황이 되어 버린 건 아닌지?"

"아직 결과를 통보받은 것이 없으니, 섣불리 판단하기도 그렇고……. 조금만 더 기다려 보고 연락할게."

잔인한 날은 바로 내게로 찾아왔다. 이제는 정녕 믿고 의지할 사람이 없다. 허탈하고 허무한 마음만 남았다. 담당 PD는 증거만 있으면 좋겠다고 했다. 그러나 그 증거만 있으면 방송의 힘을 빌리지 않아도 될 일이다. 다른 방법으로 이미 해결됐을 일이다. 모두가 외면하고 덮고 있으니, 그것을 알고 싶어서 취재를 허락한 건데……. 그 방송의 의의를 상실한 것 같았다. 진실을 향한 곤고함에 전신에 힘이 빠져나갔다.

"우리는 기자도 아니고 경찰도 아닙니다. 다만 힘없는 자에게 힘이 되어 주고 도와주는 데 그 의의가 있습니다. 저희를 믿으세요."

그렇게 말하신 분이 기원이의 부검의와 만남의 광장 관리인까지 알아보는 중에 진행을 중지했다. 무언가 압박이 있었던 걸까? "팩트가 아주 큽니다."라며 각오와 열정이 교차하던 PD가 취재를 그만둬야 하는 그 무슨 까닭이 있었던 걸까? 온몸에 서늘한 겨울바람이 지나갔다.

"담당 PD의 확실한 정황을 모르니 조금만 기다려 보고, 이제는 지금껏 해 왔듯이 우리 스스로가 움직이자. 오늘 뱅수한테 기원이 하이패스 카드를 가져오라고 했어. 그 안에 기원이의 차량 움직임이 분명 있

을 거야. 다행히 뱅수가 명의이전을 안 한 상태라 조회가 가능하다 하
니, 확인해 보고 움직이자."

허무하고 나약한 마음으로 뒤척이는 밤. 무엇을 해도 힘이 드는 시간
들. 두 눈을 감고 있어도 흐르는 눈물을 감출 수가 없었다. 분한 마음
은 하늘을 가득 덮고, 나는 기원이 방에서 밤을 새웠다.

★ 또 하나의 증거 ★

햇살이 서쪽으로 향해 기울어져 갈 때 뱅수가 대문을 들어섰다. 기원
의 후배 주완이도 같이 왔다.

"여보, 뱅수와 주완이 왔어."

거실 문을 열고 대청마루 나서자, 기원이의 방에서 흐느끼는 소리가
들렸다. 나는 몇 발자국도 옮기지도 못하고 몸이 굳어 버렸다. 주완의
통곡이었다.

"기원이 형, 기원이 형."

주완의 울음소리는 대문 밖까지 울렸다. 나는 마루에 선 채 아픔을 같
이했다. 한참이 지난 뒤, 등 뒤에서 인기척을 내자 허리를 구부려 눈물
을 닦는 주완이가 빨개진 눈으로 일어서서 목멘 소리로 인사를 했다.

"어머니……."

"그래 잘 왔어, 앉아."

밖에서 서성이던 남편이 들어왔다.

"바쁜데 올 시간이 있었어?"

"아닙니다. 벌써 왔어야 하는데. 많이 늦었습니다. 죄송합니다, 아버님."

"아니다. 이렇게 와 준 것만 해도 고맙다."

뱅수가 기원이의 하이패스 카드를 내놓았다.

"어머니, 이상하게 이걸 명의를 바꿀 생각도 없고, 바꿔서 쓸 생각도 들지 않고, 이상하리만치 간직하고 싶어서 그냥 차에 보관하고 있었어요."

"고맙다, 뱅수야. 만약에 그걸 네 명의로 해서 쓰고 있었다면 어쩔 뻔했을까? 생각만 해도 끔찍하다. 이걸 한국도로공사에서 조회해 보면 기원이의 행로가 나오겠지? 내 마음만 같은 줄 알고 의심 없이 살아온 죄. 현명하지 못한 이 엄마의 처사에 화가 난다. 좀 더 빨리 움직였으면 증거도 많이 있었는데……."

"어머니, 그럼 방송국 취재는 중도에 끝난 건가요?"

뱅수가 반쯤 숙인 몸을 일으키며 물었다.

"아직 어떤 결정이 난 건 아니야. 그런데 조금만 더 기다려 보면 알게 되겠지만, 느낌이 취재를 중단하고 접은 듯하다. 지금 상태로 봐선 조금 힘들 것 같아. 아직 정식으로 통보된 건 없지만……."

"마음 조급하게 먹지 마시고 조금만 더 기다려 보세요. 어머니나 아버지도 지금껏 잘해 오셨잖아요. 잘되면 더없이 좋겠지만, 안 되더라도 실망하지 말고 기운 내요."

"봐요. 기원이가 '맞다' 그러면서 이렇게 활짝 웃고 있잖아요."

"그래, 그러네."

걸려 있는 기원이의 웃는 사진을 물끄러미 바라보는 주원이의 눈은 한참이 지났는데도 젖어 있었다. 기원이의 유니폼이 흐트러진 것을 보니 주완이가 만져 본 것 같았다.

뱅수와 주완이가 대문을 나서고 남편은 마을 어귀까지 배웅했다. 성큼성큼 걸어가는 뒷모습에 골목이 꽉 찼다. 가슴이 조여드는 보고픔이 밀려왔다. 이제는 고개를 들어 하늘을 바라보는 게 습관이 됐다. 굵은 소금 뿌려 놓은 듯, 별은 그 자리에서마다 초롱초롱하다.

★ 돌아오지 않는 메아리 ★

봄은 멀리서 머뭇거리고 있었다. 봄에 심을 야생화 화단을 만들고 있는데, 집배원 아저씨가 불렀다.

"수신자 전화번호가 '없는 국번'이라는데요. 윤희탁 씨 댁이 맞습니까?"

"네, 그래요? 이름은 맞아요. 우리 집 아저씨입니다."

"발신인이 전화번호를 잘못 적었나 봅니다."

"네, 고생하셨네요. 수고하셨습니다."

"네, 안녕히 계세요."

부르릉 거리며 오토바이를 타고 가는 아저씨의 등 뒤로 받아든 서류 봉투를 확인했다. 발신자는 S 방송국이었다. 생각했던 대로 좋지 못한 예감이 지나갔다. PD가 증거를 논했을 때, 취재가 중단된다는 사실은 익히 판단한 일이다. 나는 두어 발자국을 옮기기도 전에 비통한 허탈감을 맛보았다.

한참을 그 서류 봉투를 들고 대청마루와 거실을 오가며 서성였다. 복잡해진 마음을 진정시키고 봉투를 열어 보았다. 취재를 하기 위해서 필요한 기원의 사건 참고 자료이다. 나는 남편에게 전화를 했다.

"방송국에서 자료가 되돌아왔어요. 달리 연락 받은 거 있어요?

"아니, 연락은 없었어."

"기원이 아빠, 조금 있다가 통화해요. 서류를 확인해 보고 전화할게요."

나는 전화를 끊고 서류를 한 장 한 장 자세히 살폈다. 우리가 취재를 위해 보내준 자료뿐이었다. 한 통의 전화도 없었고, 단 한 장의 변명도 첨부된 것 없이 기원이의 자료만 있었다.

힘없는 사람들을 위해 힘이 되어 준다는 데 그 의의가 있다고 했던 PD였다. 취재를 시작하고 녹취록 파일을 보고 "녹취한 사람을 만나고 싶다.", "뒷이야기를 더 들어야겠다.", "그 사람이 곤란하면 녹취한 사람이라도 만나고 싶다."라며 열의를 보내던 사람이 갑자기 연락을 끊었다.

취재를 하다가 어떤 이들의 압력에 의해 중단할 수밖에 없는 상황도 우리는 이미 직감한 일이며 취재의 중단은 이해할 수 있는 일이다. 그렇더라도 일에는 순서가 있고 예의가 있는 법이다. 어떤 이유에서든 단 한 통의 전화로라도 방송국의 사정을 설명하거나, 한 장의 변명의 글이라도 남겼다면 이렇게 상처 받지는 않았을 것이다.

"기원아, 너를 어쩐란 말이냐? 정녕 너를 위한 정의는 없는 것일까? 어찌해야 너의 진실을 세상에 드러낼 수 있을까? 두드릴 문도 없고, 아무리 두드려도 열리지 않는 문이다."

방송이 흔들어 놓은 후유증은 내 가슴에 담석처럼 박혀 수시로 아프게 하고, 몸 구석구석에서 배회했다.

남편은 기원이의 마지막 행적을 찾기 위해 기원이의 차량 하이패스를 조회해 보려고 뱅수가 간직하고 있던 하이패스 카드를 받아 한국도로공사에 의뢰했다. 2011년 5월 1일 ~ 2011년 5월 6일까지 카드거래 내역을 출력해 왔다. 2011년 5월 4일 13시 35분 30초에 인천 영업소를 지나, 2011년 5월 4일 15시 29분 37초에 수원 영업소를 지나갔다. 2011년 5월 4일 17시 42분 49초에 서수지 영업소를 지나, 2011년 5월 4일 17시 43분 07초에 금토 영업소를 빠져 나간 후 기록이 없다.

남편은 기원이의 숙소에서 만남의 광장까지의 방범용 CCTV와 교통 수집 CCTV 자료에 대한 정보 공개를 신청했다. 하지만 6개월 이상의 자료는 보관하지 않아서 없다고 했다. 사방이 다 막혀 어두운 터널을 헤매고 있는 것 같은 느낌이 들었다. 알아 갈수록 더 멀어져만 가는 진실이었다. 그러나 멀어져 가는 진실을 보며 좌절할 수만은 없었다.

"여보, 지금 기원이의 하이패스 의뢰 결과로 보면 아무 소득이 없고, 도로공사에서 자료가 없다고 하니, 일단 이 자료를 가지고 기원이가 이동했던 경로로 직접 가서 확인해 보는 게 좋을 것 같아요."

나는 컴퓨터를 살며시 들고 기원이 방으로 갔다. 기원이가 앉았던 책상에 기대어 잠시 생각했다. 살아간다는 것에 대해, 살아야 하는 것에 대해. 모든 의미를 부여했다.

★ 인연은 오고감 ★

김태우 님에게 번거롭지만 어렵게 부탁을 드려야 했다. 기원이의 1주기 때부터 기원이를 위해 많은 일들을 도와주시고 계시는 분이셨다. 스포츠의 모든 것을 다루고 총회원 130만 명이 공감하는 카페의 게시판지기로 활동하고 있다. 그 카페의 회원들과 모든 팬들에 힘입어 S 방송사의 프로그램에서 취재가 시작되었는데 중도에 끝이 난 사실을 팬들도 알아야 한다는 생각이 들어 그 이유를 설명 하는 글을 올렸다.

이 소중한 카페를 찾아주시는 회원 여러분,
그리고 윤기원 선수를 잊지 않고 응원에 주시는 팬 여러분!

안녕하십니까?
저는 인천유나이티드 FC 골키퍼였던 윤기원 선수의 엄마입니다.
다름이 아니라, 지난해 7월 31일 팬 여러분의 적극적인 지지와 제보에 힘입어 S 방송사 프로그램 ㄴ작가님이 "윤기원 선수의 사건에 대해 자세한 얘기를 듣고 싶다."는 한 통의 메일을 보내왔습니다.
며칠을 고민했습니다. 사실 그간 다른 모 방송국에서도 제의가 들어왔지만 승낙하지 않았던 것은 자칫 흥미 위주의 결과가 되지 않을까 우려했기 때문이었습니다.
그러나 S 방송사의 프로그램은 이미 팬들의 제보와 시청자들의 인지도가 높고 인기가 있는 프로라 제의를 받아들이기로 가족이 마음을 모았습니다.

방송에 응하겠다는 답장의 메일을 보내고, 며칠이 지난 후 지난해 8월 12일 저희 가족은 프로그램 담당 PD를 김해에서 만나 많은 얘기를 나눴습니다.

담당 PD님은 "이 사건은 앞뒤가 맞는 것이 하나도 없다. 그리고 팩트가 아주 크다."고 말씀하셨고 "이 프로그램은 힘없는 사람에게 힘을 실어 주고 억울한 사람에게 그 억울함을 풀어 주는 데 그 의의가 있다."고 말씀하셨습니다.

이 고마운 말씀에 한 치의 망설임도 없이 저희 가족은 그간 모았던 자료를 드렸고, 천군만마를 얻은 기분으로 희망을 가졌고, 또한 얼마나 감사했는지 모릅니다. 가족이 해야 할 일들로 서울을 오가며 바빴고, 취재도 시작되었지요.

그런데 만남의 광장을 들러 취재를 하고 기원 선수의 부검 부분을 다른 방향으로 알아보고 있다며 취재의 방향에 대해 의논하던 PD님이 어느 날 갑자기 연락을 끊고 소식은 뜸해지기 시작했습니다. 우리는 "취재 중인가 보다."라고 생각했습니다.

보름 정도 지나도 연락이 없어 기원이 아버지가 연락을 했습니다. 그런데 "증거가 없어서, 증거만 있으면 되는데……."라는 PD의 말에 기원이 아버지는 취재가 곤란해질 수 있겠다는 느낌을 받았다고 합니다. 사실 윤기원 선수의 사건은 물증은 없고 심증만이 있을 뿐, 증거가 있다면 방송프로까지 갈 이유가 없는 일이지요.

그리고 3개월간 연락이 끊겼고, 저희 가족은 취재가 중단이 되었을 것이라고 예감을 했습니다.

그러던 지난해 12월 24일 S 방송사로부터 소포가 왔습니다. 한 통의 전화도 없이, 한 장의 변명의 글도 없이, 윤기원 선수의 취재는 중도에 끝이 나 버린 겁니다.

그 무엇으로 하여금 방송을 멈추게 했을까요?
그 무엇이 이 진실을 덮게 했을까요?

법치국가의 정의성 상실과 재력이면 권력도 휘두르는 힘으로 인한 자유로운 조작을 또다시 실감하며 참으로 허탈했습니다.

그러나 그분들을 원망하지 않습니다. 그분들도 어쩔 수 없이, 그럴 수밖에 없는 상황이 있었으리라는 이해를 가져 봅니다. 그간 언론의 취재나 방송 취재를 하던 도중에 등을 돌린 예를 들어 본다면, 그다지 놀랄 일은 아니니까요.

다만 윤기원 선수의 죽음의 실체를, 그 진실을 덮어 버려야만 할 수밖에 없는 이 추악한 세상에 분노합니다. 팬 여러분의 큰 힘에 보답하지 못하는 이 아픈 현실을 원망합니다.

그리고 그간 윤기원 선수에 대해 관심과 사랑으로 함께 고민해 주시고 방송 재보를 해 주신 팬 여러분에게 이런 상황 설명을 꼭 해드려야겠다는 생각이 글을 올리게 된 이유입니다.

이제 힘없는 저희의 손을 잡아 줄 정의는 없습니다. 팬 여러분의 마음만 의지하며, 끝까지 윤기원 선수의 명예를 위해 싸울 것입니다.

지켜봐 주십시오. 그리고 사실이 세상에 알려지는 그 순간까지 지속적인 응원 부탁드립니다.

졸지에 아들을 보내고 지옥 속을 살아온 지, 1,000일이 다가옵니다. 두문불출 책 출판에 속력을 내 보면서 그동안 윤기원 선수에게 베풀어 주신 사랑과 관심 그리고 격려에 진심으로 감사드립니다.

회원 여러분, 그리고 팬 여러분! 보내 주시는 크신 은혜, 결코 잊지 않겠습니다.

고맙습니다.

나는 진심으로 마음을 전했다. 많은 분들이 공감하며 격려와 응원을 보내 주셨다. 기원이를 보낸 후, 측량할 수 없는 고통을 함께 해 주신 팬들에게 감사했다. 우리 가족은 팬들의 응원과 격려 그리고 염려를 먹고 숨을 쉴 수 있었다. 기원이와의 인연을 보내고 새로 다가온 그분들의 인연이 있었기에 가능했던 지금의 진실, "기원이는 타살이다."라고 말할 수 있었던 것이다.

아들이 남긴 족적

★ 흔적을 따라 ★

2013년 10월 13일 새벽 4시 10분. 한국도로공사에서 받은 기원이의
마지막 행적 자료를 들고 남편과 정숙이와 함께 무작정 서울로 갔다.
아들의 기억과 흔적을 찾기 위해서 먼저 인천 숭의 사업소에 있는 숙소
로 향했다. 그동안 미뤘던 마음에 용기를 내어 그렇게 가 보고 싶었다.

텅 빈 고속도로 위, 어둠을 달리는 차량처럼 마음 또한 캄캄하다. 안
개가 자욱한 길에 "인천"이란 이정표가 보이기 시작하고, 가슴은 내내
울렁거리며 시리고 아렸다. 남편은 운전 중에 연신 긴 한숨을 몰아쉬
었다. 인천 숭의 숙소에 9시 25분에 도착했다. 아름다운 곳이다. 조경
이 잘 꾸며져 있고, 가로수 길로 진입하면 길의 끝 오른쪽에 경비실도
보였다. 차량을 진입해 볼까 하다가 그냥 밖에서 아들이 머물렀던 이

× 모두의 가슴에 별이 된 골키퍼 ×

곳을 사진 한 장으로 남기고 방향을 돌렸다.

기원의 휴대폰이 꺼진 오전 11시 30분. 대형마트를 경유한 흔적을 따라 이동했다. 숙소에서 유턴을 하고 그다지 멀지 않는 곳에 마트가 있었다. 차 안에서 그 주위를 둘러보고 기원이가 물품을 구입한 후(영수증 시간 확인), 10시 4분에 출발하여 인천 영업소로 갔다. 지나가는 길에 기원이가 뜻을 펼치던 문학 구장이 보였다. 내비게이션이 월미도 도화 IC 방향으로 안내했다. 고속도로 진입 후 CCTV를 포착하면 즉시 카메라에 담았다. 이 경로를 지나갔다면 기원이의 흔적이 도로공사에 있으리라 생각하며, 한 컷도 놓치지 않았다. 부평 방범용 CCTV를 포착하고 사진을 찍자, 차는 인천영업소를 지났다.

대형마트에서 인천 영업소까지의 소요시간은 38분이었다. 그런 다음 기원이의 행적은 서울 외곽 순환도로를 진입한 후 수원 영업소로 빠져나갔다. 인천 영업소에서 수원까지의 소요시간은 1시간가량 걸렸다. 차량은 경수 고속도로 서수지 영업소에 흔적을 남겼다. 아들이 지나간 길 위에 말할 수 없는 고통이 함께 지나갔다. 자료를 보았다. 수원에서 서수지 영업소까지의 소요시간은 17분이다. 카드 거래 내역을 대조해 본 결과, 2시간 10분가량 기원이의 차량은 수원에 머물렀다는 결과를 알 수 있었다. 그 2시간 10분가량 수원에서 기원이에게 어떤 일이 있었던 걸까?

우리는 다시 카드 거래 내역에 따라 수지 영업소에서 금토 영업소로 향했다. 서수지 영업소에서 금토 영업소까지의 주행 시간은 약 6분에서 7분 거리였다. 그런데 기원이 하이패스 자료에 기재되어 있는 것을 확인해 보면, 서수지 영업소에 진입한 시간은 17시 42분 49초이며, 금토 영업소를 통과한 시간은 17시 43분 07초이다. 그렇다면 6분~7분이 걸리는 거리를 어떻게 18초만에 도착했다는 것인가? 과연 가능한 것일까? 아무리 생각해도 이해할 수 없었다.

우리는 금토 영업소에서부터 만남의 광장까지 시간을 쟀다. 만남의 광장이 가까워질수록, 온몸의 피가 거꾸로 솟구치고 가슴에서 방망이질을 일어났다. 다시는 오고 싶지 않은 끔찍한 장소다. 만남의 광장 입구에 차를 세웠다. 딱 15분 거리였다. 기원이의 차량이 금토 영업소를 통과한 17시 43분 07초에서 만남의 광장으로 갔다면, 15분이 소요된 후, 17시 58분 07초에 광장에 도착했어야 한다.

경찰에서 변경한 당시 5월 4일 11시 30분경 기원이의 차량이 만남의 광장으로 진입했다고 한다면 5시간 22분이고, 초동수사 당시 담당 형사의 말대로 2011년 5월 5일 진입했다면 만남의 광장에 들어오기 전의 29시간 22분은 어디에서 무얼 했다는 걸까?

"그런데 이상하다. 고속도로를 주행하고 있는 시간이 경찰이 변경 하기 전 자살 사이트 검색 시간하고 거의 비슷한 시간이다."

"같은 시간? 그럼 어떻게 된 걸까요?"

"이 자료가 거짓이 아닌 것은 분명한데…… 그럼 이 또한 주행 시간과 자살 사이트 검색 시간이 같다는 것을 알고 시간을 변경했다는 걸까?"

나는 모든 기록을 휴대폰 메모지에 적느라 확인하지 못하였는데, 남편이 운전 중에 금토 영업소에서 만남의 광장까지 오는 동안 빠져나가는 두 곳의 길을 보았다고 했다. 다시 차를 돌려 금토 영업소에서 만남의 광장으로 서행하면서 주위를 살펴보았다.

금토 영업소를 통과한 후 양재와 성남 2개의 나들목이 있었다. 우리는 기원이 차량이 양재 나들목으로 빠져나갔다고 생각했다.

입구에 "만남의 광장"이라는 간판 위에 CCTV가 설치되어 있었다. 차를 주차시키고 내렸다. 사고 당시엔 정신도 없었거니와 밤이라 어두워서 잘 몰랐는데, 광장은 생각보다 작았다. 주위를 빙 둘러보니 광장 전체가 한눈에 들어왔다. 순간 현기증이 밀려왔다. 서둘러 화장실로 갔다. 속의 메스꺼움에 헛구역질을 했다.

"기원아⋯⋯."

나의 신음이 입속에서 새어 나왔다. 지탱하지 못하는 목을 가누고 화장실 밖으로 나와 차량 주차 경계를 위한 화단 모서리에 기대앉았다. 하늘을 보았다. 깊고 파란 잉크 빛 하늘이다. "서울 만남의 광장"이란 간판이 있는 건물이 눈앞에 보였다. 건물 좌, 우 그리고 중앙에 CCTV가 설치되어 있었다. 주차장 내부가 다 촬영되는 위치였다.

"여보, 기원이 차량이 있었던 사고 현장이 어디였지? 그땐 밤이라 분간이 어려워서 잘 모르겠네요."

"응, 이쪽이야 괜찮겠어?"

몸을 일으켜, 동생 정숙이의 부축을 받으며 남편이 앞서 가는 뒤를 따랐다. 가는 도중에 나는 발걸음을 멈추고 한참을 쳐다보았다.

"왜? 언니 못 걷겠어?"

"아니, 이거 이 푯말. 이 경고문 좀 봐."

앞서 가던 남편이 되돌아오며 의아한 표정으로 다가왔다.

"이것 좀 봐요. 그땐, 밤이라 어두웠고 주위를 돌아볼 여지가 없어 못 본 거예요."

장기 주차 차량 단속 문구였다. 경고문이 무려 4~5개 정도 화단에 박혀 있었다. 내용은 차량 주차 후 1시간 이상 주차를 하였을 경우, 시간당 스티커 한 장을 붙인다는 경고문이었다. 나는 주위를 두리번거리며 살폈다. 장기 주차 차량은 시간에 따라 2장, 4장 그리고 7장이 붙은 차량도 보였다. 경고문 팻말의 상태를 보면 오래전부터 설치되어 있었던 것 같았다.

그러면 기원의 차량이 5월 5일 밤 11시 40여 분에 주차되어 뒷날인 5월 6일 낮 11시 50분경 주차 관리인에게 발견될 때까지 12시간이 지났다. 12개의 스티커가 붙어 있어야 했다(경찰이 번복한 만남의 광장 진입 날짜가 5월 4일 밤 11시 40여분이라고 가정한다면 36장이다). 그러나 기원이의 차량에는 한 개의 스티커도 없었다.

이 만남의 광장에는 장기 주차를 관리하기 위해서 관리인이 1시간마다 경비를 돌며 장기 주차를 단속하고 있었다는 이야기였다. 그러면 기원이 차량이 주차된 1시간 뒤인 5월 5일 밤 12시 40분경에 관리인이 차량 체크를 했어야 하고 사고 차량임을 감지했어야 했다. 어두운 밤이라 잘 보이지 않아 알지 못했다 하더라도, 새벽이 오고 날이 밝아 오는 아침에는 발견되어야 했다.

나와 동생 정숙과 기원 아버지는 한참을 그곳에서 서성이며 생각했지만 답이 없었다. 이 황당한 현실을 카메라에 담고 나는 또 다시 메모지에 기록만 남길 뿐이었다.

우리는 발걸음을 옮겨, 기원이의 차량이 마지막으로 발견되고 주차되어 있던 장소로 갔다. 화물차 전용 주차장이다. 담당 형사가 설명한 앞 차량의 위치는 부산 쪽으로 향해 주차되어 있었고, 차량의 앞부분과 뒷부분에는 화물차가 주차되어 있었다고 설명했던 그때의 상황을 기억했다. 경찰이 첨부한 사건의 자료에 보면 기원이 차량은 차선과 차선 사이 걸쳐진 비정상적인 상태로 주차되어 있었다. 나는 그 현장을 사진으로 남기며 남편과 동생에게 설명했다.

"여보, 화물차 전용 주차장이면 관리인이 빨리 발견하여 차를 자동차 전용 주차장으로 이동하라고 하였을 것이고, 화물차가 아닌 승용차가 주차되어 있어 정상적인 주차가 아닌 차량을 충분히 쉽게 발견할 수 있었을 텐데, 한 시간마다 순찰을 돈다는 관리인이 많은 시간이 지나도 모르고 방치했다는 자체 또한 이해가 안 돼요."

아들의 마지막 발견자인 관리인을 만나 보려 했지만, 이미 퇴직했다는 소식을 들었다.

나는 기원이의 차에서 부산 방향인 운전석 쪽이 있었던 곳으로 가 보았다. 아직도 남아 있는 아들의 차량 문 유리 조각이 널려 있었고, 화단을 경계한 시멘트 턱이 낮게 있었다. 시멘트 화단 경계와 비슷한 높이의 화단에 소나무가 심어져 있었다. 그리고 안전지대 선이 그어져 있고, 안전지대를 표시하는 안전봉이 그어진 선 주위에 세워져 있었다. 그 옆에는 부산 하행 고속도로 차선이다. 차들이 질주를 하고 있었다.

나는 화단에 털썩 주저앉았고, 뒤죽박죽 정리되지 않는 생각들로 시간이 흘러갔다. 천천히 생각을 모아 보았다.

'부산 방향으로 주차된 기원의 차량의 앞쪽과 뒤쪽에 주차된 화물차. 그리고 운전석 옆 화단, 화단 옆은 안전지대?'

차량은 주차 선을 이탈하고 화단 턱에 바짝 붙여 주차되어 있었다. 나는 '왜 기원이의 차량이 그렇게 주차되어 있었을까?'에 대해 곰곰이 생각했다. 문득 기원이를 죽이기 위해, 봉고 2대가 왔다는 어떤 이의 말들이 떠올랐다.

"기원이의 차량 앞, 뒤에 화물차가 주차되어 막힌 상황에 그들이 타고 온 봉고의 2대 중 1대는 기원이의 사체를 실고 안전지대 쪽으로 이동하여 운전석 문을 열고 기원이를 옮겼고, 또 다른 1대는 조수석 차량 쪽으로 정차시킨 후, 자살로 위장하기 위한 번개탄 설치를 동시에 했다? 그리고 차 문을 잠그고 봉고 두 대는 사라졌다?"

뒤 늦게 알게 된 기원이의 차량 조수석 문짝이 닫히는 바닥 쪽의 커버가 깨어져 분리되어 있었고 뒷좌석 창문 안쪽 틀이 찢겨져있었다.(경찰은 119가 유리창을 깨다가 찢어졌다고 했는데 설명이 맞지 않음) 누군가 뭔가를 급하게 처리 하다가 남겨진 흔적들 같았다.

나는 내 생각을 설명해 보았다. 앞, 뒤에는 화물차가 그리고 양 옆의 봉고차로 인해 기원의 차량은 사방이 차량으로 막히고 갇힌 상태이다. 반사적으로 건물의 좌측 CCTV가 육안으로도 보였다. 충분히 촬영 가능한 거리였다. 이곳에서 처음 차량 발견 때에는 조수석에는 CCTV가 있지만 운전석에는 CCTV가 없어서 상황을 모른다고 했던 담당형사가 수사를 하던 중에는 "기원이 검은 봉지를 가지고 한 번 내렸다 탔다."고 했다. 그 자료를 보자고 하니 답은 "없다."였다. 그러면 무엇을 보고 그 상황을 말했는가? 저만치에서 남편은 하늘을 보고 있었고, 나는 내 아들의 마지막 흔적지에서 어금니를 깨물었다.

"아들아, 지금부터 엄마가 가야 할 길을 알려다오. 엄마 아빠에게 부디 힘을 다오."

떨어지지 않는 발등에 어둠이 내리고 있었다. 하늘이 검다. 집으로 달리는 차 안은 침묵이 흐르고 마음은 혼란스러웠다. 감당 할 수 없는 눈물이 흘렀다. 버겁다.

⋯→ 이 하이패스의 자료도, 행적도, 경찰은 거론조차 하지 않았다.

★ 코바를 만나다 ★

기원이의 진실은 흐르는 시간 속에서 모든 이로부터 소외되어 가고 있었다. 죽지 않고서야 어디에서 산다 한들 이 지옥 같은 세상으로부터 벗어날 수는 없지만, 현실을 도피해 귀촌하여 자연이 주는 이 환경에서 우리 가족은 미세한 숨이나마 쉴 수 있었다. 세상에게 진실을 구걸한 지 많은 세월이 흐르고 있었다.

"여보, '미제사건 추적' 카페에 '범죄예방 피해자 지원'이란 방에 범죄 심리학자이신 공 교수님의 글이 있어요. '한국 피해자 유가족 간담회' 에 신청하라는데, 읽어 보고 연락 주세요."

"확인해 보고 전화할게."

미제사건 추적 카페에 인연이 되어 기원의 글을 올리려고 찾았다가 '범죄예방 피해자 지원', '한국 피해자 유가족 간담회'가 있다는 글을 보는 순간, 나는 먼저 마음이 들떴다. 숙고해 볼 이유도 없이 참석을 해야겠다는 생각이 들었다. 공 교수님이 내미신 두 손을 염치 불구하고 덥석 받겠노라는 메시지를 보냈다. 이제 모든 길은 막혀 있고, 진실을 잡아 줄 손길이 이 세상 어디에도 없었기에 더욱 절실했다. 회사의 급한 일 때문에 연락이 조금 늦었다며, 남편에게서 전화가 왔다.

"봤어요?"

"응, 아주 좋은 취지라 생각해. 그래서 일단 간담회에 참석한다고 공 교수님께 연락했어. 일시는 2월 15일 토요일인데, 다른 기타 상황은 차후 통보한다고 하셨어."

"네, 잘하셨어요. 그러나 너무 기대는 마세요. 혹여 방송 때처럼 실망할 수도 있으니……."

나는 그랬다. 내 마음은 벌써부터 기대고 믿어 의지하면서도, 혹시이 한 가닥 희망에 마음 전부가 빠져서 또 다른 상처투성이로 허우적거리며 헤어나지 못 하고 아파해야 할지도 모른다. 그간 사회가 내게 준어리석은 교훈이다.

공 교수님은 "혼자 아파하지 말고 함께 하자."는 크나큰 마음과 간담회 상황을 문자로 보내오셨다. 그 따뜻한 마음에 모처럼 마음 한 구석에 온기를 느꼈다.

입춘도 지났는데 봄을 시샘하는 2월의 꽃샘추위가 기승을 부리고 있었다. 나는 며칠 전부터 신경 쇠약으로 인한 스트레스성 복통 때문에약을 먹고 있었다. 서울을 갈 수 있을까? 염려스러웠다. 오는 3월 15일은 살인피의자 발대식이다. 약 기운이 온몸에 퍼져 힘이 없지만 가야

× 모두의 가슴에 별이 된 골키퍼 ×

만 했다. 그러려면 정신을 차리고 몸을 추슬러야 했다.

"몸이 안 좋아서, 서울에 갈 수 있겠어?"

"가도록 해 봐야지요. 약 먹고 쉬고 있습니다. 며칠 남아 있으니 갈 수 있게 해야지요."

"응, 그리 하도록 하고 서울 간담회 올 때 기원이의 사건 자료와 소개 글을 적어 오라고 연락이 왔어."

"네, 사건개요는 기원이 아버지가 준비해요. 저는 기원이에 대해 적어 볼게요."

"그래, 알았어."

"나는 축구공 하나에 밥 말아 먹을 것이다."

"내가 행복을 즐겨야 할 시간은 지금이다. 내가 행복을 즐겨야 할 장소는 녹색 그라운드이다. 비장의 무기가 아직 나의 손에 남아 있다. 그것은 희망이다."

－윤기원 비망록－

인천 유나이티드 FC 축구팬들은 윤기원 선수에게 "미소 천사"라고 합니다. 그렇습니다.

축구에 입문하면서부터 축구를 하지 못한 그 순간까지 항상 미소를 잃지 않았던 윤기원.

혹독한 훈련이 거듭될수록 더 많이 웃는다며 "연구대상"이라는 별명을 지어 준 거제고 골키퍼 코치 선생님의 말이 떠오릅니다.

축구를 하면서 주전 자리를 한 번도 놓친 적이 없고, 진학하는 학교마다 우승과 좋은 성적을 내어도 항상 겸손했습니다. 스승에 대한 존경심, 선배에 대한 예의와 후배에 대한 사랑을 실천하는 선수였으며, 가는 곳마다 "분위기 메이커"라고 칭찬했습니다. 모든 자리에 늘 누구에게나 관대했고, 다른 사람들은 긍정적이고 바른 성품의 소유자라고 말합니다. 아주대학교 축구부 숙소에 숙식을 담당하시던 아주머니께서 "20년 동안 이 일을 하면서 많은 선수들을 봐 왔지만 기원이처럼 성실하고 예의 바르며 반듯한 선수는 처음이다. 4년간 나에게 외출 전이나 후, 그리고 조석으로 하루도 빠짐없이 인사를 했으며 안부를 물었다. 윤기원 선수의 어머니, 아버지가 어떤 사람인지 궁금했다."라고 말씀하셨지요. 지금도 많은 사람들이 말합니다. "이렇게 우리 곁에서 떠나보내기엔 너무도 아까운 윤기원이다."라고 말입니다.

세상에 별이 되겠다던 윤기원!

그러나 하늘의 별이 되어 버린 윤기원!

만인이 바라보는, 모두의 가슴에 별이 되어 버린, 윤기원!

지켜주지 못해서 미안합니다!

그리고 영원히 사랑합니다!

코바(한국 피해자지원협회, KOVA) 살인 피해자 추모관 설립 및 살인 피해자 유가족 합동 기자회견을 위한 발대식이 있는 날이다. 서울을 향해 달리는 차창 밖에는 보리가 푸릇푸릇 올라오고 있었다. 낙동강 줄기 따라 농작물을 준비하는 농부들의 바지 자락에 이른 봄이 앉아 있다.

서울역은 많은 인파로 언제나 북적댄다. 지하철에서 내려 덕수궁의 돌담길을 끝나는 시점에서 오른쪽으로 바라보니, 서울 시의회 의원회관이 보였다. 2층으로 올라가니, 발대식을 위해 준비를 하고 계시던 공 교수께서 반겨 주셨다.

　　"안녕하세요? 수고가 많으십니다."

　　"아, 네. 어서 오십시오. 먼 길 오시느라 애쓰셨습니다. 이리로 앉으시죠."

　　발대식에 참석한 가족들이 도착하자, 간단한 식사가 있었다. 식사를 마치고 피해자 가족들은 앞좌석에 배치되어 앉았고, 합동 기자 회견을 하기 위해 추모 관계자 및 교수 그리고 방송사와 언론기자들이 자리했다.

　　이윽고 살인 피해자 사무총장이신 공 교수님의 사회가 시작되었다. 추모 위원장의 성명서 발표를 하고, 각 피해자 가족 대표는 마련된 앞단상으로 나오라고 했다. 한 사람씩 피해의 사연을 말하고, 사건의 경위를 말하는 시간이다. 처음부터 울음바다가 됐다. 각 사연마다 비참하리만치 아픈 마음을 잡고 나는 훌쩍이고 있었다.

　　"저는 2011년 5월, 만남의 광장에서 발견된 인천 유나이티드 골키퍼 윤기원 선수의 아버지 윤희탁입니다. 저의 아들은 자살이 아닙니다. 타살입니다. 지금도 사고 상황을 전해 들은 녹취록도 가지고 있습니다. 기원이의 죽음을 목격한 관련자도 알고 있습니다. 하지만 그들을 지켜 주기 위해 인내하며 기다리고 있습니다. 빠른 시일 내, 양심을 고백하기를 바랍니다. 기원이의 명예를 위해 싸워 왔고, 앞으로도 끝까지 싸울 것입니다."

각 피해자들의 곪은 사연들이 같은 아픔이기에 슬픔은 더했다. 딸의 죽음에 오명까지 씌워 7년째 싸우고 있는 엄마의 울부짖음과 여행을 떠난 아들의 실종, 그 힘없는 자의 몸부림이 한계에 부딪쳐 아버지가 자살까지 한 사연, 제주 올레길 사건과 묻지마 살인사건 등……. 다 옮겨 적을 수도 없을 만치 많은 사연들은 모두를 고개 숙이게 했다.

경찰은 조작하고 결정을 내리면 그만이지만, 그로 인해 죽은 자의 오명과 살아남은 자의 고통은 이루 말할 수 없는 지옥이다. 가해자의 인권이 보장되고 피해자의 인권이 보상되지 않는 현실을 질타하며 언론도 각성하라는 일침도 있었다. 대응할 힘도 없는 피해자들의 절규와 그 억울함은 하늘을 찔렀다.

그러나 언론은 "윤기원 선수의 부모도 참석했다."만 언급했고, 각 피해자들의 피나는 목소리는 기재되지 않았다. 언론과 방송에서 모두 들었지만, 그 억울한 사연이 어느 한 페이지에도 단 한 줄도 나오지 않았다. 슬프다.

★ 내미는 손 ★

3월이 떠밀려 나고 있다. 잔뜩 움츠렸던 마당에 갖가지 잎과 꽃들도 봄을 맞이할 준비를 하고 있다. 이렇게 계절은 오차도 없이, 때가 되니 우리의 곁으로 오건만, 사무치듯 그리운 아들만은 소식이 없다.

손수레에 보고 싶은 마음 가득 담아 뒷동산에 올랐다. 엄마 품 같이 포근한 곳이다. 바람을 타고 달려드는 풀냄새가 가슴을 쓸어내렸다. 한참을 아주 오래된 주인 모를 산소 곁에 앉아 있었다. 나는 분명 혼자였지만 혼자가 아니었다. 바람, 햇살, 소나무와 잡초마저도 나의 친구이다. 마을의 새로운 인연을 통해 야생 나무를 많이 알게 됐다. 참빗살나무, 들꿩나무, 제일 먼저 산에 봄을 알리는 진달래, 자귀나무, 산나물 으름 등…….

"지금 뭐 하고 있어?"

남편의 전화이다.

"네, 뒷산에 있어요."

"응, 서울에서 공 교수님께 연락이 왔어. 기원이의 사건을 그냥 방치하지만 말고 방송을 하여 의문을 제기해야만 해결의 실마리가 풀린다고 하셔서 가족과 의논하고 연락드린다고 했어."

"아, 그래요? 참 고맙고 감사하지만, 공 교수님께 그간 언론과 방송인들의 매끄럽지 못한 행동으로 가족이 상처를 입어 아직도 치유되지 않고, 이제는 그로 인해 상처받을까 봐 마음의 준비가 되어 있지 않았다고 말씀드려 봐요."

"당연히 그 부분도 설명 드렸어. 그런데 취재를 위주로 하는 것이 아니라, 우리의 자료로 의문점만 제시하다 보면 방법을 찾을 수 있다는 말씀에 공감이 가. 몇 분짜리의 방송이 중요한 것이 아니라, 단 1분이라도 방송을 함으로써 사실을 알리고 진실을 밝히는데, 그 효과는 상상을 초월한다고 하셨어. 그러시면서 그동안 외로운 싸움을 혼자 해 왔으니 이제는 함께하자고 말씀하셨어."

"듣고 보니 그러네요. 그렇다면 우리 기원이를 위한 일이니, 교수님의 조언대로 해 보아요."

"그래, 그럼 교수님 하고 통화해서 의논할게."

"함께하자는 교수님의 그 말씀이 가슴을 울리네요. 참, 감사하네요."

"그래, 이제 힘이 난다. 잘될 것 같아."

"네, 그래요. 힘이 나요."

"쑥 향기가 좋다"며 마루를 걸어 들어오는 남편은 여느 때보다 기분이 좋은 것 같아 보였다.

"회사에서 공 교수님과 통화했는데, 잘 생각했다고 하시면서 내일 취재하러 온다고 그러시네. 방송은 K 방송국 〈굿모닝 대한민국〉인데 '사건 파일'이라고 해."

"아니, 벌써요?"

"응, 얘기를 하다 보니 그렇게 됐어."

"내일은 처제하고 정순이, 홍숙이가 온다고 했는데……."

"와도 관계없잖아? 2시경 도착한다고 하니, 차와 다과 좀 준비하면 되지 않을까?"

"네, 알아서 준비할게요."

나는 내일 대접할 보이차와 떡을 놓고 과일도 좀 사야겠다고 생각했다. 두드려도 열리지 않는 문, 두드리고 들어가도 굳게 닫혀 버리는 문, 그럴수록 더더욱 두드려서 열어야 하는 이 문 앞에서 굴하지 않고 두드리는 법을 일깨워 주신 공 교수님이 내민 손을 나는 염치도 없이 덥석 잡았다.

× 모두의 가슴에 별이 된 골키퍼 ×

"지금 진영역에 도착하여 계신다 하여 모시러 가는 중이야. 간단히 준비해 놓고 있어, 한 10분 후면 도착할 거야."

"네, 알겠어요. 처제와 친구들도 막 도착했어요. 조심히 오세요."

잠시 후, 차는 대문 앞에 섰다. PD님은 내리자마자 촬영을 시작했다. 남편은 기원이의 방으로 안내하며 들어갔다. 인터뷰가 시작됐다. 나는 마당에 서서 내심 걱정했다. 그런데 걱정했던 것과는 달리 대화를 하는 것 같이 편해 보였다. 그간 하고 싶은 말이 많았던 탓일까.

우리는 주위가 산만하면 집중력이 떨어져 인터뷰에 방해가 될까봐 마당에 있는 평상에 앉아 있었다. 포도꽃이 터지려고 잔뜩 부풀어 있었다. 3시간 조금 넘게 촬영을 마치고 밖으로 나오셨다. 황토방에서 다과와 차를 마시면서 많은 대화를 나눴다.

"착하고 속 깊은 녀석인데, 죽었어도 아까운 그런 사람을……."

"네, 제가 개인적으로 생각해도 참 안타까운 일입니다. 그러나 다 잘 될 겁니다."

"그래, 이제부터 시작이다."

"우리 기원이 잘 좀 부탁합니다."

정순과 홍숙은 간절히 부탁을 하고, PD님은 기차 시간이 촉박하여 남편의 배웅으로 서울로 가시고, 동생과 친구들은 화덕에 모닥불을 피워 고구마와 밤을 구워 먹으려고 준비를 하고 있었다.

솔방울이 타는 향기가 오장 깊숙이 들어왔다. 뿌얀 연기를 동반하고 바람은 하늘로 사라져 갔다. 진실은 걸음마 중이다.

어제 촬영한 자료를 오늘 편집해서 내일 아침 6시 K 방송국 〈굿모닝 대한민국〉에서 "축구선수 윤기원, 풀리지 않는 의혹"이라는 제목으로 방송을 한다고 PD님이 전했다. 친구들은 문자를 보내며 기원이의 억울함을 방송한다며 자신들의 지인들에게 알렸다. 나는 아무에게도 말하지 않았다. 그 이유는 '혹시 방송이 잘못 되지 않을까?'하는 노파심 때문이었다.

"엄마, 방송 시작해요."

기척을 듣고 남편도 일어나 앉았다. 나는 그때까지 기원이의 동영상을 보지 않았다. 아니, 차마 볼 수가 없었다. 그런데 방송을 보자, 그토록 보고 싶었던 기원이의 얼굴이 살아 움직이고, 애타게 듣고 싶었던 기원이의 목소리가 들렸다. 나는 엉엉 울면서 한 장면도 놓치지 않고 다 보았다.

남편도 사건의 설명을 잘했지만, 짧은 5분 동안에 심리학 전문가이신 공 교수님의 말씀은 많은 사람에게 믿음을 주기에 충분했다. 그리고 편집, 작가님의 멘트는 손색이 없었다. 방송의 단 한 장면도, 단 한 글도 소중했다. 아직도 전하지 못한 의혹들이 태산을 이루지만, 그래도 핵심이 방송됐기에 이제는 이 방송을 단 한 사람이라도 볼 수 있게 널리 알려야 했다.

서영은 방송을 캡처해서 보충 설명을 하는 리뷰를 썼다. 그리고 자신의 블로그에 올렸다. 많은 사람들이 공유하기 시작했고, 많은 격려와 응원이 이어졌다. 나는 카페를 이용하고 SNS를 활용해 기원이의 방송을 알렸다.

나는 다음 스포츠 게시판과 네이버 스포츠 게시판에 올렸다. 조회 수가 2위까지 올라가고, 추천 수가 일주일 내내 1위였다. 댓글이 적혀 있으면 신속하게 답글을 달았다. 민심은 천심이었다. 많은 전화와 문자를 받았다.

기원이의 많은 팬들과 응원과 격려로 인터넷은 뜨거웠다. 진실을 향해 가는 발걸음은 쉬지 않을 것이다.

★ 풀어 줘 ★

나는 내 아들 윤기원을 감히 자랑스럽다고 말한다. 진실을 알게 되면 설명이 필요 없는 말이다. 일각이 여삼추인 숨은 진실, 사랑하는 아들을 보내고 세 번째 맞이하는 봄이 지나가도 진실을 아는 자, 아직 침묵이다. 나는 얼마를 더 기다려야만 하나?

언론은 있는 그대로의 사실을 영상이나 글로서 전해 주는 역할을 해야 한다. 하지만 그 어떤 외압으로 인해 방송은 할 수 없었고 경찰은 사건의 투명성을 잃고 진실을 호도했다. 언론은 봉쇄되어 바늘구멍 하나 꽂힐 길이 없는데, 의연한 척 지나온 세월, 기원이의 의혹이 제기된 방송 이후 많은 격려와 기원이를 기억하는 끝없는 사랑으로 일상을 연명했다. 힘이 드는 날이 있어도, 그럴 때마다 나의 곁에는 항상 기원이의 팬들이 있었다. 보이지 않는 곳에서 말없이 잊지 않고 응원하는 분들의 감사함은 죽어서도 잊지 못할 일이다. 역행할 수도 없는 과거가 되어 버린 시간들이 흐르고 있고, 지금도 흘러간다.

"엄마, 내 싸이월드로 쪽지가 왔어요. 긴 주소로 윤기원 선수의 진실을 밝히고자 하는 유가족의 마음에 조금이라도 보탬이 되었으면 한다고 연락이 왔어요."

"그래, 한번 보자."

"자살이라고 보기엔 너무 많은 의혹들, 타살 의혹, 비록 3년이라는 길다면 긴 시간이 흘렀지만, 여전히 진실을 밝히고자 하는 유가족 분들의 마음에 조금이나마 힘이 되고자 합니다. 곧, 3주기가 되는 윤기원 선수의 명복을 다시 한 번 빌며, 많은 분들이 이러한 사실을 알 수 있도록, "좋아요" 혹은 "공유"해 주신다면 감사하겠습니다."

데칼코마니님이 남겨 놓은 글 속에서도 감동을 받았지만 〈풀어 줘〉라는 제목의 노래가 시작되자 나는 망연자실했다. 시간의 구속 없이 하루 종일 틀어 놓고 있었다. 이분은 축구에 열광하는 힙합 가수인데, 기원이의 의혹을 뮤직 비디오로 찍어 음악으로 승화시켰다. 랩이 나오는 부분에서는 온몸에 일어나는 전율을 감당할 수 없었다. 감사하다는 말도 무색하다. 방송의 힘은 대단했고, 나는 데칼코마니님에게 진심을 다해 감사했다.

"어머니 힘내십시오. 저희들이 이것밖에 할 수 없어 죄송합니다. 윤기원 선수의 명예를 되찾는 그날까지 응원하겠습니다."

어이없는 일에만 기가 막히는 것이 아니었다. 이렇게 좋은 일에도 기가 막히는가 보다. 형용할 수 없고 그 무엇으로도 표현되지 않는 감동에 말문이 막혔다.

"풀어 줘, 밧줄로 꽁꽁 묶은 거짓.

풀어 줘, 거짓으로 봉해 버린 진실.

풀어 줘, 비굴하게 포장된 양심의 끈."

그러기에 너를 대변한 이 노래가 우주 가득 메아리 되어, 곤고한 너의 진실이 온 세상에 하나의 획이 되고, 뜻이 되며 또한 조명되어야 한다.

기원아 들리니? 너를 향한 진실의 노래?

"풀어 줘, 그도 기다리고 있어……."

★ 허우적거리는 거짓 ★

서영이의 친구 지혜에게서 연락이 왔다. 모 방송국의 작가님이 평소 관심에 두었던 기원이의 진실과 의문에 대해 알고 싶다며 취재를 요청해 왔다. 이제는 준비된 기원이의 의혹에 관한 일이라면 뭐든 해야만 했다.

설령 방송이 되지 않는다 하더라도 PD님이 보여 준 정의와 성의만으로도 족했다. 취재는 신속히 이뤄졌고, 경찰의 조작은 취재 중에도 드러났다. 남편과 나는 PD와 함께 만남의 광장 사건장소를 찾아 의문점을 알아보기 위해 휴게소 직원을 만났다. 휴게소의 CCTV 상황과 입구 쪽 CCTV의 상태를 확인했다.

"입구 쪽 CCTV는 밤 11시 46분경, 그 시각이면 차종이나 번호판 기타 차량의 형체를 알 수가 없습니다. 보십시오. 아예 검은 물체로만 보이지 않습니까? 그리고 그때 당시 사고현장은 CCTV 사각지대라서 CCTV 촬영 자체가 안 됩니다."

"그럼 입구 쪽은 어두워서 차량이 분별이 안 되고 사건 장소는 CCTV 사각지대라 촬영이 되지 않는 곳이라는 말씀이죠?"

"네, 그렇습니다."

"아…… 그렇네요."

PD는 사각지대 화면에 손가락으로 선을 그으며 고개를 끄덕였다.

그렇다면 5월 4일이든 5월 5일이든 시간이 몇 시든 언제 만남의 광장에 기원이의 차량이 들어왔는지 범인들 외에는 아무도 모른다는 이야기 아닌가? 경찰은 무슨 근거로 CCTV 영상자료를 검찰에 사건 종결 자료로 제시 하였는가?

"윤기원 선수 발견 당시를 설명해 주십시오."

"연락이 왔어요. 이틀 동안 차가 방치돼 있대요. 가 보니 운전자가 옆으로 기울인 채 누워 있고 조수석에 착화탄이 탔는데, '저거 타고 사람이 죽나?' 하고 생각 했어요."

우리는 실제 상황을 확인하고 경찰서로 향했다. 그리고 사건 종결 시, 증거자료로 첨부한 영상 열람을 요구했으나 경찰은 그 자료는 "열람이 안 된다. 비공개다."라고 했다가 "그 자료에 찍힌 것은 기원이가 아닌 휴게소 직원이다."라고 거짓말로 얼버무렸다. 결국엔 증거자료로 애매한 상황이라 폐기했다고 한다. CCTV영상도 없다고 했다.

"윤기원 선수가 5월 4일 밤 11시 46분경 만남의 광장 입구 CCTV에 찍혔는데, 옆모습인 턱 선만 보여 윤기원 선수인지는 알 수가 없습니다. 그리고 검은 비닐봉지를 들고 내렸다가 1분 뒤에 다시 차에 탔습니다. 그리고 발견된 5월 6일 오전 11시 50분까지 움직임이 없었습니다."

그래서 우리는 사건 종결 시 기재된 영상을 다시 청구했다.

"영상이 없다는 이유로 형사 수사 보고서 자체를 못 믿겠다고 하니 안타깝네요. 이 영상자료는 볼 수 없게 되어 있습니다."

"이 수사 보고서는 무슨 근거로 작성되었는지, 그 근거를 보자고 하는 것 아닙니까?"

"그건 저희들이 (영상을) 직접 본 거죠. 이 영상을 보여 주면 또 그다음 단계로 다른 CCTV 영상을 요구할 것 아닙니까? 이 영상 자체만으로는 유가족이 확인할 수 있고 납득할 만한 단서가 나오질 않습니다. 단서하고 관련이 없으면 저희는 CCTV를 보관할 수가 없습니다. 그래서 영상이 없습니다."

"증명할 수 있는 서류나 영상이 없는 상태에서는 인정할 수 없습니다. 나는 설명만 필요한 것이 아니라 그 설명에 관한, 직접 봤다는 영상을 보여 달라는 말입니다."

"발견 당시, 이 영상으로 판단하는 것은 아직은 아들이 살아 계셨던 사실과 과연 그게 무슨 영상인가에 대한 수사 보고에 달려 있습니다. 그런데 이 CCTV는 보관할 수 없는 애매한 자료입니다. 유가족 입장은 당연히 근거자료를 남겨 놓아야 하는 입장이지만, 우리(경찰)의 입장은 이것을 남겨 놓을 수 없는 입장입니다. 이렇게 의문을 가질 사항이 아닙니다. 저희가 객관적으로 봤을 때 이 CCTV를 폐기했어야 하는 입장인데, 그 부분이 납득이 가지 않는다 하면은……."

기원이의 차량이 CCTV 사각지대에 있어 영상이 찍히지 않는다는 것을 알 뿐만 아니라 밤 11시 46분경에는 입구에 설치된 CCTV에 차종조차 잡히지 않는다는 사실을 알고 찾아온 우리에게 경찰은 애초부터 없는 CCTV 영상을 가지고 긴 시간 변명하기에 바빴다. 모두가 경찰의 조작임이 확고해졌다.

증거자료로 애매하다고 하여 폐기처분 했다는 말에 나는 충격을 받았다. 증거자료 영상을 직접 보았고 설명하지 않았냐며 따지는 경찰의 태도도 염증이 났다.

"단순히 증거를 모으기 전에 자신(경찰)의 직감에 의해 이 사건은 '자살이다.'라고 판명해 버렸기 때문에 이 사건이 '타살과 관련되었다.'는 증거를 전혀 모으지를 못했다는 거예요. 증거를 무시하게 된다는 거죠."

코바의 공 교수님과 제작진은 이런 타살 흔적 등을 참고하지 않고 자살로 결론지은 수사기관의 미흡한 대처와 담당 경찰이 없다는 이유로 더 이상의 의혹을 밝혀 주지 않는 경찰의 태도 등이 사건의 의혹을 깊어지게 한다고 지적했다.

기원이의 48시간의 행적, 즉 5월 4일 오전 11시 45분경 휴대폰이 꺼진 순간부터 5월 6일 발견된 시간 오전 11시 50분(48시간)까지의 CCTV 경로를 추적해 그 영상을 확보해 달라고 하였으나 그 또한 "없다"고 일관했다. 교통정보 CCTV나 방범 CCTV를 통해서 반나절만 움직여도 CCTV에 사생활이 노출되는 현실인데, 턱없이 무색한 변명만 했다.

"PD님, 열람이 안 된다는 것이 말이 됩니까? 부모가 자식의 죽음을 알고자 하는데 왜 열람이 안 되며 경찰이 자꾸 비공개라고 말하는데 무슨 비공개입니까? 누구를 위한 비공개입니까?"

"야심한 밤이라 차량의 형체만 보여 '차종의 식별이 안 된다.'라고 했고, 기원이의 차량이 발견된 장소는 '사각지대라서 촬영이 되지 않는 곳'이라는 것을 확인했습니다. 없는 자료를 가지고 변명하는 것도 그렇고, 부모인데도 자료가 열람이 되지 않는 것도 이해가 안 되네요."

"어머님, 아버님. 취재를 응했던 사람들의 공통점이 윤기원 선수가 자살하지 않았다고 생각을 한다는 겁니다."

취재는 있는 그대로 진행됐고 PD님은 선수들 인터뷰 시간에 맞춰 일어나셨다. 우리는 뒷날 코바 살인 피해자 모임회의를 마치고 집으로 오는 기차를 탔다.

"여보, 아까 휴게소에서 말씀하신 직원의 말이 자꾸 거슬려요. 최종 발견자는 주차 관리인이라고 알고 있는데, 마치 그 직원이 최초 발견한 듯 말했잖아요. 이상하지 않아요? 이틀째 방치됐다고 말하는 것과 착화탄을 보고 '저거 타고 사람이 죽나?' 하는 생각이 들더라는 것……. 경찰과 이분 진술이 맞지 않고, 이틀 동안 방치되어 있었다는 건 다시 확인해 봐야겠어요. 누누이 확인하고 싶은 부분이었는데, 승용차 전용 주차장도 아니고 화물차 주차장에 주차했고, 그곳은 한 시간에 불법주차 스티커를 한 장씩 붙이는 곳인데 화물차선을 이탈해 주차된 승용차 차량을 이틀 동안 관리인이 방치했다는 게 이해가 안 돼요. 휴게소의 규정대로라면 경찰이 변경한 시간(출입: 5월 4일 밤11시 46분경~발견: 5월 6일 낮

11시 50분, 총 36시간)에 기원이 차량엔 36장의 스티커가 부착되어야 하는데, 단 한 장도 붙여져 있지 않았던 점을 다시 확인할 필요가 있는 듯해요."

"그래, 의문점을 알고자 하면 할수록 의혹이 더 생기는 것 같다. 다시 알아보자."

"그리고 수사 종결서류에 보니까 여자 친구의 진술에 의한 자살로 내사종결이 되어 있던데, 내가 여자 친구에게 사실인지 확인해 봐야겠어요. 아무래도 이 진술이 믿음이 안 가요."

"그래, 그렇게 해 봐."

나는 이동 중에 기원이 여자 친구에게 세 번이나 전화를 걸었지만 받지 않았다. 창밖에 스치는 산과 들판의 녹색 물결은 마치 그라운드 같았고, 그곳에서 기원이가 경기를 하는 환상이 지나갔다. 나는 어느새 눈물을 훔치고 있었다.

거짓은 거짓을 만들고 그 거짓을 은폐하기 위해 또 거짓으로 포장하고 그리고 그 거짓을 덮기 위해 또 거짓을 만든다. 하나의 거짓을 완성하기 위해 수많은 거짓들이 집결하는 것이다.

★ 드러나는 진실 ★

한참 후 전화가 연결되었고, 나는 이제 녹취를 하는 것에 익숙해졌다.

"네, 안녕하세요? 윤기원 선수 엄마입니다. 다름이 아니고, 지금 경찰서 갔다가 내려가는 길입니다. 꼭 확인해야 할 사항이 있어서 이렇게 연락을 드렸어요. 있는 그대로의 사실만 말해 주시면 됩니다."

"아, 네. 무슨?"

"네, 윤기원 선수의 사건 종결 서류에 보면 여자 친구의 진술을 토대로 자살로 종결한다고 되어 있는데, 이 진술이 맞는지 확인하려고 합니다. 있는 그대로의 말씀만 해 주시면 됩니다. A양께서 진술한 내용이 "기원 선수가 성격이 충동적이며 감정의 기복이 심하다. 충동적인 성격으로 자살을 했을는지 모른다고 한다."고 진술되어 있는데, 이렇게 진술하신 것이 사실입니까?"

"저는 그런 말을 한 적이 없습니다. 사실, 기원이와는 친구로 지내오다가 제가 조금 좋은 감정이 생길 때쯤, 이런 사고가 난 겁니다. 경찰이 자살을 했다고 해서 '왜 그랬지? 그런 애가 아닌데…….'라고만 생각하고, 경찰이 무슨 말을 하고 있었지만 나는 온몸이 벌벌 떨려서 아무 생각도 없었어요. 그런데 어찌 제가 기원이가 그렇다고 말했겠어요? 그리고 기원이는 얼마나 착하고 조용하고 말없이 속 깊은 아인데요. 제가 어찌 그렇게 진술하겠습니까?"

"그러면 이렇게 말한 사실이 없다는 말씀이지요? 제가 여기 사건 종결 서류를 보고 읽어 드리는 겁니다."

"네, 그렇게 말한 적 없습니다."

"네, 잘 알겠습니다. 그러면 혹시 다음에 제가 이 부분에 대해 확인이 필요하면 언제든지 사실 그대로를 말해 주실 수 있는지요?"

"네, 언제든지 연락 주십시오. 제가 도울 수 있는 것은 도와드리겠습니다. 힘이 되어 드릴게요."

"네, 감사합니다. 제가 A양을 못 믿는 마음에서가 아니라, 경찰의 사고처리가 의문이 많아 이 사실도 확인을 하는 것이니 기분 상하셨다면 이해 바라요."

"아닙니다, 어머니. 저도 기원이의 진실이 알려져서 조금은 편했으면 합니다."

"힘든 시간 보내시고 계실 텐데, 마음을 흔들어 놔서 미안합니다. 솔직히 말해 줘서 고맙습니다."

"아녜요, 어머니. 언제든지 연락 주십시오."

A양의 진술도 조작임이 드러났다. 기원이의 사고에 관한 진실은 무엇일까? 모두가 알고 있어도 말하지 않고 증거 자료를 폐기하며 진실을 은폐하는 경찰. 약자의 인권은 아무렇게나 내팽개쳐 버려졌다. 힘없는 무력함과 견고하지 못한 마음이 짓누른다.

기원이의 진실을 세상에게 한 사람이라도 더 알리고자 한 목적인 방송이 끝나기 전에 네이버의 실시간 검색 1위였는데, 캡처 후 불과 3분여 만에 사라졌다. 황당한 현실에 "윤기원 선수 실시간 검색 1위, 갑자기 사라짐? 네이버 너희도?"라는 댓글도 올라왔다. 많은 응원과 진실 규명을 위한 격려도 이어졌다. 그 어떤 외압에도 기원이의 의혹에 대해 힘든 결정으로 방송에 애써 주신 관계자께 감사드린다.

지금 사회는 세월호 사건으로 인해 갈수록 어수선하다. 졸지에 자식을 잃은 이 세상 부모의 마음은 같을 터이다. 지지리도 못난 자식일지언정 살아서 곁에 있다면 좋으련만. 지쳐 가는 나약함을 나무라 본다. 마당 한 가운데 이름 모를 야생화 꽃봉오리에 우담바라가 피었다.

× 모두의 가슴에 별이 된 골키퍼 ×

★ 타임머신을 타고 ★

기원이의 동료가, 그리고 선, 후배들이 결혼을 한다는 소식이 들려온다. 아들을 해친 자들과 같이 숨 쉬고 있는 이 세상이 싫다. 아들의 사고를 묵인한 사람들이 그라운드를 누비고 활짝 웃고 있는 그들의 뉴스를 접하면서 걷잡을 수 없는 분노가 치민다. 시간이 흐를수록 나약해지는 내 자신이 한탄스럽고 무엇보다 아들의 진실이 묻혀 지고 잊혀져가는 것이 두렵다. 하루가 시작 되면서 보여 지는 익숙한 풍경들, 물길을 역류하는 피라미처럼 되돌아가고 싶은 과거 속에서 잔인한 현실은 최면에 걸린 듯 주저 없이 지나가고 아무것도 하지 못하고 시간만 죽이고 있는 지금, 고작 네가 보고파서 울 줄밖에 모르는 내가 밉다. 친구 정순이와 동생과 나는 기원이가 있는 곳으로 거침없이 달려갔다. 잔잔한 바다위에 슬픔이 떨어졌다. 허망한 가슴에 포말처럼 부서지는 아픔이 동반됐다.

"빛바래져 가는 너의 진실을 어찌하여야 할지? 엄마의 무능함만 탓한다. 미안하다 아들아"

갈매기 날고, 물고기가 곡예를 하는 바다에 문신처럼 새겨진 기억들을 펼쳐놓고 너를 그린다.

언제나 웃던 사람, 두 손을 담그고 싶은, 시리도록 파란 코발트 빛 하늘을 닮은 사람아!

보고 싶다.

하늘에 별이 되어 버린 자랑스러운 나의 아들, 기원아!

가족

너를 보내고 지옥 같기만 했던 엄마의 하루는 길었다. 그러나 엄마의
삶은, 바람처럼 지나간 너 없는 3년, 네가 예고 없이 이별을 고한, 그
날에 멈췄다.

어찌해야 할지 몰랐고, 어찌해야 하는지도 몰랐다. 어떻게 너를 보

내야 할지도 몰랐고, 어떻게 보냈는지도 모른다. 그저, 너를 지켜주지 못한 미안함과 네가 보고 싶다는 사실 때문에, 숨어 울고 또 울었다. 정신을 차리고 보니, 네가 간 이유와 사실들을 알게 됐다.

기원이의 엄마이며 아버지이기에, 경솔히 행동하지도 않았다. 다만, 그 무엇이 너를 보내야만 했는지를 알기 위해 발버둥 치며 지내온 시간들, 네가 지나간 흔적을 찾아 침착히 준비했으며, 실행하고자 움직였고, 지금도 끝없이 움직이고 있다.

힘 있는 자들의 조작으로 인하여 너는 아직도 오명을 쓰고 있다. 그러나 너는, "중대 피해자 인명사전"에 기록되어 있다. 그리고 인터넷 특별 추모관도 마련되었다. 무엇을 의미하는지 알겠지? 너는 스스로 죽음을 택하지 않았다는 증거이다.

비굴한 사람들의 세상은 아직도 침묵하고, 시간이 흐를수록 너의 진실은 외면되고 고립되어 가고 있다. 하지만 네가 남긴 그 메시지를 알아야 하겠기에 오늘도 엄마는 힘을 내어 본다. 힘들어 지쳐 쓰러질 때면, 너를 걱정하고 잊지 않는 팬들의 격려에 의지하며 버티고 있다. 그들은 너를 잊지 않고 있고, 엄마는 그들을 결코 잊지 않을 것이다.

얼마 전에는 너의 의문의 죽음이 방송되었고, 그 방송으로 인하여 억울한 죽음이라 생각하신 분께서 뮤직 비디오를 찍어 너의 사실을 노래와 영상으로 만들어 진실을 전파했다. 기원아, 보고 있는 거지?

엄마는 주소지도 수치인도 없는, 부치지도 못하고 쓰다가 만 편지가 태산을 이루고 있다. 평소 네가 존경했던 아버지는 지금도 네가 머나먼 타국에서 축구인의 길을 가고 있다고 여기고 계신다. 하늘로 이적한 기원이, 다음 생에도 내 동생 되어 달라는 네 사랑하는 누나의 기도 소리가 들리니?

너의 영혼이 머물다 간 이곳에서는, 죄 짓고도 여전히 아무 일없는 듯이 그들의 삶이 진행 중이다.

이 잔인하고 참혹한 현실이 몹시 싫다. 눈앞에 뻔히 보이는 너의 진실을 언제쯤 세상이 알게 될까?

너의 진실을 아는 모든 이가 스스로에게 죄를 물어, 그 양심선언이 도미노 현상이 되어 숨겨진 정체가 세상에 드러나기를 기다린다. 너의 명예를 되찾기엔 어쩌면 많은 시간이 걸릴지 모르지만, 인내하며 끝까지 멈추지 않을 것이다. 이 뜻은 불변이다. 도와줄 거지?

사랑하는 나의 아들, 기원아. 너의 짧은 생을 그리고 거짓의 베일 속에 묻힌 너의 진실을 세상에게 알리기 위해 집필을 시작했고, 많은 인고의 시간을 거쳐 이제 탈고 했다. 이 사실들이 세상에 보이고, 오명을 쓴 너의 명예가 본래의 모습으로 찾아지기를 간절히 바란다.

너를 위해 무엇을 하고, 그 어떤 대가가 주어진다 하더라도, 너는 다시는 올 수 없기에, 너를 다시는 볼 수 없고 만질 수 없기에 잔인한 매 순간이다.

너무도 반듯했기에 졸지에 당한 억울한 죽음 앞에, 이렇게 힘없는 무지의 엄마를 용서하지 말거라. 두고두고 네게 전하지 못한 말 때문에 가슴을 치지만, 네가 나의 아들이었음에 감사하고, 불의 앞에 죽임을 당한 네 영혼을 누구에게나 자랑스럽다고 말한다.

너의 24년이 떠나간 이곳에서 엄마가 오롯이 너의 명예를 회복시키

어 온전히 보낼 수 있는 날을 기도한다. 조금만 더 기다려 주고, 깨
끗한 하늘나라에서 편히 쉬고 있어. 사랑한다. 그리고 미안하다. 나
의 아들, 기원아……

2014년 5월 5일
자랑스러운 윤기원 엄마가

아들이라는 이름으로

★ 내게로 온 행운 ★

　연녹색 물결이 가지에서 움터 기지개를 펴고 그윽한 아카시아 향기
는 코끝에 머물러 있었다. 보랏빛 오동나무 꽃이 뽐내는 5월은 계절의
여왕, 희망의 달이다. 축복의 달이 아름답게 왔다. 나는 분만실에서
아들을 만났다. 잉태 후 단 한 번도 입덧이 없었던 녀석이다.

　그런데 유독 태아기 때부터 모체 속에서 발길질이 잦았다. 태어날 때
도 남달랐다. 자연 분만을 하였는데, 세상을 보면서 두 발로 힘껏 박차
고 나왔다. 나는 그 통증도 몸 전체로 느꼈다.

　"건강한 왕자 아기씨예요. 축하드려요."

　1987년 5월 20일 오전 9시 45분, 체중 3.9kg. 파평 윤씨 35대손인
5남 2녀의 4남인 아버지 윤희탁과 엄마 옥정화의 아들로서 세상과 만

났다. 육안으로 보아도 사대육신을 고루 갖추었고, 머리숱이 많아 새카만 머리가 하늘을 향해 쭈뼛쭈뼛 서 있었다. 아들이라는 말에 든든했다.

회사에 출근을 하자마자 바로 달려온 남편의 얼굴에 함박웃음이 떠나질 않았다. 기원이의 할머니도 그저 싱글벙글 웃으셨다. 기원이의 친할아버지는 손자의 이름을 작명하시느라 극성이시다. "터 기(基)" 자는 36대 항렬이고, 근원(源)원"으로 작명을 하셨고, 우리 부부의 의사와 상관없이 동사무소에서 출생 신고까지 해 오셨다. 그렇게 내게 온 아들은 기원이가 됐다.

많은 이들의 축복 속에 기원이는 아주 무럭무럭 잘 자랐다. 기원 아버지는 넷째 아들이지만 시부모와 시할머니를 모셨고, 시누이, 시동생과도 함께 살았다. 그 속에서 기원이는 모든 식구의 사랑을 독차지했다. 기원이 때문에 웃는 일이 많았다.

타고난 체질 탓인지, 기원이는 잔병치레 없이 잘 커줬다. 딸 서영이 하늘에서 내게 내려 주신 첫 번째 행복이라면, 아들 기원이는 하늘이 내게 주신 첫 번째 행운이었다.

★ 생각이 깊은 아이 ★

어느 날, 일찍 귀가하신 기원이의 할아버지께서 기원이에게 용돈으로 천 원을 주셨다. 그런데 과자를 사러 간다고 나간 기원이가 돌아오지 않았다. 올 시간이 지났는데 오지 않아 걱정이 된 나는 밖으로 나갔다. 곧 기원이가 노래를 흥얼거리며 오고 있었다.

"뭐하고, 이렇게 늦게 와? 엄마 걱정했잖아. 빨리 와야지."

"응, 슈퍼에 세 번 갔다 왔어."

기원이의 두 손에는 아무것도 들려 있지 않았다.

"왜? 과자는?"

나는 세 번을 갔다 왔다는 이유보다 빈손인 것이 궁금해서 물었다.

"응, 과자 사 오는데 병관이 줬어. 그리고 또 사 오는데 음, 또 기석이 줬어. 그래서 다시 샀는데 또 누구 만나서 줬어. 그래서 다시 이제 내 거 사려고 가는데 또 기영이가 있어서 과자 사 먹으라고 돈 줬어. 이제는 돈 없어. 그래서 그냥 지금 왔어. 헤헤헤."

기원이는 해맑게 웃으며 집으로 뛰어 들어갔다.

"그렇다고 다 주고 오면 어떡해?"

"괜찮아. 내 공이다, 앗싸!"

기원이는 아무렇지도 않게 거실에서 축구를 했다. 참 욕심도 없고 착한 심성의 아들이다.

"그래도 그렇지, 기원아. 너 먹을 건 하나 들고 와야지."

나는 웃으며 야단쳤다.

"우리 기원이는 누굴 닮았지?"

"아빠! 헤헤."

★ 축구를 만나다 ★

기원이는 나이보다 몸집이 컸고, 생각은 같은 또래에 비해 어른스러웠다. 그래서 주위에서 "영감"이라고 불렀다. 신어 초등학교를 입학하고, 이내 붙여진 별명이다. 기원이는 유치원 때 유도를 배우면서 김해 리틀 야구단에서 야구를 하였다.

어느덧 기원이가 5학년이 되었다. 늘 그랬듯이 학교에서 돌아오면 가방을 던져 놓은 채 곧바로 축구공이나 야구 방망이를 들고 학교 운동장으로 갔다. 그리고는 어두워져야만 집으로 들어왔다. 기원이는 언제부턴가 유도를 그만두고 이제는 축구공을 가지고 노는 것에 몰두했다. 축구와 야구를 번갈아 하고 난 뒤, 빨갛게 익은 얼굴로 집으로 돌아오면 온몸엔 땀 냄새가 배어 있고 옷은 흙투성이였다.

어느 일요일이었다. 나는 조금 느긋한 마음으로 늦잠을 잤다. 눈을 뜨고 시계를 보니 9시가 다 되어 가고 있었다. 그런데 기원이가 없었다. 현관에 세워둔 야구방망이도, 축구공도 없다.

오후 3시가 다 되어 갈 즈음, 기원이가 지친 모습으로 헐레벌떡 들어왔다.

"어디 갔다 왔어, 기원아?"

나는 이마에 맺힌 땀을 닦아 주며 말했다.

"엄마, 나 오늘은 유니폼 입고 축구 경기 한 게임 뛰었어요."

"그럼 밥은 여태 어쩌고?"

"자장면 한 그릇 사 줘서 먹었어요."

"누가 자장면을 사 줘?"

"응, 있어요. 유소년 축구와 관계되시는 분이 계시는데 그분이 사 주셨어요."

"아무에게나 신세 지고 그러면 안 된다고 엄마가 말했을 텐데……."

"네, 알아요. 근데 엄마, 그 아저씨가 나보고 축구 잘한다고 축구선수 될 생각 없냐고 물으시던데요. 엄마, 나 축구선수 하면 안돼요?"

쉽게 식지 않는 기원이의 벌건 얼굴은 심각했고 진지했다.

"아빠가 잠시 누구 만나러 나가셨는데 오시면 의논해 보자."

나는 기원이의 흙 묻은 옷을 벗기고 목욕탕에 밀어 넣었다.

"오예, 앗싸!"

기원이는 마치 축구선수가 되어 버린 양 좋아했다. 나는 기원이 옷을 세탁하면서 잠시 생각했다. 그리곤 이내 판단을 하고 마음의 결정을 내렸다. 다 저녁에 남편이 와서 식사를 하는데, 기원이가 자꾸 눈짓을 하며 축구선수 얘기를 하라고 신호를 보냈다. 고개를 끄덕이며 알았다고 나도 눈짓을 보냈다. 기원이가 활짝 웃었다. 밥상을 치우고 과일을 먹으며 TV를 보고 있는 남편에게 나는 조심스럽게 이야기를 꺼냈다.

"오늘 기원이가 축구 유니폼을 입고 축구 경기를 했대요. 그런데 그곳에 계시는 분이 기원이에게 가능성이 많다며 축구선수를 해 볼 생각이 없냐고 물어 봤대요. 기원이도 하고 싶은 생각이 많던데, 당신은 어떻게 생각해요?"

"아빠, 나 축구 할래요. 축구선수가 되고 싶어요."

나의 말이 끝나기도 전에, 갑작스럽게 방에서 나온 기원이의 발언에 남편은 깜짝 놀란 기색이다.

"안 된다."

남편은 단호하게 잘라서 말했다. 기원이는 이내 시무룩해져서 방으로 들어갔다. 남편은 그동안 단순히 "기원이가 운동을 좋아하는구나." 라고만 인정한 듯했다. 기원이가 공부도 뒤처지지 않는 정도이니 더 그러한 듯했다.

"기원이 아빠, 어차피 공부를 해도 피나는 노력이 있어야 하고 운동을 해도 마찬가지일 텐데, 기원이가 좋아하는 것을 한다면 오히려 더 좋지 않을까요?"

무엇을 하든 본인이 좋아하는 일이라면 더 수월한 삶이 될 수 있다는 것이 나의 생각이었다.

"운동선수의 길이 얼마나 험하고 힘든 일인지 몰라서 그러는 거야. 지금 취미로 이렇게 하는 것 보다 몇 백 배 힘들고, 만약에 축구를 하다가 중간에 그만두게 될 경우엔 사회에 적응하기 쉽지 않고, 사회에 바로 서기가 어려워. 그리고 그땐 이미 늦어. 잘못하면 어중간한 바보만 되기 십상이야. 쉽게 판단할 일이 아니야."

"축구를 하겠다고 말하면서 절실했던 기원이의 두 눈동자를 지울 수가 없어요."

"감정적으로 판단할 일이 아니니, 다시 한 번 생각해 봅시다."

그 후, 기원이와 남편의 삼 일간의 눈치작전이 시작됐다. 결론은 없었다. 여전히 기원이는 며칠간 시무룩해 했다. 회사를 다녀온 남편이 거실에 앉자마자 나는 곁으로 다가가 앉았다.

"기원이가 하고자 하는 일을 하게 하는 게 옳다는 것이 내 생각이에요. 기원이 생각도 중요하죠. 기원이 인생이니 신중히 생각해야겠지만, 저렇게 하려고 하니 어찌할 방법이 없는 것 같아요. 지금 기원이

심각해요."

"기원이가 꼭 해야 하겠대?"

"네, 며칠째 저리 시무룩해 있고, 그냥 해 본 소리가 아닌 것 같아요."

"기원이 불러 봐."

그 말을 듣고 있던 기원이가 부르기도 전에 방에서 뛰어나왔다.

"기원이 공부할 거야, 축구할 거야? 충동적인 마음으로만 판단하지 말고, 네 생각을 말해 봐."

"아빠, 엄마, 저 축구공에 밥 말아 먹을 거예요."

당차게 말하고 있는 기원이의 눈이 빛났다. 남편과 나는 순간 깜짝 놀랐다. 나이도 어린 녀석이 어떻게 저런 말을 할 수 있을까?

"도중에 힘들어서 못 하게 되면, 아무것도 할 수가 없는데……. 그럼 그땐 어쩌려고?"

"아빠, 도중에 그만두는 일은 없어요. 끝까지 열심히 할게요, 네? 아빠~!"

"그렇게 축구가 하고 싶어?"

"네, 아빠."

"그래, 그럼 약속했다. 열심히 하기로!"

"네, 아빠."

"그럼 엄마랑 의논해서 축구부도 알아보고 해."

"아빠 진짜죠? 하하, 저 정말 잘할게요. 아빠, 고맙습니다. 엄마, 그럼 내일 축구 관계자 아저씨 만나서 얘기할게요. 그리고 그 다음에 엄마랑 만나요."

"기원아, 그렇게 좋아?"

"응, 엄마. 너무 좋아요. 하하!"

기원이는 신이 났다. 마치 축구선수가 되어 버린 양 좋아했다.

나는 기원이의 흙 묻은 옷을 세탁하면서, 과연 이 결정이 잘한 일인지를 다시 생각했다. 그리곤 이내 마음의 결정을 내렸다. 이제 축구라는 큰 배에 기원이의 인생을 싣고, 바다로 항해하는 것이다. '축구'가 기원이의 꿈과 희망이 된 의미 있는 날이었다.

다음 날, 기원이의 마음은 바빴다. 기원이가 말했던 관계자 아저씨는 축구용품을 판매하시면서 후원하시는 사장님이셨다. 사장님께서는 기원이를 4학년 때부터 지켜봤다고 했다. 그때에도 축구를 권했는데, 그때는 기원이가 축구를 하겠다는 판단을 내리지 못한 것 같다고 했다. 그분의 연계로 축구부 감독을 만났고, 기원이는 김해 합성 초등학교 축구부 숙소에 들어갔다.

축구부 숙소는 운동장 한쪽 모퉁이에 자리하고 있었는데, 30명 정도의 선수들이 기거하는 듯했다. 선수들의 옷과 이불을 보관하는 장롱조차 없어 한쪽 구석에 차곡차곡 쌓여 있었다. 아주 열악한 환경이었다. 그러나 기원이는 아랑곳하지 않았다. 짐도 풀기 전에 곧바로 운동장을 향해 쏜살같이 뛰어나가 공을 차기에 바빴다.

기원이의 나이 12살이다. 아직도 엄마의 손길이 필요하고, 아버지의 그늘에서 인성을 쌓고 재롱을 부릴 나이이다. 아직도 보호되어야할 어린 나이에 둥지를 떠난 것이다. 기원이를 숙소에 두고 돌아오는 길에 마음이 참으로 묘했다. 아들이 선택한 길이지만, 부모인 나는 이 선택에 후회는 없는지에 대해 다시금 생각했다. 다행히 기원이는 아무 일 없이 하고 싶은 축구에 성실했다.

★ GK 윤기원 ★

기원이의 포지션은 공격수(FW)였다. 기원이는 키도 컸고 공도 잘 넣었다. 학원 축구에 적응도 빨랐다. 열악한 환경을 보고 늘 마음을 쓰던 남편은 라커룸을 지원하는 등 축구부의 복지에 최선을 다했다. 주위 사람들은 전학 온 지도 얼마 안 됐고, 곧 졸업인데 뭐 그럴 이유가 있냐는 식의 말들을 하였다. 그러나 남편의 생각은 달랐다.

"떠나는 자리라고 소홀히 하지 말고, 떠난 후엔 더욱 그 자리를 되돌아봐야 한다."

남편 나름대로의 지론이다.

계절은 여름을 달리고 있었다. 기원이의 감독님께 연락이 왔다. 팀에 골키퍼가 다쳤기 때문에 기원이의 포지션을 골키퍼로 바꾸자는 제안을 하였다. 감독은 기원이가 골키퍼로서 재능도 있고, 키도 팀에서 제일 큰데다가 골대 앞에 세워 보니 너무 잘하더라면서 꼭 골키퍼를 할수 있게 허락해 달라고 하였다.

나는 단 한 번도 생각해 본 적이 없는 포지션에 펄쩍 뛰었다. 그때 당시에는 골키퍼가 열 개의 공을 막아도 별 반응도 없고, 공격수의 한 개의 골을 선호하고 호응하는 사람들이 많았기 때문에, 나는 기원이가

초등학교 필드

골키퍼를 한다는 것을 인정하기가 쉽지 않았다.

"선생님, 지금 무슨 말씀을 하시는 겁니까? 공격수에서 골키퍼라뇨?"

"지금 팀에 기원이가 필요합니다. 어머니, 기원이는 놀랄 만한 순발력과 슬라이딩 점프를 가졌고, 골대 앞에서 미친 듯 날아다녔어요. 꼭 우리나라 최고의 골키퍼가 될 것입니다. 절 믿고 맡겨 주십시오."

나의 생각과는 달리 남편은 다소 긍정적인 생각을 하였다.

"축구는 혼자 하는 운동이 아니라 11명으로 구성된 것이지. 어느 포지션을 논하기 이전에 어느 자리에 있든 기원이가 그 자리를 빛내면 되는 것이야. 모든 축구선수가 공격수만 하고자 한다면 팀 구성이 되겠어? 팀에서 기원이를 골키퍼로 필요하다는 것이 답일 거야. 기원이 의사도 중요하니 일단 기원이 의견을 물어보자."

나는 '골키퍼'라는 자체가 못마땅했다. 남편과 나는 어쨌든 해결을 하기 위해 학교로 갔다. 기원이와 선수들은 운동장에서 연습에 열중이었다. 그런데 기원이가 골대 앞에 서 있었다. 나는 기분이 별로 좋지 않았다. 아직 부모가 결정도 하지 않은 상태에서 골키퍼로 연습을 하고 있는 것이 내심 화가 났다.

그런데 시간이 흐르면서 기원이의 훈련을 가만히 지켜보니, 기원이가 골키퍼 교육을 받은 것도 아닌데 제법 잘했다. 기원이가 어려서 유도를 배웠기에 낙법을 알고, 야구를 할 때 포수를 하였기에 공의 길을 알았다. 그래서인지 골키퍼의 자리가 어색치 않을 만큼의 자세가 보였고, 놀라울 정도로 익숙하게 앞에 오는 공을 처리했다. 연습을 마치고 나온 기원이에게 나는 물었다.

"기원아, 다른 사람들의 생각을 떠나서 네가 골키퍼로 포지션을 바꾸는 것에 대해 어떻게 생각하는지가 궁금해."

"엄마, 골키퍼 재미있어요. 공격수 아니면 골키퍼 할래요."

"그럼, 공격수 해라."

"지금 팀에 골키퍼가 없잖아요. 감독님이 하라 하시니 해야지요. 골키퍼도 괜찮아요."

팀에 골키퍼가 없어서 기원이를 필요로 한다는 감독님의 말도 있었지만, 골키퍼가 좋다는 생각이었다. 나는 정말 마음속으로 아쉽지만, 기원이의 생각을 듣기로 했다. 이제 GK 윤기원이다.

★ 시련은 또 다른 시작 ★

기원이의 꿈이 접히는 순간이었다. 6학년이 시작되면서 기원이는 신어 초등학교로 다시 전학을 했다. 축구를 시작한 지 11개월만이다. 왜 축구를 그만둬야 하는지 그 까닭도 모르는 기원이는 한마디 말없이 부모의 판단에 따랐다. 감독과 학부형 사이에 일어난 일들로 남편과 나는 치명적인 상처를 입었다. 아들의 미래인 축구도 중요하지만, 더 이상 머물 수 없었다. 기원 아버지의 생각도 단호했다.

"네게 어른들의 일을 일일이 다 말할 수는 없지만, 이곳에서 축구를 더 이상 가르치고 싶은 생각은 없다. 네가 꼭 축구를 해야겠다면, 중학교 때부터 알아보고 네가 원하는 대로 꼭 해 주겠다."

일반 학생으로 돌아온 기원이는 그 후 힘없이 다녔다. 어른들의 일로 인해 커 가는 아이에게 상처를 준 듯하여 가슴이 아팠다.

어느 날, 기원이와 함께 후배 학부형인 준형 엄마 집에 갔다. 준영이는 기원이의 한 해 후배이며 수비수였다. 기원이가 축구를 시작하면서 만난 사이다. 우리는 자주 만났고, 거의 매일 준형이네 집에서 아이들의 장래를 의논했다.

남편이 퇴근을 하고 함께 준형이네 집을 찾은 그날도 이런저런 얘기에 마음만 심란해 하던 중이었다. 그런데 남편에게 한 통의 전화가 걸려 왔다. 외동 초등학교 축구부 감독님이었다.

"지금 꼭 기원이 엄마와 아빠를 뵈었으면 합니다. 괜찮으시다면 지금 계시는 곳으로 가겠습니다."

준형 엄마도 허락을 하였고, 조금 뒤 외동 초등학교 축구부 감독님이 오셨다. 따뜻한 차가 마련되고, 모두 둘러앉았다.

"처음 뵙겠습니다. 저는 아까 전화로 말씀드린 외동 초등학교 축구부 감독입니다. 제가 평소에 기원이의 경기를 계속 주시해 왔었습니다. 제 나름대로 기원이의 재능을 판단하고 있었고, '어라 저놈을 어디서 데리고 왔지?'싶을 정도로 눈에 확 띄었습니다. 며칠 전에 합성 초등학교에서 연습경기가 있었는데, 기원이가 보이질 않아 물어봤습니다. 축구를 그만뒀다고 하더군요. 그래서 제가 이렇게 찾아왔습니다."

"네, 그러셨군요. 사실 기원이가 축구를 쉽게 시작한 것도 아니고 쉽게 그만둔 것도 아닙니다. 축구도 중요하지만, 저는 인성문제를 가장 중요시합니다. 곁에 있지 않고 숙소 생활을 하기에 더욱 염려되는 부분이지요. 어떤 이유든 기원이의 꿈을 꺾을 수는 없습니다. 다만 지금

× 모두의 가슴에 별이 된 골키퍼 ×

저희도 중학교를 알아보고 있는 중입니다."

"그럼 더욱 잘된 일입니다. 제가 열심히 가르쳐서 제대로 된 제자 만들어 보겠습니다. 믿고 맡겨 주십시오."

자식의 장래를 위해 달려와 축구선수로서의 재능을 확신하고, 확고한 믿음을 주시는 감독님의 말을 거역할 수 없었다. 무엇보다 기원이가 절실히 원하는 축구이기에 더더욱 거절할 수 없었다.

"모든 기원이의 학교 절차는 제가 알아서 하겠습니다."

감독님은 직접 기원이의 학교에 가서서 외동 초등학교로 전학시켰다.

"난 외동 초등학교 감독이야. 나하고 축구 한번 해 볼래?"

"네!"

축구를 할 때, 가끔씩 연습 경기에 뵈었던 감독님이라 기원이는 그리 어색해 하지 않았다. 그저 축구 생각에 기원이의 얼굴에 화색이 돌았다. 그렇게 기원이는 망설임 없이 따라나섰다. 다시 시작된 기원이의 축구이다.

며칠 뒤, 옮긴 학교에서 잘 적응하고 있는지 볼 겸 운동장을 찾아갔다. 등나무 잎이 우거진 정자 밑에서 한참 경기를 보고 있는데, 감독님이 내게로 오셨다.

"안녕하세요? 수고가 많으시죠?"

"수고라고 할 게 있습니까? 당연히 제가 해야 할 일인 걸요."

"네, 기원이는 좀 어떻습니까?"

"네, 지금 적응 잘하고 있습니다. 기원이 어머니, 한 일주일만 운동장에 오지 마시고 그 후에 오시면 안 되겠습니까? 부탁드립니다."

"······."

"제가 기원이에게 해야 할 일이 있어서 그럽니다."

"네, 알겠습니다."

나는 이유도 묻지 않았고, 일주일 넘게 운동장을 찾지 않았다. 그러는 동안 감독님은 기원이를 많이 꾸짖고 제대로 된 훈련을 시키면서 골키퍼로서의 기본이나 기술을 가르쳤다.

그리고 2주가 지나서야 운동장에 갔는데, 기원이가 벤치에 앉아 있었다. 기원이의 무릎에 완두콩만 한 상처가 났는데, 한 학부형이 그곳에 가득 박혀 있는 모래를 이쑤시개로 파내고 있었다. 그 상처는 좌우로 번갈아 가며 슬라이딩 할 때 운동장의 모래가 박힌 것이었다.

"운동장에 들어서면 미친 듯이 소리쳐라."

"공중 볼이 올 때에는 눈을 감지 말고 더 크게 떠라."

감독님은 워낙 말수가 없는 기원이에게 필드에서 리드하는 방법을 가르쳤다. 골키퍼는 시야가 넓으므로 작전을 지시하는 사령관 역할을 해야 한다는 것이었다. 혹독한 개인 훈련과정을 견디어 낸 기원이를 감독이나 학부형들은 그때부터 "괴물" 혹은 "연구대상"이라고 불렀다.

기원이는 그런 과정을 겪으면서 단 한 번도 짜증을 내지 않았으며, 힘들어 꾀를 부린 적도 없고, 훈련의 강도가 클수록 더 많이 웃었다고 했다.

★ 전국체전 예선전의 아픔 ★

그렇게 골키퍼로서의 공부를 배워 가고 있던 기원이는 13세가 되었다. 드디어 김해 시장기배 겸 전국 체전 예선전 대회가 개최되었다. 기원이의 첫 경기다. 그간 배우고 다듬으며 열심히 노력한 결과인지, 팀은 8강까지 올라갔다. 경기는 우승의 길이 가까울수록 더욱 치열해지는 법이다.

8강전이 시작되고, 상대방 공격수와 기원이가 1:1 상황이 되었다. 2:1로 이기고 있는 후반 2분을 남기고 상대방 공격수가 빠르게 기원이가 지키고 서 있는 골대를 향해 슈팅을 하였다. 기원이는 슬라이딩을 하며 날쌔게 몸을 날렸다. 운동장은 동시에 조용해졌다. 그 순간 골대 앞은 기원이의 슬라이딩으로 인해 자욱한 먼지가 뭉게구름처럼 일었다.

나는 반사적으로 골대의 망을 쳐다보았다. 흔들림 없이 잔잔했다. 그렇다면 기원이가 공을 잡은 것이다.

"막았다. 기원이, 잘했어!"

나의 소리를 듣고 관중들이 웅성거렸고, 이내 먼지가 바람에 의해 걷히면서 기원이의 모습이 나타났다. 양손으로 가슴에 공을 꼭 안은 채 상반신을 일으키고 있었다. 승리를 알리는 선방이었다.

"와아, 기원이, 파이팅!"

응원의 함성이 들리고 휘슬이 울렸다. 4강에 오르게 되어 기쁜 마음으로 숙소로 돌아온 선수들은 목욕을 마치고 식사를 한 후 휴식시간을 보내며 승리한 경기 이야기에 꽃을 피웠다. 감독과 학부형들은 식당에 모여 앉아 기쁨과 승리를 만끽하며 4강을 향한 많은 대화를 나눴다.

그런데 문제가 발생했다.

"기원이 아버님, 어머님. 기원이가 제 손을 잡고 이곳 외동으로 전학 온 날짜가 체전 예선 경기에 있어서 선수등록 시점에서 볼 때, 3일이 모자랍니다."

선수 등록을 한 날로부터 정해진 기간을 넘어야 참가 자격이 있다는 것이며, 그 기간을 3일 남겨둔 기원이는 대회 참가 자격이 없는 "부적격 선수"라고 했다. 고유 권한은 감독에게 있으나 의사를 물었으니 나의 생각을 분명히 말씀드렸다.

"경남 축구협회의 규정이 그러 하다면, 기원이는 경기에 임하지 않는 것이 좋겠습니다. 성적을 생각해서 안 되는 일을 억지로 실행하게 되어 잘못되면 선수들에게 상처도 될 수 있고, 괜히 해서는 안 될 일은 하지 않는 게 옳은 듯합니다."

"알겠습니다. 그럼, 그렇게 하도록 하겠습니다. 골키퍼가 기원이밖에 없으니, 필드 선수를 세워서라도 경기에 참여하겠습니다."

감독님도 어쩔 수 없이 그렇게 마음을 먹은 듯했다. 집으로 오는 길은 쓸쓸했다. 그러나 규정이 그러하다 하니, 어쩔 도리가 없지 않는가? 그 사실을 인정하고, 다음 경기를 기약하며 마음을 접었다.

그리고 4강전의 경기가 진행됐다. 누구를 골키퍼를 세웠을까? 궁금하게 생각하고 운동장을 들어섰는데, 기원이가 몸을 풀고 있었다. 어찌된 일인지 나는 의아했다. 궁금한 마음으로 응원석에 앉아 있는데, 감독님이 오시어 말씀하셨다.

× 모두의 가슴에 별이 된 골키퍼 ×

"사실 오늘 기원이가 출전하기로 했습니다. 어제 협회 회의가 있어서 갔는데, 경남 출전 감독들에게 '우리 팀 골키퍼 기원이가 기간이 3일 모자란다.'고 솔직히 말했고, 외동이 골키퍼가 한 명뿐이니 경기를 진행하려면 필드선수를 세워야 하는 입장이어서, 기간이 모자라더라도 이해해 달라고 했습니다. 초등학교 감독들도 흔쾌히 응했습니다. 기원이가 경기를 해도 된다고 감독들의 동의가 이루어졌습니다. 그러니 기원이가 게임을 뛰어도 걱정 안 하셔도 됩니다."

"그렇다면 감독님께서 판단하시고 결정하십시오."

"예, 어머니. 별 일 없을 것입니다."

"네, 선생님, 알겠습니다."

"걱정 마세요, 어머니."

감독이 자리로 돌아가고 출전 선수 등록을 본부석에 제출했다. 양 팀 선수가 복장체크를 하고, 두 줄로 서서 경기가 시작되기를 기다리고 있었다. 그런데 10분의 시간이 지나도 선수들은 그대로 서 있었다. 불길한 예감이 들었다.

"알립니다. 아, 알립니다. 곧이어 진행될 전국 체전 예선 4강전인 진해 덕산 초등학교와 김해 외동 초등학교의 경기는 김해 외동 초등학교 윤기원 선수의 부적격 선수등록으로 인하여 무효화합니다. 고로 외동 초등학교는 전국 체전 예선에서 탈락입니다. 이상."

그 안내방송이 끝나자 학부형들은 웅성거렸고, 나는 멍하니 서 있었다. 누구를 탓하랴. 현실의 모든 것이 감독님 마음과 같지가 않았다.

진해 덕산 감독은 전날 동사무소에서 기원이의 전학 기록을 가져왔고, 4강 출전 선수 등록을 할 경우 서류를 협회에 제시하려고 이미 준비를 하고 있었다. 기원이의 등록을 확인함과 동시에 본부석에 제출한 것이다. 고개를 푹 숙인 아이들이 들어오고 있었다.

"그냥 필드선수 세워서 하지."

"경기를 해 보지도 못 하고, 이게 뭐야?"

학부모들의 항의가 빗발쳤다. 나는 아들을 억지로 뛰게 한 원망을 듣게 되었다. 사실이 아니라며 감독을 몰아붙일 수도 없었다. 그리고 그런 원망과 비난은 중요한 것이 아니었다. 경기를 뛰어 보지도 못하고, 탈락의 쓴맛을 맛본 외동 선수들과 기원이를 생각하니 가슴이 아팠다.

아이들의 여린 가슴에 어른들의 잘못된 판단으로 지울 수 없는 큰 상처를 줬다. "하지 말아야 하는 것은 하지 않아야 한다."는 사실을 다시한 번 깨닫는 순간이었다. 기원이와 선수들에게 너희들의 탓이 아니라고 이해시켰다.

"엄마, 괜찮아요."

나는 기원이의 그 웃음으로 된 것이다.

★ 항상 웃는 긍정적인 아이 ★

기원이는 외동 초등학교를 졸업하여 거제 중학교로 진학하였다. 하지만 거제 중학교 축구부가 예산 부족으로 해체되어, 연초 중학교에서 다시 축구 생활을 시작하였다.

조급히 서두르지 않으며 묵묵히 본연의 자세에서 최선을 다하는 기원이가 기특했다. 거제의 한 시골 학교에서 그렇게 스승의 사랑과 동료의 우애 속에서 기원이의 꿈이 살쪄 가고 있었다. 기원이와 동료들의 활약으로 연초 중학교는 제22회 경남 협회장기 중등부 축구대회에서 4강에 올랐다.

기원이를 만나러 연초 중학교에 방문했던 날이었다. 저녁이 되어서야 기원이의 숙소에 도착했다. 남편은 코치 선생님의 방에서 이야기를 나누고, 나는 방으로 가서 기원이를 찾았다. 그런데 기원이도 없고, 아이들도 모두 외출하고 없었다.

"코치 선생님, 기원이도 외출했나요? 제가 올라온다고 해서 외출하지 않은 걸로 아는데요."

"네, 어머니 기원이는 아직 안 나갔어요. 어머니, 아버지 만나고 외출한다고 근처에 있었는데, 어디 갔지?"

"그래요? 제가 찾아볼게요."

나는 주방을 돌아서 기웃거리며 문을 열고 나오는데, 화장실에서 인기척이 났다. 살그머니 다가가 보니 기원이가 빨래를 하고 있었다. 골키퍼 장갑과 슬라이딩복, 그리고 유니폼에는 솜이 들어 있기 때문에 손으로 빨기가 힘들다. 그런데도 기원이는 흥얼거리며 손에 거품을 북적북적 내며 빨래를 하고 있었다. 그 유니폼 말고도 빨지 않은 옷들이 옆에 가득 쌓여 있었다. 선배의 옷을 먼저 빨고 나면 씻을 기원이의 옷이었다.

나는 들키지 않으려고 슬그머니 못 본 척하고 그곳을 나왔다. 어린 나이에 손빨래를 하면서 흥얼거리는 기원이를 생각하니 측은하다는 생각에 잠겨 있는데, 기원이가 나왔다.

"엄마, 언제 오셨어요? 아빠는 코치 선생님과 얘기 중이시던데요."

"응, 조금 전에 왔지. 기원아, 힘들지 않아?"

"아니요, 힘들기는요. 하나도 힘든 거 없습니다."

"엄마 기다린다고 외출도 못하고 있었구나?"

"네, 다른 애들은 좀 전에 모두 외출 나갔는데, 저는 엄마 오신다기에 보고 가려고 기다렸어요."

"응, 그래. 기원아, 이제 외출해야지? 엄마와 아빠는 감독님 뵙기로 했어."

"어디로 외출 나갈 거야? 아빠가 태워 줄게."

"네, 아빠. 저 옥포에 좀 내려 주세요."

"기원아, 네가 선배가 되면 후배에게 무슨 심부름이든 시키지 말거라. 네가 할 일은 네가 하고, 후배에게 시키면 안 된다. 어쩔 수 없는 상황이라면 몰라도, 네가 아무것도 안 하면서 나의 일을 후배에게 시키는 것은 옳지 않다고 생각해."

"엄마, 신경 쓰지 마세요. 일부러 그러지는 않고요. 원래 후배가 선배를 도와주고 그렇게 해요."

"그래, 나름대로의 규칙이 있어도 너는 그러지 말아라. 선배니까 후배를 배려하며 사랑하고 아껴야지."

"네, 엄마. 그럴게요. 알겠어요. 나는 선배가 시키는 일은 힘들어도 실행하지만, 그 일을 대물림하지는 않아요. 나의 철칙입니다. 하하!"

"그래, 그래야지."

아들 기원이는 후배로서 해야 할 일들이 어쩌면 축구보다 힘들긴 하지만, 축구를 하기 위한 과정이라고 생각하기 때문에 괜찮다고 했다. 모든 걸 긍정적으로 생각하는 기원이가 든든했다.

"기원이가 많이 성숙해진 것 같아요."

"몸집도 좋아졌어."

단란한 가정에서 투정도 부리고 사랑을 듬뿍 받을 나이임에도 불구하고, 아들은 몸이나 마음이 몰라보게 성숙해져 있었다. 누구의 의지가 아닌 자립의 힘을 키워 가고 있었다. 기원을 내려주고 가는 길에는 조용한 거제 옥포의 밤이 고요히 찾아오고, 네온은 별처럼 부서져 내렸다. 행복한 밤이다.

★ 기원이의 부상 ★

기원이의 곁에는 항상 황 코치님이 계시기에 든든했다. 기원을 잘 이끌어 주셨다. 기원이 또한 열심히 배웠고 성장도 빨랐다. 계절이 바뀌고, 기원이는 2학년이 되었다. 전국 중학교 축구대회인 제주 탐라기에 참가했다. 각 학교 선수들은 미리 제주도에 짐을 풀고, 경기장을 익히기 위해 미리 운동장에 나오기도 하였다. 경기장 주위에는 프로 감독이나 스카우트 담당들, 그리고 고등부 감독들이 찾아와서 선수들의 재능을 체크하고 눈여겨보았다가 본인들의 팀으로 데려가기도 했다.

기원이는 첫 경기에서 전후반 0:0으로 마친 가운데, PK를 4개나 막는 선방을 하여 팀 승리에 기여했다. 이 대회를 마치고 서울 FC 코치님에게서 스카우트 제의가 왔지만, 우리 부부는 한국 사회가 학력을 중요시하는 한 학원 축구는 마쳐야 한다는 생각으로 받아들이지 못했다.

어느 학교에 있든, 어느 위치에 있든, 마찰은 항상 있기 마련이다. 성적을 우선으로 해야 하기 때문에 지도자들은 많은 준비와 과정을 통해 최선을 다한 후 경기에 임한다. 경기 내용의 과정은 필요하지 않았다. 성적을 내는 결과로서 그 인정을 받는 것이기 때문이다. 그러려면 지도자들은 학년과는 관계없이 실력 있는 선수를 선발로 뛰게 할 수밖에 없었다.

M선수는 기원이보다 한 해 선배였다. 골키퍼가 혼자였으니 경쟁자 없는 주전을 하다가 기원이의 등장으로 곱지 않은 시선이 있었다. 거제 중학교가 해체되지 않고 기원이가 연초 중학교로 오지 않았다면 계속 주전으로 뛰었을 터인데, 기원이로 인해 3학년이지만 전·후반 게임을 다 뛰진 못했다. 고등학교 진학 문제를 앞두고 있었기에 애가 타는 시기였다.

그러나 감독님은 기원이와 M 선수를 전·후반 교체로 뛰게 했다. 진학을 위한 실력을 보여주는 것은 순간이며, 기원이가 3학년이 되면 경기를 해서 성적을 내야 하는 부담이 있기 때문에 미리 경험을 쌓기 위해 뛰게 했고, 자신감을 잃은 M 선수의 잦은 실수로 기원이에게 출전의 기회가 자주 주어지고 있었다.

그런데 뜻하지 않게 기원이가 부상으로 집으로 온다는 연락을 받았다.

"선수에겐 부상이 치명적인데……. 운동을 하다 보면 다치는 일이 태반이지만, 되도록 다치지 말아야 하는데……."

기원이의 첫 부상이었다. 기원이는 발등 골절과 발가락 부상으로 깁스를 하고 집으로 왔다.

"어쩌다 그랬어? 조심하지 않고. 병원에서는 뭐래?"

"괜찮아요, 엄마. 연습게임 훈련 중에 다이빙을 하다가 발목이 겹쳐져서 다쳤어요. 한 보름 후에 깁스 풀고 경과 지켜보자고 하네요."

발목이 겹치면서 새끼발가락의 부상은 이해가 되는데 '발등 골절은 왜지?' 하는 의아한 마음도 있었지만 별 뜻 없이 생각했다. 그나마 작은 부상이라서 다행이었다. 기원이는 회복 기간 동안 주로 자신의 경기 내용을 담은 비디오를 보고 잘못된 부분을 반성하며 깨우치기도 했고, 다른 축구에 관한 경기 내용을 보면서 공부하기도 했다. 그리고 축구게임으로 나머지 시간을 보내곤 했다.

기원이가 깁스를 풀고 물리치료를 받은 후, 감독님의 연락을 받고 팀에 합류하기 위해 학교로 갔다. 점심시간쯤 학교에 도착을 하였는데, 마침 운동장을 돌며 몸을 푸는 선수들이 보였다. 오후 연습 경기 전에 미리 나와 뛰어다니는 선수들의 움직임으로 운동장 먼지는 바람을 타고 안개처럼 내게로 왔다. 아무리 맡아도 싫지가 않은 흙먼지다.

기원이는 감독님과 미팅을 하고, 나는 플라타너스의 나무 아래에 서서 아이들이 연습을 하는 모습을 보고 있었다. 그런데 반대편 벤치에 앉아 있던 저학년 H가 내게로 다가와 인사를 했다.

"어머니, 안녕하세요."

"응, 그래. 잘 있었어? 열심히 하고 있지?"

"네, 그렇지요 뭐. 그런데 그 형은 왜 기원이 형을 때려 가지고 다치게 하고……."

"그게 무슨 소리야? 누가 기원이 형을 때렸다니?"

"어머니, 기원이 형 발 다친 것 말예요."

"응, 그래. 그건 기원이가 훈련 중에 다이빙하다 삐끗해서 다쳤다던데……."

"아니에요, 어머니. M형이 기원이 형을 옥상에 데리고 가서 발로 밟고 때리고 그랬어요. 그래서 발을 다친 거예요."

나는 순간 몸속에 흐르는 피가 거꾸로 치솟음을 느꼈다. 설마 그런 일이 있었을 줄은 생각도 못했다.

"혹시 네가 잘못 알고 있었던 거 아니야?"

"아니에요, 우리 선수들은 다 알아요. 어머니, 근데요. 기원이 형 때린 그 형이 그러는데요, 기원이 형 때문에 경기 못 뛰게 됐다고 그랬다던데요."

나는 기원이의 발등 골절 부상의 원인을 알게 됐다. 기원이는 감독님이 시키는 대로 경기를 임했을 뿐인데, 화가 났다. 하지만 이 아이의 말만 듣고 흥분해서는 안 될 일이었다. 일단 기원이에게 다시 물어봐야 되겠다는 생각을 하고 나는 마음을 침착히 다스리고 있었다.

"엄마, 집에는 언제 올라가실 거예요?"

선생님과 미팅을 마치고 나온 기원이가 물을 마시며 어느새 곁에 와서 있었다.

"으응, 상황 보고……. 기원아, 선생님께서 알아서 잘 말씀하셨겠지만 훈련을 무리하게 하지 말고, 컨디션이 완전히 회복될 때까지는 몸만 조금씩 풀고, 완전한 몸으로 회복됐다고 생각이 들 때에 정상적인 훈련에 임해야 한다."

"네, 엄마. 알겠어요. 나중에 집에 가실 때 저에게 말하고 가세요."

기원이는 몸이 완전히 회복된 상태가 아니라서 간단히 몸만 풀기 위해 운동장으로 걸어갔다. 그런 기원이의 뒷모습이 측은해 보였다. 나는 부상에 대해서 물어보고 싶은 마음이었지만, 기원이를 생각해서 물어볼 수가 없었고 확인해 볼 수가 없었다. 행여나 이 사실을 알게 되면 가슴 아파할 부모를 생각한 기특한 마음 때문에 지금은 모든 걸 모르는 척해야 했다. 기원이의 몸 푸는 모습을 보면서 막연한 나의 생각에 가슴이 아팠다.

"기원이 어머니, 기원이 데리고 오신다고 수고하셨습니다."

"감독님 수고 많으십니다. 저야 당연한 일인 걸요. 사모님도 안녕하시죠?"

"네, 하하. 집사람은 잘 지내고 있습니다. 먼 길 내려가시려면 서둘러야겠어요."

"네, 사모님께 안부 전해 주세요. 다음에 여유 있는 시간에 찾아뵐게요."

나는 목 안까지 차 있는 기원이의 부상을 감독님께 물어보고 싶었다. 하지만 꾹 참았다. 모르고 계실지도 모르는 나쁜 일에 감독님을 자극해서 좋을 것 없다는 생각도 들었고, 무엇보다 아들의 깊은 속 마음을 지켜 주고 싶어서였다.

기원이가 연습을 마치는 것을 보고 집으로 출발하면 너무 늦을 것 같아서 몸을 풀고 있는 기원이를 향해 손을 흔들어 보였다. 기원이도 장갑 낀 두 손을 저어 답변했다. 그리고 차로 걸어가던 나는 골대 앞에 서서 훈련하고 있는 M을 바라보았다.

M은 나를 보고 빙긋이 웃으며 고개 숙여 인사를 했다. 나는 "그래, 이것으로 된 거야."라고 생각하면서 M에게 웃어 보였지만, 마음은 씁쓸했다. M의 행동은 잘못됐지만, 그 마음이 이해가 됐기 때문이다. 목표를 향해서 노력하고 질주하는 살아남기 위한 경쟁이었다.

★ 비상하다 ★

세월의 속도는 빨랐다. 기원이가 벌써 3학년을 마치고 고등학교 진학을 앞두고 있었다. 거제 중학교에 진학을 한다고 한지가 엊그제 같은데, 그러고 보니 거리가 멀어서 자주 다녀가지 못할 것 같았던 거제도를 3년간 셀 수도 없이 찾았던 것 같다. 기원이는 경남축구협회에서 수여하는 최우수 선수상을 받기도 했다.

거제 중학교를 마치고 기원이는 거제 고등학교로 진학했다. 거제 고등학교 축구부는 1982년 창단됐으며, 지난 1986년, 1989년에 대통령 금배를, 1998년도에는 대한 축구협회배 우승을 한 명문 축구부이다. GK의 역사를 만든다는 거제 고등학교는, 기원이가 진학하던 2003년에는 K 감독님이 사임을 한 후이고 거제 중학교 감독이셨던 안 선생님께서 1년 전부터 감독 대행을 하고 계셨다. 거제 중학교에서 못다 한 인연이 다시 이루어졌다.

골키퍼 황 코치님도 거제 고등학교로 발령이 났다. 황 코치 선생님과 기원이는 빛과 그림자였다. 거제 중학교 숙소와 거제 고등학교 숙소는 같은 건물에 있었다. 기원이는 중학교가 해체가 되면서 원하지 않았던 이 숙소를 떠나야 했고, 이제는 다시 그 숙소로 와 안 선생님 곁으로 돌아왔다. 2년만의 해후이다.

거제 고등학교는 연초 중학교와의 연습 경기 파트너로서 경기를 자주 접해 왔기 때문에, 선후배의 관계는 걱정이 없었다. 무엇보다 인품이 좋으신 스승의 제자로 인연이 되어 기원이의 사춘기와 청소년기를 보낼 수 있어서 더 없이 좋았다.

모든 것이 여유로웠고 순조로웠다. 훌륭한 수문장의 산실인, 거제 고등학교는 정유석, 김용대, 박동석, 이관우 등의 선배들을 배양시켰다. 그 선배들이 지켰던 골문을 이제는 기원이가 지킬 것이다. 그 화려한 선배들의 뒤를 기원이가 이을 것이다. 희망을 품고 뜻을 품은 기원이의 포부는 빛났다.

동계 훈련과 거듭되는 연습경기를 반복하며 기원이는 남모르게 실력을 쌓아 갔다. 그만큼 경기의 결과도 좋았다. 전국의 명문 고등학교인 거제 고등학교는 기원이가 1학년 때, 제32회 문화관광부장관 배에서 3위에 입상하였고, 그해 부산에서 열린 제40회 청룡기 축구대회에서 3위의 성적을 냈다. 기원이의 이름을 알리는 시작이었다.

거제고 안 감독님과 두 번째 이별이 왔다. 긴 기간 뒤, 만난 짧은 헤어짐은 참으로 심란했다. 안 선생님은 개인 사정으로 인하여 거제고 축구부를 그만두신다고 했다. 학교 측에서는 수행할 감독 선출에 나섰고, 팀은 잠시 어수선했다.

얼마의 기간이 지나고 Y 감독이 후임자로 왔다. 젊은 감독님이시다. 학부모들은 Y 감독의 환영식을 마치고, 거제 고등학교의 발전을 위해 모두 마음을 다졌다. 다시 새로운 감독의 체계로 거제의 바퀴는 돌아갔다.

태양이 뜨거워지는 계절이 왔다. 어느 날, 기원이에게 전화가 왔다.

"엄마, 연초 중학교 송 감독 선생님께서 아빠와 연락이 안 된다고 하시면서 통화되면 전화 부탁한다고 하던데요."

"응, 그래. 무슨 일로 그러시는지는 모르고? 아빠, 지금 회사에서 회의 중이라던데…… . 급한 일인가?"

"모르겠어요. 일단 전화해 드리세요. 저는 훈련 갑니다."

"그래, 기원아. 항상 다치지 않게 몸조심하고, 힘들어도 좋은 생각만 하기!"

"네, 엄마. 하하!"

나는 남편에게 메시지를 보냈고, 남편은 회의가 끝나자마자 송 감독님과 통화를 했다. 그리고 바로 전화가 왔다. 지금 바로 거제에 갈 준비를 하라는 내용이었다.

나는 몹시 궁금했다. 나쁜 일은 아니라고 하니 걱정은 안 됐지만, 많이 궁금한 마음을 안고 거제로 향했다.

"기원이 어머니, 아버지. 다름이 아니고, 서울 FC K코치 선생님께서 네덜란드 히딩크 감독님 계시는 곳과 독일을 둘러 경기와 훈련을 겸한 일정에 기원이를 서울 FC 선수 등록을 하여 데리고 가고 싶다는 의사를 보내왔습니다. 보내야 되지 않겠습니까? 저하고야 전화로 통화하면 되지만, 거제 고등학교 감독은 만나셔서 말씀을 드려 봐야 되지 않나 해서 오시라고 했습니다."

송 감독님은 제자인 기원이가 더 넓은 곳에서 더 많이 배우기를 권하셨다. 지극히 당연한 말씀이시다.

"품 떠난 자식까지 이렇게 마음 써 주시니 감사합니다. 기원이가 김 코치님과 합류하여 다녀오면 견문도 넓히고 많이 배워 오리라는 생각이 듭니다. 무엇보다 자신감도 생길 듯하고요."

기원이에게는 더 없이 좋은 기회였다. 기원이는 당시 1학년이었고, 체력도 충전할 겸 이런 기회를 놓칠 순 없었다. 우리 부부는 거제 고등학교 Y감독님에게 연락을 드리고 만나서 사실대로 말씀드리고 보내 달라는 부탁을 드렸다.

"연초 중학교 송 감독님께 들어서 잘 알고 있습니다. 그러나 거제 고등학교 경기 시합 때문에 안 됩니다. 저도 기원이를 보내고 싶지만, 지금은 팀이 우선입니다."

거제 고등학교 감독님은 단번에 거절을 하였다. 거제 고등학교에는 3학년인 골키퍼가 1명 있었다. 혹시 경기 중에 부상을 당할 수도 있고, 여러 가지 상황을 종합해 볼 때, 기원이가 팀에 필요하기 때문에 보낼 수 없다고 하였다. 충분히 이해가 되는 상황이었다.

"기원이의 개인적인 욕심으로 인해 한 단체가 피해가 된다면, 그것 또한 원치 않습니다."

우리의 욕심만 낼 수는 없는 일이었다. 감독님과 헤어진 후 자리에서 일어나 집으로 향하는 길에 남편은 못내 아쉬운 마음을 비쳤다.

"다음 기회가 또 오겠지, 지금 학교 입장이 그러하다니, 어찌 할 수 없는 일이다."

"그래요. 꼭 보내 달라면 감독님도 곤란해지고, 안 되는 것을 억지로 이행하면 소음이 나기 마련이니, 다음 기회를 기다리는 수밖에 없지만, 다음 기회가 또 있을까요?"

기원이가 서울 FC에 동참하지 못해 섭섭했어도 기분은 좋았다. 그만큼 관심을 가지고 지켜보고 있다는 것이기에 만족했다. 새벽이 되어서야 집에 도착했다. 기원이에 대한 이야기로 지루하지 않은 먼 길을 단숨에 온 듯했다.

★ 더 높은 곳으로 ★

거제 고등학교는 더욱 돈독해진 팀워크로 충주에서 열린 제40회 다이너스티 춘계 남녀 한국 중·고등학교 축구대회에서 3위를 하였다. 모두가 최선을 다했고, 경기 내용이 월등하게 좋았기에 아쉬움이 많았다. 그러나 그것으로 만족하고, 다음 경기에 만전을 기해야 했다. 그리고 다시 다음 경기를 위해 뛰었다. 아이들이 경기에 임하는 모습이 한층 성숙되어 있음을 느꼈다.

거제 고등학교는 다이너스티 경기의 식지 않은 후끈한 여세를 몰아 꼭 우승을 하자는 각오로 임했다. 한 경기, 한 경기, 소중하지 않은 경기가 없고, 아쉬움 없는 경기가 없다. 그리고 그 어느 경기 마다 고비

× 모두의 가슴에 별이 된 골키퍼 ×

가 없는 경기도 없다. 우여곡절 끝에 제31회 대한 축구 협회장배 전국 고교축구대회 준결승에서 부산의 강호인 동래 고등학교를 꺾고 승리하여 결승에 진출하게 되었다. 팀원 모두가 마음을 다지고 새로운 각오를 보였다.

결승전 상대팀은 서울의 강호 풍생 고등학교였다. 당시 거제 고등학교는 풍생 고등학교와 경기만 하면 지는 징크스가 있었다. 이 징크스를 이번엔 "꼭 깨트리자."라는 열의에 차 있었다. 결승전인 만큼 경기장은 용광로처럼 뜨겁게 달궈졌다. 양 팀의 신경전이 벌어졌다. 거제 고등학교는 징크스를 깬다는 각오에 대한 부담감으로, 경기의 흐름이 원만하지가 않았다.

거제 고등학교는 열심히 뛰었고, 최선을 다했지만 결국 2:1로 패했다. 징크스를 깨지 못했고 또다시 징크스로 남겨졌다. 많이도 아쉬운 경기였다. 그렇지만 경기가 종료되면 그 경기는 빨리 잊고, 다음 경기를 준비해야 한다.

축구에는 4강 제도가 있다(체육 특기자 상급학교 진학제도). 1970년 당시 문교부에 의해 제정된 것이며, 축구선수들이 상급학교로 진학할 시, 특기생으로서 현재 몸담고 있는 학교가 전국 또는 시, 도에서 4강 이내 입상 경력이 있어야 특기자 혜택을 받는 제도이다. 물론 4강의 입상이 없어도 뛰어난 실력의 선수는 예외이지만, 거제 고등학교의 3학년 대학 진학 문제는 해결된 셈이다.

7월의 준우승 열기가 아직 식지 않았다. 다음 경기를 준비하기 위한 공백 기간이 있었다. 기원이가 1학년 때 가지 못했던 독일과 네덜란드의 선수 출전에 참석하라는 서울 FC 김 코치님의 요청이 다시 왔다. 지난 시합도 좋은 성적을 냈고, 다행히 다음 시합의 간격이 조금 있기에 다녀와도 된다는 감독님의 선처에 따라 기원이는 서울 FC 선수단에 선수 등록을 하고, 국제 유소년 대회에 참가하기 위해 준비를 했다.

서울 FC는 18세 축구 유망주를 데리고 여름에 출국하여 독일 오베른도르프에서 열리는 유소년 국제 대회에 참가했다. 각 나라 8개 팀이 참가하며, 유망주들의 경기 경험에 대한 축적과 향상 그리고 FC 서울의 해외 인지도 제고를 위해 국제대회에 출전해 왔던 것이다. 레버쿠젠과 잉글랜드 첼시와 토튼햄 등도 방문한다고 한다.

출전 선수 명단이 나왔다. 기원이가 결과에 연연하지 말고 많은 걸보고 배워 오기를 바라는 마음이다. 어떤 결과이기 이전에 그 과정을 중요시하게 생각하며, 반성하는 계기가 되었으면 했다. 기원이에겐 더없이 좋은 기회가 되리라 생각했다.

독일 분데스리가 1부 리그 팀인 SC Freiburg와의 1차전에서 첫 승을 거뒀다. 기록의 결과는 2승 2패인 7위로 경기가 마무리되었고, 이후 서울 FC는 네덜란드로 이동하여 PSV 유소년 국제 대회에 참가했다. 그곳에서는 히딩크 감독님이 오시어 경기를 관람하셨다.

기원이는 모든 일정을 마치고 돌아왔다. 거제 고등학교는 그간 많은 변화가 있었다. 거제 고등학교 감독을 하시다 그만두신 안 감독님이 아주대학교 코치로 스카우트 됐다. 기원이가 대학 진학을 앞둔 시점이라 기원이에게는 매우 좋은 일이었다.

기원이는 독일과 네덜란드의 일정을 마치고 곧바로 거제 고등학교 팀

× 모두의 가슴에 별이 된 골키퍼 ×

에 합류했다. 첫 경기에서 아쉽게 예선 탈락을 했다. 그러나 거제 고등학교는 저력이 있는 축구부이다. 선수들이 자체 미팅을 주선하며 팀워크로 힘을 다졌다. 계속되는 경기에 최선을 다해 성적을 내보겠다는 거제 고등학교 선수들의 의지가 남달랐고, 남해에서 곧 개최되는 제60회 전국 고교축구대회에 참가하기 위해 준비를 하고 연습에 몰두했다.

결국 거제 고등학교는 7년 만에 우승을 하였다. 긴 목마름을 적셔 보는 우승의 기쁨! 드디어 해낸 것이다. 기력을 총동원한 거제 고등학교의 투혼은 많은 사람들의 고개를 끄떡이게 했다. 우승의 길은 험난했지만, 고지에 다다른 이 환희감은 그 무엇에도 비할 길 없었다.

거제고 우승

우승의 깃발을 휘날리며 거제로 향한 선수들은 미리 준비된 거제 시청에 도착하여 시장님의 환대를 받고, 거제 옥포와 고현 신시가지를 돌며 카퍼레이드를 하며 자축했다. 그리고 거제 고등학교에 도착하여 자체 시상식과 환영을 받았다.

기원이는 그동안 배운 실력을 유감없이 발휘했으며, 대학 진로는 이미 안 선생님으로부터 아주대학교로 진로가 정해진 상태였다. 그리고 올해가 정년퇴직이었던 거제 고등학교 교장 선생님에게 우승컵을 안겨 준 축구부 선수들의 마지막 선물은 값졌다. 교장 선생님께서는 학교를 찾은 우리 부부와 학부형들에게 "윤기원 선수는 거제 고등학교에 큰 공헌을 한 선수이다."라며 칭찬을 아끼지 않았고, 기원이의 앞날을 격려하며, 마음으로 지원하셨다.

기원이의 사춘기 시절이 거제에서 지나가고, 더욱 성숙한 기원이로 거듭났다.

★ 아주대학교 캠퍼스에서 ★

아주대학교 축구부는 1982년 창단됐고, 창단 당시 대우그룹의 지원이 있었으며, 1984년 제65회 전국 축구 대학 선수권 대회에서 우승을 하였고, 2000년도에는 전국 규모대회에서 12회 우승을, 그리고 9회 준우승을 한 최강의 축구부다. 선배로서는 안정환, 하석주, 이인성, 우성용 등이 있다.

전국에서 모인 신입생 선수 환영식 및 학부모들의 회의가 있는 날이었다. 회의석상에서 아주대학교 감독님을 기다리고 있었다. 서로 어색한 분위기지만 같은 마음으로 모인 학부형이라 친근하게 대화하기도 했다. 나는 무엇보다 안 코치 선생님이 있어 든든했고, 거제 고등학교 선배인 혁이, 명오가 있어 조금의 걱정도 없었다. 이미 거제고 출신 후배라 챙기면서 같은 방을 쓰고 있었고, 표정을 보니 기원이도 신이 났다. 기원이는 지금껏 그랬었다. 스승의 사랑과 선배의 사랑, 그리고 후배들의 사랑이 각별했다.

기원이는 열심히 운동에 전념했다. 그리고 얼마 후, 기원이의 부상 소식이 들려왔다.

제주도에서 경기를 준비하는 연습게임을 하던 도중, 왼쪽 무릎에서 "딱" 소리가 나면서 통증을 호소한 것이다. 그동안 부동의 주전으로 혹사한 몸이 탈이 난 모양이다. 제주에 있는 병원에 갔지만, 통증은 계속됐다. 큰 병원에 가야겠다는 생각으로 기원이는 집으로 왔다.

기원이와 나는 부산 B병원 MRI실 앞에서 무릎 촬영을 위해 대기 중이었다. B병원은 프로 선수 전용 지정 병원이었기 때문에 더 믿음이 갔다. 제발, 수술만은 피하고 싶은 나의 간절함은 기도로 이어졌다. 그러나 결과는 연골 파열로 수술이 꼭 필요하다는 것이었다. 걱정했던 우려가 현실로 나타나자 막막했다.

남편과의 통화를 통해 기원이의 부상 결과에 대한 이야기를 들으신 감독님께서는 "되도록이면 수술은 안 된다."고 하시면서 아주대학교 병원에 계시는 민 교수님에게 부탁을 해 놓을 테니 속히 가 보라고 하셨다. 기원이는 B 병원에서 반 깁스와 목발을 짚고 나와 수원으로 갔다. 기원이는 수원으로 가는 시간 동안 한마디 말도 없었다.

수원 아주대학교 병원에 도착하니 미리 연락을 받으신 체육 담당 주무님이 마중을 나와 계셨고, 기원이를 바로 민 교수님에게 인솔했다. 민 교수님은 기원이의 차트 자료를 보시곤, 기원이의 무릎 상태를 면밀히 살펴보셨다.

"이 목발은 왜 했어? 깁스는 왜 했고? 깁스 빼고 목발도 벗어."

기원이와 나는 어리둥절하여 가만히 서 있었다.

"깁스 빼고 목발 안 짚어도 돼. 집에 가서 걸상에 앉아서 계속 발을 앞뒤로 흔드는 운동을 계속해 봐. 그래서 안 되면 그때 다시 진찰해 보자."

"B 병원에서는 수술을 해야 한다고 했는데…….."

"안 해도 됩니다, 어머니."

"집에 가서 내가 시키는 대로 해봐."

민 교수님은 나와 기원이를 번갈아 보시며 단호히 말씀하셨다.

감사의 인사를 하고 집으로 내려오는 길에, 나는 감독님에게도 전화를 드렸다.

"수술을 안 해서 다행입니다. 재활만 잘하면 걱정 안하셔도 될 듯합니다. 민 교수님과 방금 통화했습니다. 어머니, 고생하셨습니다."

"네, 다행입니다. 감사합니다. 감독님, 마음 쓰게 해드려서 죄송합니다. 기원이 재활 열심히 하고, 또 연락드리겠습니다."

집으로 내려오는 길에 기원이는 목발도, 깁스도 없이 걸어 내려왔다. 기원이와 나는 부산에 다 와갈 때쯤 현실을 직시하고 피식 웃었다.

× 모두의 가슴에 별이 된 골키퍼 ×

그제야 기원이가 한마디 했다.

"곧 시합인데……."

팀을 걱정하는 기원이의 모습에서 동료애가 느껴졌다. 남편과 함께 기원이가 재활할 수 있는 곳을 알아봤다. 기원이의 노력으로 생각보다 빠른 회복을 하였고, 기원이는 정상으로 팀에 복귀를 하였다.

충무 통영에서 KBS SKY배 전국 춘계 1·2학년 축구 대회가 열리고 있었다. 이 대회에서 아주대학교는 우승을 차지했다. 감독님과 코치님에게 최우수 지도자상이 주어지고, 기원이는 GK상을 받았다. 그때 기원이의 활짝 웃는 모습을 정녕 잊을 수 없다.

그리고 이 경기의 우승한 감독으로서의 권한으로 대학 축구 한일전 2학년 이하 선발팀이 결성되어, 2007년 KBS N배 한일 1·2학년 대학 축구대회에서 일본 대표 선발팀과의 경기에 한국 대학 대표 감독으로 선임됐다.

기원이는 GK로 출전하는 영광을 가졌다. 한국 대학 축구 연맹이 주최하는 이번 대회는 감독님 이하 코칭스태프 4명 및 국내 대학 대표 선수 20명이 참가하였다. 최초로 한국 대학교 축구를 대표하는 태극 마크를 달고 뛰게 된 것이다. 동시에 겹친 경사이다.

항상 실전과 같은 연습을 해야 했다. 골키퍼는 개인 운동이 더 힘들다고 했다. 모든 경기가 끝나고 기원이는 대학교에서의 마지막 동계훈련을 남겨두고 있었다. 그동안 모든 열정을 쏟아 달려왔던, 기원이의 축구 인생이 판가름 나는 중요한 시기였다. 동계훈련은 제주도로 갔다. 기원이는 열심히 했고 모든 것이 순조로웠다. 아침이 밝아 오면서 창밖에 까치가 울었다.

"오늘은 좋은 일이 있으려나? 까치가 힘차게 울어요. 여보, 휴일 시간 내어 기원이 동계훈련 보러 가 봐야지요?"

출근을 하는 남편을 현관에서 배웅했다.

"시간 조율해 볼게. 요즘 좀 바빠서 그래. 일단 나중에 전화할게."

나는 집안 청소를 하고 햇살이 듬뿍 들어온 거실에서 짙은 커피를 곁에 두고 사경 기도를 하고 있었다. 나를 다스리는 시간이다. 그 침묵을 깨며 전화벨이 울렸다. 남편이었다.

"네, 기원이에게 가는 날짜 조정했어요?"

"그게 아니고 지금 막 감독님께 전화가 왔는데……. 기원이가 훈련 중에 부상을 입었다고 하네."

"뭐라고요? 어디를? 얼마나? 어휴, 어떻게 해?"

"큰 부상은 아닌 것 같은데, 자세한 건 기원이가 와 봐야 알아. 제주 대학병원 갔다 왔고, 일단 집으로 오늘 온다니까 그리 알고. 나중에 기원이 도착 시간 맞춰서 공항에 나가 보자. 전화할게."

"알았어요. 회사에서 출발할 때 전화해요."

전화를 끊은 나는 기원이에게 전화를 해 보려다가 지금쯤 집으로 오려고 이동 중일 수도 있다는 생각에 불안한 마음으로 남편을 기다렸다.

그러는 동안 남편은 회사에서 병원을 알아보고 조치를 다 취해 놓고 집으로 왔다. 공항으로 가서 기원이를 만났다.

"어쩌다가 그랬어? 부상 상태는 어떤 거야? 많이 다쳤어?"

나는 다그치듯 조급하게 물었다.

"아니요. 다른 팀과 연습 경기 중에 공중 볼을 잡으려 점프를 하였는데, 상대방 공격수가 공을 찬다는 게 제 허벅지를 찼어요. 아, 순간 얼마나 아팠는지……. 그리고 조금씩 움직이며 경기에 임했는데, 갈수록 아프고 발을 디딜 수가 없어서 병원을 갔어요. 허벅지 근육이 파열로 인해 출혈이 생기면서 피가 응고되었대요. 절개를 하여 피를 제거해야 하는데, 그냥 '부산에 와서 수술해야겠다.' 싶어서 아빠랑 의논해서 왔어요. 괜찮을 거예요."

말하는 기원이의 얼굴이 허벅지의 통증으로 일그러졌다.

"그래, 아빠가 아는 사람 통해서 잘하는 병원에 말해 뒀으니, 그리로 지금 바로 가자."

우리는 곧바로 병원에 갔다. 모든 검사가 끝나고 원장을 만났다. 제주도 병원과 똑같은 결과로, 급히 서둘러 수술을 하지 않으면 안 된다고 했다. 허벅지를 절개하여 응고된 피만 제거하는 것이라 크게 운동에 지장이 없다고 했다. 그만하기를 정말 다행이었다.

그래도 수술 자리가 아물고 몸의 균형을 찾으려면 조금의 시간이 필요했다. 훈련 참석이 불가피해졌고, 프로를 결정하는 가장 중요한 시기에 동계훈련을 못하니, 말은 없었지만 기원이도 은근히 걱정인 듯했다. 남편은 기원이가 심리적인 부담으로 힘들어 할까 봐 염려를 했다. 수술을 마치고 감독님과 통화를 했다.

"수술은 아주 잘됐습니다. 기원이도 잘 견디고 있고요. 염려를 끼쳐 드려 죄송합니다."

"아닙니다, 아버님. 운동을 하다 보면 본의 아니게 부상은 허다하지요. 기원이는 큰 부상 없이 몸 관리 잘해 온 겁니다."

"네. 늘 기원이에 대한 배려 고맙습니다. 지금 기원이에게 프로를 결정짓는 중요한 시기인데 걱정입니다."

"아버님, 기원이는 평소에 프로 감독님들께서 계속 지켜봐 온 선수이기에 프로 결정은 걱정하지 않으셔도 됩니다. 걱정 마세요. 기원이도 마음 편히 먹고 몸 관리에 신경 쓰라고 하십시오. 모두 다 잘될 겁니다. 고생하셨습니다."

위안을 얻은 기원이는 이 고비를 잘 참고 잘 견뎌 냈다. 수술 자리가 잘 아물자, 완전히 회복되었다. 그 후 제 64회 안산시에서 열린 전국 대학 선수권 대회에서 자신의 기량을 보였으나, 준결승전에서 단국대에 패하고 말았다.

부상의 위기에서도 좋은 성적으로 거듭난 기원이는 이제 드래프트란 중대한 과제만 남겨 놓고 대학 4년간의 모든 선수생활을 종료했다. 학원 축구의 과정을 모두 이수한 것이다.

★ 뜻이 있는 곳에 ★

시간은 화살처럼 빨랐다. 대학 4년을 마무리하고 휴가를 앞둔 기원이에게 서울 FC에 계셨던 K 코치님은 이때 경남 FC에서 코치를 하고 계셨다. 기원이를 변함없이 지켜보시고 독일과 네덜란드까지 데리고 가서 교육하셨던 분이다. 그만큼 기원에 대한 기대와 관심이 크셨다. 남편이 기원이의 휴가가 언제인지 궁금해서 통화를 하였다.

× 모두의 가슴에 별이 된 골키퍼 ×

"아빠, 지금 경남 FC로 내려가는 중입니다. 휴게소에 잠시 들렀어요. 병지 형님이 직접 데리러 와서 가고 있어요. 경남 감독님이 보자고 하신대요. 휴가는 경남 갔다가 숙소에 올라가 봐야 알아요. 다시 전화 드릴게요."

기원이의 로망이자 골키퍼의 전설인 김병지 선수와 긴 시간을 함께한 그 순간은 최고의 기쁨이었다고 훗날 기원이가 말했다. 그 시간 동안 많은 조언도 듣고 많이 배웠으리라 생각했다.

그리고 인천 유나이티드에서도 테스트를 받고 왔다. 경남과 인천은 기원이의 선배가 있었으며, 고등학교와 대학 시절 때, 휴가만 되면 훈련에 합류하여 많이 배워 오기도 한 구단들이었다. 나는 기원이의 뜻이 궁금했다.

"기원아, 기원이는 어느 구단에 가고 싶어?"

"경남 FC에 가고 싶어요. 하지만 제 마음대로 되는 게 아니잖아요? 하하."

기원이는 망설임 없이 대답하였다. 경남을 가고 싶은 이유 중 하나는 K 코치님에 대한 기원이의 예의일 것이다.

"어느 구단이든 저를 원하는 곳에서 최선을 다해야지요."

"그래, 기원아. 가고 싶은 곳에 가면 더 좋겠지만, 어디서든 기원이를 원하는 곳에서 최선을 다하면 되는 거야. 그리고 감독님은 2순위나 3순위 말씀하시던데, 네 생각은 어때? 엄마는 감독님 말씀대로 되었으면 좋겠다."

"감독님께서 저희들을 다 좋은 프로에 보내고 싶은 건 당연해요. 그리고 이왕이면 모든 선수들은 1·2순위 가고 싶지요. 하지만 엄마, 전 순위가 중요하다고 생각지 않아요. 프로에서 선택할 때 우선 공격수를 위주로 선출하기 때문에 그만큼 골키퍼는 순위가 낮아요. 순위에 연연하지 않아요. 그리고 어느 구단이든 지명 받고 가서 열심히 하면 된다고 생각해요. 지명 받지 못하는 선수들이 얼마나 많은데요."

"그래, 다 잘될 거야. 마음 편히 있어."

말은 그렇게 하고 있었지만, 기원이와의 통화 중에 조금의 초조함을 느꼈다. 이 시기에 긴장되지 않는 선수가 어디 있으랴만 욕심을 부리지 않는 겸손한 아들이 좋았다.

기원이는 신어산 정상에 올랐다. 자신을 선택할 구단의 통보를 기다리며, 검증된 자신이 인정받기를 염원하고 있었다. 초조하고 긴장되기는 부모도 마찬가지였다. 남편은 인터넷을 열고 결과에 주시하고 있었다. 그리고 기원이의 후배인 유상의 아버지에게서 한 통의 전화를 받았다.

"형님, 기원이가 인천 유나이티드에 5순위로 지명됐습니다."

"그래? 지금 인터넷에 뜬 건 없는데?"

"네, 드래프트 장소에 있는 사람이 지금 막 전화로 알려 주네요. 축하합니다."

"그래, 고마워."

전화를 끊은 남편은 감독님에게 들은 2순위, 3순위는 아니지만 상관없이 프로에 입단하게 되었다는 사실만으로도 기뻤다. 아직도 신어산 꼭대기에서 안절부절못할 기원이에게 연락을 취했다.

"응, 기원아. 지금 막 연락이 왔어. 인천 유나이티드에서 5순위로 발표 났어. 그동안 네가 열심히 노력한 대가다. 대견하다, 우리 아들. 고생했어. 괜찮지?"

"네, 엄마, 알겠어요."

"프로에 입단하기가 그리 쉬운 것이 아니야. 엄청나게 많은 선수들이 집으로 돌아갔어. 이제 내려와. 하루 종일 아무것도 안 먹고 거기 있으면 어떡해? 그리고 욕심 내지 않기로 했잖아."

"네, 알아요. 엄마, 조금 있다 갈게요. 걱정 마요."

남편은 아주대학교 감독과 통화하고 있었다.

"기원이 아버지, 많이 섭섭하시지요? 드래프트에서 2순위나 3순위로 기원이를 데려가기로 한 인천이 약속을 이행하지 않아 지금 막 통화하며 따졌는데, 이유가 다 있더라고요."

"아닙니다, 선생님. 프로에 갈 수 있는 것만으로도 기원이도 그렇고 저희들도 만족입니다. 선생님이 애쓰셨어요."

"네, 그렇게 생각해 주신다니 감사합니다. 어쨌든 기원이가 가서 잘하면 되니까요."

"네, 선생님. 그동안 기원이를 잘 키워 주셔서 고맙습니다. 수원에 가면 연락드리겠습니다."

드래프트를 지원한 선수 442명 중 총 145명(32.8%)이 지명됐고 취업이 이루어졌다. 역대 최대 규모로 2010년 K리그 드래프트가 마감됐다. 우선 지명 24명, 현장지명 121명, 총 154명이 각 구단에 입단하게 됐다.

우리는 기원이를 기다리고 있었다. 기원이는 신어산 정상에서 프로 입문의 소식을 들었다. 해가 서쪽으로 쓰러져 가는 시간이었다. 기원이는 그 해를 오래토록 하염없이 바라보았다. 그곳에서 지금까지의 힘들었던 기억, 행복했던 추억들을 떠올리며 도태되지 않은 자신의 삶에 미소를 지었을 것이다. 그리고 이제는 어엿한 사회인으로서의 새로운 각오를 다지고, 내일도 힘차게 떠오를 꿈을 생각하며 미래의 포부도 펼쳤을 것이다.

기원이는 또 다른 도약을 위한 출발점에서 더 큰 뜻을 품고 있었고 신어산 정상에 서서 자신의 축구 인생의 숨 막히는 질주, 그 이상의 시작인 것을 실감하고 있었다.

"내가 행복을 즐겨야 하는 시간은 지금이다. 내가 행복을 즐겨야 할 장소는 녹색 그라운드이다. 비장의 무기가 아직 나의 손에 남아 있다. 그것은 희망이다."

-윤기원-

나의 아들 윤기원은 오직 축구만을 사랑한 죄밖에 없다. 너무나 반듯했기에 살면서 하지 말아야 하는 불의를 거절한 죄밖에 없다. 그런 아들을 죽음으로 이끈 그들이 증오스럽다. 또한 진실을 은폐하고 조작으로 덮은 이 사회에 분개한다.

　그로 인해 나는 피해자가 되었고, 어쩌면 해결되지 않을지도 모를 아들의 명예회복 앞에 나 역시 언제 가해자가 될지 모른다. 갑자기 자식을 잃은 이 억울함 앞에 엄마가 못할 일은 없기 때문이다. 지극히 평범한 한 가정이 파괴되었고, 힘없는 자의 몸부림은 처절했다.

　그러다 문득 이것이 다 무슨 소용이냐고 모두가 다 부질없음에 소리쳐 보았다. 더욱 참을 수 없었던 것은 아들이 곁에 없다는 사실이었다. 그 무엇을 해도 다시는 돌아오지 않을 아들이기에, 함께 호흡하고, 바라보고, 만져 볼 수도 없는 지금이 더 없는 고통이며 괴로움이다.

　그렇게 아들을 보낸 후의 하루하루는 길었지만, 이렇게 진실을 갈구하는 3년은 바람처럼 지나갔다. 아직도 남편은 기원이가 멀고도 먼, 외국에서 그라운드를 누비며 축구를 하고 있다는 상상 속에 살고 있다.

억울한 죽음을 맞이한 아들의 명예회복을 위해 살아가야 하기에, 자신을 합리화하는 것이다.

골대에 기대어 먼 하늘만 바라보았던 아들 기원이……. 얼마나 많은 생각과 힘든 시간을 보냈을까? 그렇게 바라본 먼 하늘로 가 버린 아들을 생각하노라면 가슴이 조여 와 숨을 쉴 수가 없다. 기원이의 오명을 씻고 억울함을 풀어 줘야 하는 이 숙제를 마치는 날이 와도, 마지막 숨을 다하는 그날까지 살아내야 할 것이고 나는 견딜 수 없는 진통의 시간을 보낼 것 같다.

정의가 살아 있다면, 내가 바라는 것은 그들의 결자해지와 침묵하는 자들의 양심선언이다. "맞는 것은 맞다."라고 해야 하는 것, 비굴한 평생을 사느니 정직한 하루를 사는 것이 인간의 도리며 인지상정(人之常情)이다. 아들의 죽음에 관련하여 관계되는 자, 그리고 묵인하고 은폐한 자들이 쉽게 조작하고 처리 할 수 있었던 것은 내가 힘없는 자이기 때문이다.

그들이 사람답게 사는 법이 바로 서는 날, 간절히 바라고 기다리는 것은 머잖아 도미노 현상으로 다가올 진실들이다. 죄지은 자, 당신의 아들이었다면 어떠했을까? 지금 나는 그들에게 꼭 물어보고 싶다.

"그대, 행복하십니까?"

지금껏 변치 않은 응원으로 곁에서 용기와 격려를 아끼지 않았던 마중물 같은 윤기원 선수의 팬 여러분 그리고 큰마음으로 의지가 되어 주신 주위의 많은 분들과 윤기원 선수의 진실 규명을 위해 함께 해주신, 독자 여러분들과 이 책을 함께합니다. 감사합니다.

영원한 골키퍼 윤기원 비망록

"나는 축구공에 밥 말아 먹을 것이다."

"내가 가장 행복한 순간은 먼지 자욱한 운동장 골대 앞에서 지친 땀을 흘리고 있을 때이다."

"내가 행복을 즐겨야 하는 시간은 지금이다. 내가 행복을 즐겨야 할 장소는 녹색 그라운드이다. 비장의 무기가 아직 나의 손에 남아 있다. 그것은 희망이다."

"축구를 위해선, 그 어떤 이유도, 아무리 힘든 현실도 나는 감당할 수 있다."

"나는 단 한 번도 골대 앞에 서 있는 나 자신을 후회해 본 적이 없다."

"막아 내지 못할 골을 정확한 판단으로 해결했을 때, 희열을 느낀다. 그런 의미에서 축구를 하는 나는 정말 행복하다."

"선배가 시키는 일은 힘들어도 실행하지만, 그 일을 대물림하지는 않는다."

"항상 지금부터이다."

"피할 수 없으면 즐겨라. 실패의 가르침이 없다면, 무엇이 나를 가르치리."

"언제나 부족한 나를 본다. 노력은 절대 배신하지 않는다. 노력하자."

"나를 한번 되돌아 볼 수 있었던 하루, 항상 감사하게 생각하고 초심을 잃지 말자고 잠자리에 누워 몇 번이고 되새겨 말한다. 내가 가야 할 길은 아직 반도 가지 못했다. 포기란 없다 더 연구하고 더 노력하자 언젠간 빛을 발할 것이다."